사탄은 잠들지 않는다

사탄은 잠들지 않는다

초판 1쇄 인쇄 2006년 9월 23일
초판 1쇄 발행 2006년 10월 2일

지은이 펄 S. 벅
옮긴이 은하랑
발행인 이종길
펴낸곳 도서출판 길산
교 열 주영하
표지디자인 박준철
편집디자인 신성희
마케팅·관리 송유미

ADD 경기도 고양시 덕양구 화정동 970-2
TEL 031.973.1513
FAX 031.978.3571
E-mail keelsan@keelsan.com
http://www.keelsan.com
ISBN 89-91291-09-0 03820

값 9,800원

SATAN NEVER SLEEPS

Copyright ⓒ 1962 by Pearl S. Buck.
Copyright renewed 1990 by Edgar Walsh, Richard S. Walsh, John S. Walsh, Janice Comfort Walsh, Carol Buck, Chieko S. Walsh, Jean Walsh Lippincott and Henriette C. Walsh
All rights reserved.

Korean translation copyright ⓒ 2006 by Keelsan Books
Korean translation rights arranged with Harold Ober Associates Incorporated New York, NY through EYA(Eric Yang Agency), Seoul

이 한국판 저작권은 EYA(Eric Yang Agency)를 통한 Harold Ober Associates Incorporated 사와의 독점계약으로 한국어 판권을 '도서출판 길산'이 소유합니다.
저작권법에 의하여 한국 내에서 보호를 받는 저작물이므로 무단전재와 복제를 금합니다.

파본은 구입처나 본사에서 교환해 드립니다.

사탄은 잠들지 않는다

펄 S. 벅 지음
은하랑 옮김

길산

Satan Never Sleeps

도서출판 **길산**

서문

신성한 사랑과 자명한 애정의 줄다리기

 사랑은 신이 인간에게 내린 가장 큰 선물이자, 슬픔이라는 말이 있다. 그만큼 가늠과 단정이 어렵고, 때로는 죽음만큼 큰 고통을 안겨 주고, 또 그로 인해 더 큰 가치를 획득하는 감정이라는 뜻이다. 우리는 수많은 책들과 영화들, 심지어는 길을 걷다가도 하루에 이 '사랑'이라는 단어를 단 한 번 보지 않고 지나가는 날이 없다.

 실제로 스무 세기가 지나고도 사랑은 아직도 베일에 싸여 있고, 누구도 그에 대해 확고한 정의를 내리지 못하고 있다. 만일 우리가 이 사랑을 적절히 정의할 수 있었다면, 아마 사랑이 위대한 문학 작품들에 그처럼 자주 등장할 리도 없었을 것이며, 누군가가 사랑의 사슬에 묶여 고통 받고 있다는 식의 운명적인 전언을 하루 걸러 듣지 않아도 될지 모른다. 또한 지금처럼 '사랑' 두 글자가 1천 년을 보고 또 봐도 질리지 않는 영구적 아이템으로 거리에 널리고 널릴 이유도 없다.

 펄벅의 사랑의 본질에 대한 탐구서라고 해도 과언이 아닐 〈사탄은 잠들지 않는다〉는 신에 대한 믿음 하나로 중국 광동성에 선교를 온 두 신부와, 중국의 두 청춘남녀가 예기치 않은 격변에 휩쓸리면서 벌어지는, 총체적 사랑과 관련된 드라마다.

이 네 사람의 등장인물은 슬프게도 모두 외바라기 사랑에 가슴을 앓고 있다. 언뜻 보기에는 늙고 심술궂지만, 신에 대한 지고지순함으로 일평생을 살아온 완고한 피치본 큰신부는 늙으막에 맞이하게 된 위험속에서 믿음 하나로 그 외로운 투쟁을 극복해 나간다.

그런가 하면 젊은 오배논 신부는 아름다운 중국 소녀 수란의 끈질긴 구애에 한바탕 휩쓸리기도 하다가, 결국 그 안에서 귀한 인간적 사랑을 발견하고 사제로서의 본분을 되찾아간다. 또한, 오배논 신부에 대한 무모한 열정으로 가슴을 앓고 있던 수란은 미처 자신을 바라보는 건장한 청년 호산의 눈길을 알지 못한다.

이 네 사람이 얽어가는 사랑의 실잣기는 애잔하다기보다는 때로는 희극처럼 유쾌하고 폭풍처럼 강렬하고, 때로는 흑과 백처럼 명료했다가, 어느 순간 한 자리에 섞여 천상의 하모니를 이루어낸다. 사랑이 스스로 진화하고 가지를 뻗는 과정이 하나의 목소리로 각자 다른 네 인물 안에 투영된 셈이다.

그리고 이 폭풍 속의 히로인, 오배논 신부는 마음으로 외친다.

신이시여, 과연 사랑은 몇 개의 얼굴을 가진 이입니까.
저는 그 중에 누구를 믿어야 합니까

그러나 신은 언제나 묵묵하다. 따라서 그를 믿는 모든 이들도 묵묵하다. 어쩌면 신은 사랑의 결정체로 간주되는 스스로의 모습을, 역시 사랑의 베일 속에 그렇게 감추고 싶었던 모양이다. 아직 발견되지 않은 진실은 언제나 가장 큰 가치를 가진다. 세상에는 아직 밝혀지지 않은 수많은 보석들과 진리들이 존재한다. 이미 그 형체를 드러냈지만, 그 안에 무엇이 있는지는 누구도 알 수 없는 굳게 닫힌 은밀한 상자.

펄벅은 그것이 바로 사랑임을 이야기하고 있는지도 모른다.

추천사

세상 사람들이 가톨릭의 사제를 떠올리면 무엇보다 먼저 독신이라는 것이 가장 흥미롭게 다가온다고 말합니다. 어떻게 혼자서 살아갈까? 그 모든 유혹을 어떻게 이겨낼 것인가? 사제가 누구인지, 또 어떤 삶을 살아가는지보다 사제에게 드러나는 모습, 현실들에 더 관심을 갖는 듯 합니다.

하지만, 사제란 하느님께 바쳐진 사람으로 이 세상에 오시어 모든 사람들을 구원의 길로 이끄신 하느님의 외아들 예수님을 온전한 몸과 마음으로 따르는 사람들입니다. 이런 사제의 정체성에 있어 독신이란 사제의 삶을 온전히 살아갈 수 있도록 돕는 하나의 은총일 뿐입니다. 독신생활을 잘했느냐 못했느냐가 사제의 삶을 봉헌된 사람으로서 모습을 결정짓지 않기 때문입니다. 오히려 진정 예수님께서 하느님을 사랑하시고, 세상을 사랑하신 것처럼 그 사랑을 얼마나 열심히 살아가느냐에 사제들의 향기가 담겨져 있다고 하겠습니다.

펄 S.벅의 「사탄은 잠들지 않는다」는 그런 의미에서 하느님을 충실한 마음으로 따르고자 하는 두 사제들의 고뇌를 날카로운 필체로 그려낸 한 편의 작품이라 생각됩니다. 특히 인간적인 고뇌 앞에 하느님에 대한 사랑을 포기하지 않고 지켜나가는 사제들의 모습은 고故 윤동주 시인이 이야기한 '죽는 날까지 부끄럼없는 삶'의 또 다른 깊은 철학적 성찰을 보여준다고 생각됩니다.

많은 사람들이 매일같이 이야기 하는 그 사랑. 태초의 인간에서부터 마지막 날까지 계속될 이 사랑에 대해 진정 변하지 않는 숭고한 인간적 사랑을 그리는 이 소설이 부디 많은 이들에게 읽혀지기를 희망합니다. 특별히 사제를 지망하는 모든 이들에게 있어 큰 도움이 될 것입니다. 또한 하느님의 사랑을 기억하며 눈물을 흘리는 많은 그리스도인들과 하느님을 알지 못하는 이들에게 모두에게 아름다운 추억의 선물이 되리라 믿습니다.

어려운 가운데서도 펄 S.벅 여사의 책을 번역하는데 큰 힘을 쏟는 이종길 사장님과 날카로운 내면의 세계를 우리 말로 형상화 한 은하랑님에게 감사와 축하의 인사를 드립니다. 아울러 이 책을 만나시는 모든 분들에게 하느님의 축복이 함께 하시길 기도합니다.

정의철 신부 (가톨릭대학교 성신교정 부총장)

차례
Satan Never Sleeps

서문   5

추천사   8

두 신부   13

수란   109

빛과 그림자   173

두 신부

Satan Never Sleeps

태양이 오곡 풍성한 논 위를 밝게 비추는 중국 광동성의 이른 여름날 아침, 오배논 신부는 작은 나귀의 등 위에 앉아 연신 소매 끝으로 얼굴에 흐르는 땀을 훔치고 있었다. 수단subtana* 아래로는 중국식 푸른색 면바지에 감싸인 긴 다리가 좁은 논둑길에 닿을락 말락 매달려 있고, 발은 2센티미터 정도 두께의 밑창이 달린 검정 천 신발 안에 대마끈으로 꽉 죄어 있었다. 신부는 키만큼이나 발도 컸다. 예전에 그가 사목을 펼쳤던 교구의 어린 신자였던 수란은, 신부에게 이별 선물로 이 신발을 건네며 깔깔댔다.

"신부님! 이걸 신고 하늘나라로 걸어가 보세요. 천사들도 신부님의

---

* 목의 앞부분이 트여져 있으며, 하얀색의 로만 칼라를 목에 두르고 발목까지 길게 내려오도록 입는 성직자들의 옷 – 앞으로 본 책에서는 독자들의 **빠른** 이해를 위해 '신부복'이라는 용어를 사용함.

그 커다란 발을 보면 웃지 않고는 못 배길 걸요?"

참 당돌한 여자아이로군, 그는 언짢은 기분이었다. 그리고 결국 대꾸할 말을 찾지 못해 쩔쩔매던 그때의 기억을 씁쓸하게 떠올렸다. 그가 할 수 있었던 일이라고는 그 동그스름하고 예쁘장한 얼굴을 멀거니 쳐다보며 서 있는 것뿐이었다. 이런! 예쁘장하다니? 하느님! 부디 제 불순을 용서하소서. 물론 당시 그는 마음속에서 맴돌던 이 예쁘장하다는 말을 감히 입 밖으로는 꺼내지 못했다.

"크든 작든,"

대신 신부는 이렇게 말을 이었다.

"내 발은 그저 하느님께서 만드신 작품일 뿐이란다."

그때 갑자기 나귀가 멈춰 섰다. 이어서 나귀는 마른 다리를 부르르 떨더니 고개를 치켜들고 격분한 듯 우렁찬 울음소리를 쏟아냈다.

"에에-! 에에-!"

"그래, 좋다, 토머스."

오배논 신부는 나귀에게 답했다.

"나도 네가 뭘 말하려는지 잘 알고 있다. 나도 덥고 배가 고프구나. 또 우리 둘 중에 내가 형이라는 것도 잘 알고 말고. 그러니 토머스, 그렇게까지 애써 상기시킬 필요는 없단다. 그렇게 계집아이처럼 심술 좀 부리지 말거라. 하느님께서 나를 이런 모습으로 만드셨거늘, 난들 어쩌겠느냐? 결국 나를 만드신 건 하느님과 아일랜드란 말이다."

신부는 잠시 기다렸지만, 나귀는 꿈쩍도 하지 않았다. 아니, 움직이기는커녕 갑자기 머리를 쳐들더니 거센 콧김을 내뿜었다.

"토머스!"

오배논 신부가 말했다. 커다란 몸집만큼이나 더없이 자애롭고 호소력 있는 음성이었다.

"자, 움직여보자, 토머스."

그는 왼손으로 여전히 고삐를 단단히 부여잡고, 오른손을 앞으로 뻗어 북슬북슬한 나귀의 목덜미를 부드럽게 어루만졌다.

"토머스, 예전 같으면 당장 네 등에서 내렸을 게다. 그렇지만 이젠 절대 못 그러지, 암. 지난번에 그랬다가 어떤 일이 벌어졌느냐? 너도 똑똑히 기억하겠지? 네 녀석이 나를 뒤에 매달고 논을 가로질러 달리지 않았느냐. 나도 이런 식으로 앉아있는 게 힘들다만 두 번 다시는 널 믿지 않을 게야."

나귀는 그의 힐책에 고개를 툭 떨구더니 털썩 주저앉아 버렸다. 그러나 오배논 신부는 멈추지 않았다.

"토머스, 난 여자들과는 달라. 날 태우고 기절해 버리는 속임수 쓸 생각은 애초에 그만 두렴. 그건 케케묵은 방법 아니더냐. 난 내 두 발로 일어서기만 하면 되는 것이다. 그렇다고 네가 나를 뻥 하고 차 버리진 못할 테니까."

신부는 고삐를 민첩하게 끌어당겼다.

"자, 이제 조금만 가면 되느니라. 그러고 나면 건초를 실컷 먹을 수 있을 게야. 나도 저녁을 들 수 있겠지. 그때쯤이면 우린 선량한 그리스도인답게 서로를 용서할 수 있을 게다."

고삐가 팽팽하게 당겨지면서 나귀의 이빨이 우악스럽게 드러났다.

나귀는 서서히 다리를 곧추 펴 일어서더니 이내 총총 걷기 시작했다. 오배논 신부는 무릎 사이에 놓인 중국식 나무 안장 위에 단단히 버티고 앉았다. 지나치게 짧은 등자(역주: 말을 탈 때 발을 디디도록 하는 기구)는 제멋대로 나부끼도록 내버려 둔 채, 오른손으로는 밀짚모자를 움켜쥐었다.

"워워, 토머스!"

신부가 소리쳤다.

"조심 조심! 그런 식으로 달리다가는 우리 둘다 물 속에 처박힐 게다. 넌 물이라면 질색하지 않느냐, 너도 잘 알다시피……"

그러나 신부는 말을 잇지 못했다. 나귀가 자갈 깔린 시골길을 마구 내달리기 시작한 것이다. 토머스는 돌길을 피해 흙먼지 이는 길만 용케 골라 800미터 정도 질주하다가, 드디어 덜거덕거리며 성당 사제관 부지의 나무 대문 안으로 들어섰다. 그리고는 아담한 연못가에 가까스로 멈춰 서서 연못가에 만발한 분홍색 꽃에 코를 대고 킁킁대더니, 게걸스럽게 물을 들이키기 시작했다. 오배논 신부는 안장에서 미끄러져 내려오며 탄식했다.

"토머스 이놈! 이 인정머리 없는 녀석아! 이 딱딱한 중국 의자 같은 네 놈 등에, 나와 큰신부님Monsignor*까지 모조리 앉아야만 말을 듣겠느냐? 인정머리라곤 눈곱만큼도 없는 고약한 짐승 같으니. 지난번처럼

---

* 주교와 신부 사이의 고위 성직자에 대한 경칭敬稱으로 '나의 주인'이라는 이태리 말에서 유래하였다. 오늘날에는 전통 있는 본당 신부나 오랜 성직 생활로 교회에 공이 큰 원로 성직자에게 교황청에서 주는 명예의 칭호로 통용된다. 한국정교회에서는 몬시뇰에 해당하는 직책을 '큰신부'라 부른다.

또 배탈이 나고 싶은 게지. 그렇게 대책 없이 마셔대는 네 놈을 내가 왜 걱정하고 있는지 모르겠다만!"

오배논 신부는 힘껏 고삐를 끌어당겼다.

"자, 자, 토머스! 아무리 더워도 그렇지. 그렇게 드럼통처럼 찬물을 들이키다간 제 명대로 못 산다. 토머스! 오, 이런, 고집불통같으니……."

신부는 커다란 손으로 나귀의 엉덩이와 어깨를 단단히 붙잡은 다음 그 우람한 체구에서 분출되는 온 힘을 다해 밀쳤다. 그러나 나귀는 네 발을 있는대로 벌려 버티며 꿈쩍도 하지 않았다.

"네 놈을 번쩍 들어 올려야겠다. 이렇게 말썽꾸러기 악동처럼 굴고 있으니……."

오배논 신부는 투덜거리면서 토머스의 두 뒷다리를 꽉 붙잡아 땅에서 들어올렸다. 다리 두 개를 잃은 토머스는 순순히 굴복할 수밖에 없었다. 신부가 뒷다리를 잡고 조심조심 뒷걸음질을 치자 나귀의 두 앞발이 껑충껑충 따라왔다. 잠시 후 그는 토머스의 뒷다리를 내려놓고 고삐를 끌어 연못 근처 숲의 굵직한 대나무에 꽉 잡아 맸다.

"토머스, 이렇게까지는 하고 싶지 않다만, 너도 기억하다시피 지난번 더위 때도 대책 없이 찬물을 들이켜 심하게 배탈이 나지 않았느냐."

이 말에 나귀는 고개를 쳐들더니 에에- 하고 조소와 반항이 섞인 울음소리를 내뱉었다.

"꼬박꼬박 말대꾸하면 못쓰느니라."

오배논 신부는 곧 입을 다물었다. 2층짜리 사제관 오른편에 있는 성당 쪽에서 신부복 차림을 한 작달막한 큰신부가 나타나는 것을 보았기 때문이다. 그는 턱을 툭 떨궜다. 그리곤 슬쩍 반대쪽으로 몸을 돌리는 순간 늙은 사제의 성난 얼굴이 눈앞에 불쑥 나타났다. 오배논 신부는 기분을 맞추듯 말했다.

"무슨 말씀을 하실지 잘 알고 있습니다, 큰신부님. 잘 알고말고요. 하지만……"

"입 다물게!"

피치본 큰신부는 떠나가라 고함을 질렀다. 굵은 음성이 안뜰에 쩌렁쩌렁 울려 퍼졌다. 대문 옆 초소에서 낮잠을 자고 있던 문지기가 고함 소리에 놀라 침대에서 풀쩍 뛰어올랐다. 곧이어 요리를 담당하는 풋내기 중국인 사제도 짧게 깎은 머리를 부엌 문 밖으로 삐죽 내밀어 동태를 살폈다. 토머스는 양처럼 온순해져서 고개를 숙였다.

"예, 큰신부님."

거의 기어들어가는 듯한 목소리였다.

"말씀드렸다시피……"

순간 오배논 신부는 뒤로 벌렁 자빠졌다. 피치본 큰신부가 메뚜기처럼 펄쩍 코앞으로 다가섰기 때문이다. 큰신부는 신부복 소매를 둘둘 말아 올렸다.

"입 다물라는 소리를 못 들었나?"

큰신부의 위압적인 불호령이 이어졌다. 아기처럼 홍조를 띤 작고 둥근 얼굴이 금세 사나운 기색으로 일그러졌다.

"물론 들었습니다, 신부님. 하지만 말씀드렸다시피,"

"말은 자네가 아니라, 내가 하는 거야!"

피치본 신부는 계속 으르렁거렸다. 그는 신부복으로 덮인 엉덩이 위에 각각 양손을 올려놓고, 자신의 머리 위로 우뚝 솟은 훤칠하고 우람한 젊은 사제를 쏘아보았다.

"예, 신부님."

오배논 신부가 모기 소리 만하게 대답했다. 피치본은 오배논 신부를 머리부터 발끝까지 한눈에 훑어보았다.

"도대체 어느 지옥을 헤매다가 지금 나타났는가? 두 달 내내 눈이 빠져라 자네만 기다리고 있었단 말일세. 몇 주 전에 아일랜드로 귀환하라는 지시가 내려왔네. 그런데 자넨 대체 어디에 틀어박혀 있었나? 그렇잖아도 지난 3월 30일까지는 여길 떠나지 말라고 내 그렇게 당부해 두었건만, 내가 고향 땅도 다시 못 밟아보고 눈을 감아야 속이 시원하겠는가? 지난 10년 중에 딱 한 번 맞이한 휴가이거늘, 자네와 저 나귀 새끼만 기다리다 종을 쳤네. 내가 보기엔 이 둘 중에 사람 말귀를 못 알아먹는, 그러니까 진을 빼는 놈이 나귀 새끼나 다름없는 걸세, 자네가 돌대가리 짐승인가!"

"피치본 신부님, 제발 제 얘기를……"

오배논 신부가 기어들어가는 소리로 말했다.

"듣기 싫네!"

큰신부는 버럭 소리를 질렀다.

"맹세컨대 저로서도 어쩔 수 없었습니다."

오배논 신부는 간신히 말을 이었다.

"문제가 좀 있었습니다."

그때 토머스가 고개를 쳐들더니 입술을 까뒤집고 킬킬댔다.

"에-에-!"

"그래, 나귀의 주둥이에서나,"

큰신부는 160센티미터가 채 안 되는 작은 키를 있는 대로 꼿꼿이 세우며 조소하듯 말했다.

"자네 입에서는 더이상 한 마디도 나올 수 없어."

그는 엄하게 말을 이었다.

"이제 시간이 없단 말일세. 짐도 싸놓았고 떠날 준비도 마쳤네. 단 1분도 지체할 수가 없어. 오배논, 자네도 잘 알다시피 지금 북쪽에서 붉은 군대가 내려오고 있네. 난 이곳에서 그런 악당들 손에 잡힐 수는 없네. 그놈의 고물 차는 지난 몇 주 내내 뒷문에서 대기하더니 하필 지금 오도 가도 못하는 신세가 되었어. 지독히도 운이 나쁜 게지. 목이 빠져라 기다리면 무슨 소용인가. 날씨까지 이런 데다 아무도 그 똥차를 굴릴 방법을 모른다네. 호산도 가버렸어."

오배논 신부는 화들짝 놀랐다.

"호산이 가버리다니요? 그럴 리가요. 신부님께서 그 오랜 세월 친히 거두시고 성경 말씀까지 가르쳤던 호산이, 설마요."

"갔다네. 악마도 그 애 뒤를 쫓아갔을 게야."

큰신부는 말을 이었다.

"그렇게 골치를 썩이더니. 교리 수업 때 마르크스와 모택동을 들먹이며 말대꾸를 시작하더니 말일세."

오배논 신부는 한숨을 내쉬며 말했다.

"세상에, 그렇다면 그를 영영 잃었다고 생각할 수밖에 없겠군요. 다시 돌아온다는 건 생각도 마셔야 할 겁니다…… 그리고, 저…… 큰신부님. 실은 한동안 제대로 먹지 못했습니다…… 부디 자비를 베푸셔서 우선 저도 저녁을 한입 들고 차를 손보는 건……"

"한입 들 저녁거리 따윈 없네!"

피치본 신부는 단호했다.

"자넨 저 차를 움직여야 해, 지금 당장! 난 한시가 급해."

"하지만 신부님이 떠나시고 나면 여기 일은…… 예전에도 저 혼자 모든 책임을 떠맡은 적은 없었습니다…… 과연 제가 잘 해낼 수 있을지……."

"숙지할 사항은 이미 다 써 놓았네. 내 책상에 가보면 그 쪽지를 발견할 수 있을 게야."

큰신부는 예의 그 꿰뚫는 듯한 파란 눈동자로 오배논 신부의 시무룩한 얼굴을 주시하며 말했다.

"지금 내 말 듣고 있나?"

"그럼요. 듣고 있습니다, 신부님. 곧 출발하실 수 있도록 하죠."

오배논 신부가 풀 죽은 목소리로 답하자 큰신부가 몇 마디를 덧붙였다.

"그건 그렇고 심부름 아이를 시켜 내 가방을 가져오도록 하겠네. 수주 전에 이미 싸놓았던 가방이야. 만반의 준비를 해 놓고 내내 대기 중이었지."

그는 부산을 떨며 돌길을 따라 내려갔다. 작달막한 몸집 때문에 길게 흘러내린 옷자락이 한껏 펄럭거렸다. 그는 사제관 문 앞에서 돌연 멈춰 서더니 고개를 돌려 크게 소리쳤다.

"조금 시도해 보다가 포기하는 일은 없길 바라네, 오배논 신부! 그 고물 차는 한 달이나 쉬었으니까 곧 제 기능을 되찾을 걸세. 틀림없이 예전처럼 굴러갈 게야."

"제 기능을 되찾아야 하는 건,"

오배논 신부는 숨죽인 채 투덜거렸다.

"저 낡은 차뿐만 아니라 토머스도 그렇고, 또 큰신부님의 완진히 다른 두 얼굴도 그렇지요."

그는 대문을 향해 느릿느릿 걸어갔다. 문지기가 초소에서 걸어 나와 이를 한껏 드러내고 웃었다.

"신부님, 돌아오셨습니까요."

그가 중국어로 인사하자, 오배논 신부도 강한 아일랜드 억양이 묻어나긴 했지만 역시 중국어로 답했다.

"그렇소. 돌아왔어요, 팅 영감. 어서 가서 토머스에게 건초 한 움큼 갖다 줘야겠소. 비록 나를 논에다 처박으려 했으니 굶어도 싸지만……. 아, 그리고 그 고물 차는 뭐가 잘못된 겁니까?"

"외국산 휘발유에 기름을 섞은 게 화근입죠."

팅 영감이 대답했다.

"안에서 너무 기름졌나 봅니다요."

"기름이라고 하면 등유를 말하는 겁니까?"

"우리한테 등유가 어디 있습니까요, 신부님. 그래서 대두유를 썼습죠. 고게 아주 기름지잖아요."

"누가 그런 말도 안 되는 생각을 한 겁니까?"

오배논 신부는 한탄하듯 거의 울먹이며 말했다.

"제 생각이었습죠."

팅 영감은 사실대로 고백했다.

"큰신부님은 매일같이 화가 나 계셨습니다요. 첫째로는 신부님이 돌아오지 않아서였고, 둘째로는 저 차를 손수 운전하시려고 기를 쓰셨는데도 꿈쩍도 하지 않으니 부아가 치미신 게죠. 신부님도 잘 아시다시피 화를 내는 건 죄악이 아닙니까요? 특히 하느님의 사도들은 말할 것도 없습죠. 그래서 전 큰신부님의 영혼을 구제하는 데 도움이 되어드리려 했는데, 오히려 이렇게 일을 망쳐버렸습니다요."

"이 일은 저한테 맡기고 가서 영감 볼 일을 보세요."

오배논 신부는 울적한 기분으로 말했다.

두 사람은 대문에서 각자 흩어졌다. 곧이어 오배논 신부는 대두유를 잔뜩 먹은 속수무책 기계 덩어리에 매달리기 시작했다. 차는 보닛이 날아가 버린 지 오래라 태양 아래 속살을 훤히 드러내고 있었다. 또 각종 튜브와 전선들도 바짝 말라비틀어져 먼지를 뒤집어쓰고 있었다.

사실 오배논 신부는 꽤 실력 있는 기계공이었다. 그는 학창시절, 매일 오후 3시, 교구 설립 학교(역주: 카톨릭계가 경영하는 학교)의 수업이 끝나면 더블린 시(역주: 아일랜드의 수도)의 정비 공장에서 일하면서 용돈을 벌었다. 그리고 토요일에는 고아원에 들려 낡은 포드 차를 손봐주고, 그 대가로 가끔 토요일 밤에 그 차를 빌려 쓰곤 했다.

오배논 신부는 가스 탱크의 뚜껑을 열고 냄새를 맡아 보았다. 휘발유보다 대두유 냄새가 훨씬 강하게 풍겨왔다. 엔진이 그런 기이한 연료를 견뎌낼 리 없었다. 그러나 알코올을 넣어서 내용물을 희석시키면 뭔가 달라질지도 몰랐다. 그는 각종 연장들이 보관된 창고로 들어가서 갖가지 렌치들과 청주 한 병을 찾아냈다.

* * *

오배논 신부가 차와 씨름하는 동안 어느덧 해가 뉘엿뉘엿 지기 시작했다. 그러나 아직 그 열기만은 여전했다. 평평한 지평선 쪽에서 달려드는 일몰 광선 때문에 제대로 눈을 뜨기가 힘들었다. 그의 환한 이마와 여윈 뺨 위로 연신 땀방울이 굴러 떨어졌다. 신부는 신부복 자락을 들어 올려 얼굴을 닦아냈다. 그때였다. 급기야 알코올이 탱크의 기름진 내용물을 활성화시킨 모양이었다. 마침내 차는 한바탕 울음소리를 내더니 두 번 시동이 돌아갔다.

"아하!"

피치본 큰신부가 사제관 문 앞에서 소리쳤다.

"내 곧 그리로 가겠네!"

사실 그는 오후 내내 부산하게 안팎으로 들락거리기만 했을 뿐 아무 도움이 되지 않았다. 하지만 오배논 신부는 감히 싫은 소리를 할 수 없었다. 큰신부는 위층 창문, 베란다를 종횡무진하며 오배논 신부에게 끊임없이 고함을 쳐댔다.

"그게 완전히 맛이 간 것인가, 아니면 좀 고장이 난 것뿐인가?"

"어디에 문제가 있는지 아직 잘 모르겠습니다."

오배논 신부는 참을성 있게 대답했다.

"그렇다면 자네에게 문제가 있는 걸세!"

피치본 큰신부가 꽥 소리를 질렀다.

"그럴 수도 있겠지요."

오배논 신부는 끝까지 고분고분했다. 마음 같아서는 연장을 내팽개치고 알아서 하라고 소리치고 싶었지만 감히 그래서는 안 되었다. 만일 그랬다가는 앞으로 이 노인과 함께 있는 시간들이 지옥으로 변해 버릴 것을 잘 알았기 때문이다.

신부는 막 자동차의 크랭크를 다시 한 번 돌려 시동을 걸기 위해 고개를 숙였다. 엔진의 공기 흡입 장치가 말을 들으면서 급기야 푸푸 하는 기계음이 터져 나오더니 곧 시동이 걸렸다. 차는 마치 다 죽어가는 환자의 몸에서 소생한 기적의 심장 소리처럼, 연거푸 부릉부릉 소리를 내기 시작했다.

"아하!"

지켜보던 피치본 큰신부가 또다시 탄성을 질렀다.

이 소리에 복사服事*로 일하는 중국 소년 왕이 버들가지로 엮은 바구니와 돌돌 말린 침구가 든 커다란 천 가방, 그리고 낡은 여행 가방을

---

* 신심깊은 몇명의 어린 소년을 뽑아 미사나 기타 다른 일들을 하며 신부님들을 돕는 일들을 일컬음.

사탄은 잠들지 않는다 25

들고 뛰쳐나왔다. 책이 가득 담겨 불룩하게 솟은 바구니 위쪽에는 망처럼 엮은 뚜껑이 덮여 있었다.

"모두 뒷좌석에 놓거라."

큰신부의 지시에 왕은 재빨리 차에 올라탔는데, 뒷좌석 문이 고장 나 열리지 않은 지 꽤 된 터라 운전석에 앉았다.

"자, 이제, 오배논 신부, 뒤에서 차를 밀어보게!"

큰신부의 말에 오배논 신부는 그 커다란 발을 자갈길에 단단히 버티고 선 채, 있는 힘을 다해 차를 밀었다.

"기어를 넣어야지, 녀석아!"

큰신부가 왕에게 고함을 쳤다. 잠시 후 차는 두 차례 매연을 내뿜었으나 오배논 신부의 신부복에 온통 기름만 뒤집어씌우고 순식간에 잠잠해졌다. 신부는 재빨리 뒤로 물러섰다. 오, 부디 저주와 욕설의 자유를!

"주님! 저를 용서하소서. 이런 빌어먹을 기계 같으니라구! 토머스보다도 더 구제불능이구나."

그는 숨죽인 채 탄식했다. 그때 큰신부가 차를 향해 고함을 질렀다.

"움직여, 움직이라구!"

오배논 신부는 한 번 더 시도했다.

"자, 이제 내가 힘껏 밀어볼 테니, 왕, 자네가 기어를 넣게."

오배논 신부가 힘껏 차를 밀자, 온순한 중국인 왕도 재빨리 시동을 걸었다. 순간 배기통이 또다시 시커먼 매연을 한바탕 뿜어냈다. 오배논 신부는 매연을 뒤집어쓴 채 기침을 해대며 뒷걸음질 쳤다. 시야가 온통 캄캄했다. 허우적대는 팔 아래로 소맷자락이 펄럭거렸고, 신부는 헐떡거리다가 그만 뒤로 벌렁 자빠지고 말았다.

그때, 잔뜩 흥분해서 운전석에 앉아 있던 피치본 신부를 포함한 그 누구도 북쪽에서 가까이 밀려오는 흙먼지 바람을 눈치채지 못했다. 발동기의 헛구역질이 계속된 탓에 전속력으로 돌진하는 말발굽 소리를 전혀 듣지 못한 것이다.

드디어 희뿌연 먼지 사이로 말을 탄 네 남자의 모습이 나타났다. 곧이어 거만하기 짝이 없는 음성이 쩌렁쩌렁 울렸다.

"이것 보시오. 외국 사제 동무들!"

오배논 신부는 고개를 들었다. 큰 잿빛 말이 앞다리를 번쩍 들어올렸고, 말 위에는 새까만 눈동자에서 사나운 기운을 내뿜으며 숯처럼 까만 눈썹까지 잔뜩 찌푸린, 홍위병 제복을 입은 잘생긴 젊은이가 앉아 있었다. 또 그의 뒤로는 말을 탄 세 명의 병사가 떡하니 버티고 서 있었다.

"호산!"

오배논 신부가 외마디 외침을 내뱉었다. 그러자 젊은이는 갑자기 손 아래로 흘러내린 고삐를 홱 잡아당겨 누구도 자기 곁으로 다가오지 못하게 했다. 당황한 오배논 신부는 양손을 비비며 뒷걸음질했다. 그는 젊은이를 책망하는 눈빛으로 올려다보았다.

"호산, 나를 모르겠나? 이 사람아, 우리가 만난 게 고작 2년 전 아닌가? 내가 아일랜드에서 이 중국 땅에 막 도착했을 때 말일세. 그때 자네는 솜털도 채 안 가신 어린 소년이었지."

그러나 오배논 신부는 딱딱하게 굳은 호산의 얼굴을 보자 금세 목소리를 누그러뜨렸다.

"큰신부님."

그는 속삭이듯 피치본 신부를 불렀다.

피치본 신부는 이미 모든 상황을 예의 주시하고 있었다. 그는 몸을 비틀면서 차 좌석에서 일어나, 계속 고개를 휘젓는 말을 단단히 제압하고 있는 그 젊은 병사를 응시했다.

"호산!"

그는 중국어로 소리쳤다.

"그 저주받을 공산당 제복을 입고 대체 뭘 하고 있는 게냐? 당장 말에서 내려오지 못하겠느냐! 이제 해명해 보거라! 네 녀석이 군대에 들어간 지 벌써 3개월이 흘렀어!"

큰신부는 호산의 말이 차 앞쪽으로 천천히 걸어오는 동안 꿈쩍 않고 서서 기다렸다. 호산은 내내 말 위에서 몸을 꼿꼿이 세운 채, 자부심을 웅변하듯 고개까지 빳빳하게 들고 있었다. 그는 이 늙은 사제를 마치 처음 본다는 듯한 시선으로 내려다보았다.

"외국 사제 동무, 이 차를 징발하겠소!"

그는 자못 위엄 있는 눈빛으로 명령했으나, 피치본 큰신부는 조금도 기가 꺾이지 않았다. 그는 무려 40년을 이 중국 땅에서 살아왔다. 때문에 연장자와 이야기할 때는 의당 말에서 내리는 게 도리라고 가르치는 중국인의 풍습을 잘 알았다. 더구나 큰신부는, 가난한 농부의 아들로 태어나 부랑아가 될 위기에 처해 있던 저 호산을 집으로 데려와 수 년이나 기르고 입히고 가르친 사람이었다. 그렇게 해서 거룩한 성직자가 될 수 있는 준비까지 거의 시켜 주었는데, 어느 날 호산이 뚜렷한 이유도 없이 밤도둑처럼 몰래 내빼 버린 것이다.

큰신부는 엄연히 사제의 직분이거늘 여기서 호산을 두려워해야 하는가? 그럴 순 없었다. 그는 아랫입술에 힘을 주고 호산을 똑바로 바라보았다.

"네가 어찌 감히 내게 그런 식으로 말할 수 있느냐?"

마침내 큰신부는 위압적으로 말했다.

"내가 네 영혼의 아비인 걸 잊었더냐? 난 너를 위해 끊임없이 기도하며 염려했다. 네 행방을 알려고 네 가족들이 사는 고향으로 심부름꾼을 보내기까지 했어. 자, 말에서 내리거라! 난 네 고해성사를 들을 준비가 되어 있다. 비록 그 참회가 네가 저지른 모든 죄를 씻을 수는 없다는 걸 미리 경고해야겠지만 말이다."

"난 참회할 게 없소."

호산은 무례하게 말했다.

"난 더이상 당신의 추종자가 아니오. 나는 당신을 체포할 거요. 당신과 저 사제, 그리고 이 외국인 거주지 내에 있는 모든 사람들도 예외가 아니오!"

"바보처럼 굴지 말아라, 호산."

큰신부는 노여움을 품고 말했다.

"넌 나를 체포할 수 없다. 난 지금 막 내 고국, 아일랜드로 돌아가려던 참이었어."

"당신이 돌아갈 수 있는 곳은 오직 저 사제관뿐이오."

호산은 냉정히 맞받아쳤다.

"그리고 난 뒤 당신과 저 사제는 감시를 받게 될 거요."

그때 오배논 신부가 끼어들었다.

"호산! 자네, 나를 잘 알고 있지 않나!"

그러나 호산은 모든 말을 무시한 채 말의 방향을 틀어 일행에게 큰소리로 명령했다.

"이 두 사제를 안으로 끌어 들여보내고 대문을 잠가라! 그리고 철저히 감시해라! 차는 본부로 끌고 갈 수 있는지 살펴봐라."

호산의 일행들이 민첩하게 말에서 내렸다. 한 명은 피치본 신부의 팔을 잡고 나머지 둘은 오배논 신부와 왕의 팔을 붙잡았다. 오배논 신부는 너무 놀라 어리둥절해진 나머지 순순히 굴복했지만, 피치본 큰신부는 분노를 참지 못해 그 손을 뿌리치고 다시 호산 쪽으로 몸을 돌렸다.

"호산! 이따위 짓을 하다니! 넌 지옥의 불구덩이로 떨어질 게다, 명심하거라! 암, 염려할 것 없다. 넌 신의 저주를 피해갈 수 없을 테니까!"

그는 일말의 변화도 없는 호산의 거만한 얼굴을 올려다보았다. 곧이어 큰신부의 음성이 돌연 부드러워졌다. 그가 영혼의 아비로서 두 팔 벌려 안아 주었던 저 수줍음 많고 가여운 아이가, 지금 대체 무엇이 되어 나타난 것인가?

"호산, 내 아들아!"

큰신부는 호산을 달래기 시작했다.

"내 눈앞에 있는 사람이, 진정 호산 네가 맞느냐? 네가 정말 이럴 수 있느냐? 넌 가장 총명한 학생이었다. 난 네가 사제가 되어 내 뒤를 이을 줄로만 알았어! 성당에서 우리 단둘이 보냈던 시간을 기억하느냐? 그때 내가, 교회는 바로 내 몸과 같다는 성경 말씀을 가르치지 않았더냐? 넌 정말 믿음이 강한 총명한 학생이었지. 그 믿음은 다 어디로 가버린 것이냐? 어째서 악마에게 굴복한 것이냐?"

그는 이제 간청하고 있었다. 열띤 설교로 늘 격해 있던 쉰 목소리도 점차 온화해졌다. 작고 푸른 눈동자엔 자애심마저 어렸다.

"내가 정녕 너를 잃은 것이냐, 호산?"

호산은 큰신부의 시선을 피했다.

"난 새로운 빛을 봤소."

마침내 그가 입을 열었다.

"난 교회의 빛이 줄 수 없는, 더 위대한 빛을 봤소. 그 빛은 내가 따르기로 선택한 길 굽이굽이 가득 빛나고 있소. 그 빛은 이 국가와 세계를, 더 나은 국가, 더 나은 세계로 이끌 거요. 그게 바로 내가 찾아 헤맸던 천국이오. 바로 지금, 바로 여기, 내가 살아있는 동안 말이오."

호산을 제외한 나머지 세 일행은 호기심 가득한 표정으로 큰신부의 말에 이어 호산의 말에 귀를 기울였다. 그들은 모두 젊었고 마치 그 전날 밤새도록 포도주를 마시기라도 한 듯 눈에 하나같이 광채가 돌았다. 그들은 갑자기 박장대소를 터뜨리더니 제각기 든 권총을 달가닥거리며 입을 모아 소리쳤다.

"모 주석 만세!"

그들은 이 외침과 동시에 큰신부와 오배논 신부를 문 쪽으로 거칠게 밀쳤다. 그동안 호산은 말 위에서 굳은 표정으로 꼿꼿이 앉아 이 광경을 지켜보고만 있었다. 그때 문 안쪽에서 벌벌 떨고 있는 문지기를 발견한 호산은 문지기에게 나오라는 손짓을 했다.

"아직도 문지기를 하고 있소? 나를 기억하오?"

"예, 비천한 문지기입죠."

문지기가 대답했다.

"그리고, 물론 누구신지도 기억합니다요."

"이 두 사람을 저 안에 가두고 자물쇠로 잠글 거요. 그들이 울타리 밖으로 나오지 못하도록 감시하는 게 동지의 임무요."

호산이 명령했다.

"만일 그들이 탈출하면 동지의 두개골로 대가를 치러야 할 거요. 무슨 말인지 알아듣겠소?"

"예, 알겠습니다요."

겁먹은 문지기가 대답했다. 그리고 호산의 말 앞에서 그대로 먼지를 뒤집어쓴 채 연신 고개를 끄덕였다.

"곧 다시 돌아오겠소."

호산은 선포하듯 말한 후 고삐를 홱 틀더니 전속력으로 말을 달려 사라져갔다.

* * *

사제관 안으로 들어온 피치본 큰신부는 오배논 신부 쪽으로 몸을 돌렸다.

"자네의 늑장이 어떤 결과를 불러왔는지 똑똑히 보게."

그는 불만스럽게 내뱉었다.

"한 시간 전만 해도 나는 이미 축복받은 땅으로 향하고 있었겠지. 이제 내가 두 번 다시 그 땅을 밟을 수나 있을지 누가 장담하겠는가? 이제 여기가 우리 무덤이 될 게야."

"후…… 그 못된 토머스라는 나귀 녀석이 그렇게 애를 먹일 줄 누가 알았겠습니까."

오배논 신부는 한숨을 지으며 현관문 앞에 섰다. 휘청휘청한 몸은 축 늘어졌고, 젊음으로 생기발랄하던 얼굴도 잔뜩 풀이 죽어 있었다. 피로가 겹친 데다 배까지 고팠던 나머지 손가락 들 기력조차 없었다. 어느새 그의 눈시울 한가득 눈물이 고였다. 더러운 손등으로 눈물을 훔치자, 얼굴에 기름때가 시커멓게 묻어났다. 그는 흐려진 시야 너머로 잔디밭 중앙의 바나나 야자수 아래 고삐 묶인 토머스를 물끄러미 바라보았다.

"토머스, 이 녀석……"

그가 책망조로 중얼댔다.

"차라리 이 두 발로 걸어왔다면, 더 빨리 도착할 수 있었을 텐데, 이 골칫덩어리 녀석!"

그러나 신부의 말에도 아랑곳없이 무성한 녹색 풀을 질겅질겅 씹어대는 토머스의 모습은 골치 아픈 인간사 따위는 깡그리 잊은 듯 보였다.

* * *

아침이 밝았다. 유난히 햇살이 눈부신 아침이었다. 밤새도록 태풍이 몰려오듯 천둥과 비바람이 휘몰아치고 비가 억수처럼 퍼부었다. 나뭇잎과 풀잎 위에 쌓였던 먼지는 말끔히 씻겨나갔고, 자갈길은 깨끗한 은빛으로 빛났으며, 거미줄에는 작은 보석같은 물방울들이 맺혀있었다.

피치본 큰신부는 성당에서 미사를 올리고 있었다. 오늘 아침에도 그는 늘 그래왔듯이 일찍 일어나 곧장 오배논 신부를 깨우러 갔다. 큰신부는 젊은 사제들에 대해 늘 마음을 놓지 못했다. 그는 평상시 오배논 신부가 죄라고 해도 무방할 만큼 늦잠을 잔다는 사실을 익히 알고 있었다.

그러나 오늘 아침에는 웬일인지, 자신의 독방에 있던 오배논 신부도 큰신부의 부름에 재빨리 응답했다. 오배논이 머물고 있는 사제들의 방은 사방이 벽으로 둘러싸여 있고, 창문 하나, 벽돌 마루와 좁은 대나무 침대와 탁자, 그리고 낮은 스툴 의자가 전부였다.

"일어났습니다, 신부님. 밤새 눈을 붙이지 못했습니다."

오배논 신부가 큰신부의 부름에 답했다.

"영혼을 짓누르는 무거운 죄를 껴안고 어찌 잠들 수 있었겠습니까?"

"그렇다면 어서 일어나 그 죄를 씻어내도록 하게."

문밖에서 큰신부의 근엄한 음성이 울려 퍼졌다.

이제 그 음성은 미사의식 속에서 작은 벽돌 성당을 뚫고 다시금 바깥으로 번져나갔다. 오배논 신부는 장궤틀(역주: 신자들이 성전에서 무릎을 꿇고 기도하는 자리) 위에 무릎을 꿇은 채 큰신부의 설교에 귀를 기울였다. 잔잔한 성가가 벽을 타고 올라 환히 켜진 불빛 속으로 스며들었다. 피치본 신부가 미사를 거행하는 동안, 복사服事로 일하는 한 중국 소년이 계속해서 미사 심부름을 들었다. 몇 안 되는 신자들이 경건하게 자리에서 일어나 스스로 이해하지 못하면서도 라틴어 미사 경문에 하나같이 머리를 조아렸다.

"도미네 논 숨 디뉴스Domine non sum dignus*……"

큰신부는 이 기도 구절을 세 번 낭랑하게 읊조려 전 성당에 울려 퍼지도록 했다. 오배논 신부는 그 말씀의 분명함과 온전함을 귀 기울여 찬미했다. 신부는 늘 라틴어에 어려움을 느꼈다. 이 언어는 물론 성령의 말씀을 전하는 거룩한 언어였다. 그러나 신비에 둘러싸인 데다 보통 사람으로서는 범접하기 어려웠기 때문에 오배논은 종종 미사 경문을 외우는 데 실패하곤 했다. 그에 반해 피치본 큰신부는 마치 모국어인 양 그 어려운 라틴어를 줄줄 외우곤 했다.

오배논 신부는 한때 위클로 주**에서 무지한 초심자나 다름없는 대학 시절을 보내던 당시, 반항심을 품고 이렇게 물었다.

"왜 미사를 볼 때 그런 사어死語를 사용해야 합니까? 신자들도 무슨

---

* '주님, 제 안에 주님을 모시기에 합당치 않사오나'라는 의미
** 더블린 주와 경계를 이루고 바로 그 아래 남쪽에 위치한 아일랜드의 유명한 관광지

말인지 이해할 수 있는 언어를 쓰는 게 낫지 않을까요?"

당시 오배논 신부의 스승이었던 피치본 큰신부는 위엄을 갖춰 답했다.

"그건 교회의 영광을 위해서인 동시에, 주어진 시간 세계 곳곳에 모인 모든 신자들의 평화를 위해서라네. 동일한 미사가 만국의 공통 언어로 하느님께 봉헌되는 걸세. 사실이 이럴진대, 우둔한 젊은이들이 배우기 어렵다는 게 뭐 그리 중요한가?"

오배논 신부는 이 수사학적인 대답에 할 말을 잃었고, 피치본 큰신부가 말한 평화의 필요성 또한 이해할 수 없었다. 그러나 지금은 알 것 같았다. 바로 오늘 홍위병 말잡이들 넷이 버티고 있었던 이 도시에서라면, 당장 그들 코앞에 무슨 일이 벌어질지 그 누가 알겠는가? 그리고 이 순간, 어떤 위험이 닥치든 세계 도처에서 같은 언어로 같은 미사가 진행되고 있다는 사실만으로도 오배논 신부는 진정한 평화를 느낄 수 있었다. 그와 큰신부는 이역만리 중국 땅의 이 작은 마을에서도 외롭지 않았다. 그들은 미사를 통해 거대한 전체의 일부에 속하게 되는 것이다.

오배논 신부는 고개를 숙이고 늘 그랬듯이 신부로서 겸허한 마음을 다해 오늘 자신이 주님을 모시기에 합당한 영혼이기를 기도했다. 그리고는 곧 눈을 떠서 큰신부가 성작(역주: 그리스도의 피로 축성된 성혈을 담는 잔)을 들고 신자들을 향해 돌아서는 모습을 지켜보았다. 오배논 신부는 자신의 등 뒤로, 비록 적은 수지만 너나없이 신실하기 이를 데 없는 신자들이 성체를 모시기 위해 영성체 대(역주: 기도대 앞의 난간) 쪽으로 걸어오는 소리를 들었다. 그는 다시 눈을 감고 기도를 시작했다.

"주 하느님, 진심으로 뉘우치는 저희를 굽어보시어, 오늘 저희가 바치는 이 제사를 너그러이……" 「미사통상문」 13쪽

그러나 오배논 신부의 기도는 계속 이어지지 못했다. 갑자기 성당 문 너머로 말발굽 소리가 들려왔다. 말발굽은 달가닥거리며 성당 입구의 벽돌 바닥에 부딪치고 있었다. 무릎을 꿇고 있던 신부는 당황해서 자리에서 일어섰다. 도저히 눈앞의 광경을 믿을 수가 없었다. 큰신부도 막 성체분배를 위해 일어섰지만, 영성체를 하는 신자들의 시선은 이미 침입자들 쪽으로 향해 있었다.

아니나 다를까, 성당 복도 끝 쪽에서 호산을 선두로 한 홍위병들이 성큼성큼 들어서고 있었다. 그들은 계속해서 행진해 들어오더니 성체를 들고 서 있는 작지만 대범한 한 얼굴과 마주쳤다. 큰신부가 먼저 입을 열었다.

"호산!"

그는 성당이 떠나가라 고함을 질렀다.

"감히 이 성스러운 장소를 더럽히다니!"

"미사를 중단하시오."

호산이 명령했다. 그리고는 돌아서 지시를 내렸다. 그러자 군인들이 일제히 총검을 들어쥐고 성당 안으로 들이닥쳤다. 이때 호산이 영성체대에서 잔뜩 뒷걸음질 친 사람들을 향해 눈을 부라리며 소리쳤다.

"외래 신의 빵과 포도주를 들다니! 우리 존경하는 지도자 모 주석께서 내리신 명을 잊었단 말이오? 당장 이곳에서 나가시오. 그렇지 않으

면 여기가 바로 동지들의 감옥이 될 거요!"

그는 병사들 쪽으로 몸을 돌렸다.

"당장 이 어리석은 무리들을 해체시켜라! 이번 한 번만은 눈감아 주겠다."

병사들은 공포에 질린 신자들 쪽으로 달려가더니 총구를 겨눈 채 "외래 종교의 추종자"라는 욕설을 퍼부으며 신자들을 성당에서 내쫓기 시작했다. 잠시 후 성당 안에는 피치본 큰신부와 오배논 신부만이 남겨졌다. 미사 심부름을 드는 소년조차도 줄행랑을 친 뒤였다.

오배논 신부는 이제껏 처음으로 큰신부가 이성을 잃고 어쩔 줄 몰라 하는 모습을 목격하고 있었다. 이 통통하고 작달막한 사제는 온통 하얗게 질려 있었다. 두려움이 아니라 분노 때문이었다. 그는 여전히 성작을 손에 쥔 채 꼿꼿이 서서, 오만하기 짝이 없는 젊은 군인을 올려다보았다. 한 치 물러섬도 없는 자부심과 자부심의 대결이었다. 떠오르는 해가 제단 뒤 둥근 유리창으로 쏟아져 들어와, 중국식 흰 리넨 천의 신부복을 입은 늙은 사제와 푸른 제복 차림의 젊은 군인을 비추었다. 큰신부의 눈빛은 전혀 위축되지 않았다. 순간 호산의 눈빛에 분노의 광채가 번뜩인다 싶더니, 그는 다짜고짜 사제의 손에 들린 성체를 홱 낚아채고, 이어 성작마저 바닥에 힘껏 내동댕이쳤다.

이윽고 큰신부가 입을 열었다. 깊고 강한 목소리였지만 분노의 기색은 찾아볼 수 없는 침착한 어조였다.

"호산, 방금 이 순간은 미사의 가장 성스러운 순간이었다. 너는 이 제단에 나와 함께 서 있곤 했었지. 넌 누구보다 말씀에 감춰진 신비를 잘 이해했어. 네가 지금 무슨 짓을 했는지 네 스스로가 잘 알 게다. 그래, 넌 죄를 지었다. 주님께선 절대 용서치 않으실 게다. 네 스스로 네가 죄인이라는 사실을 잘 알고 있기 때문이다."

호산은 이를 꽉 물며 대답했다.

"신 따윈 없소. 이것이 지금 내가 알고 있는 진리요! 외국인 사제! 당신은 나를 속였어. 당신은 내가 어린아이에 불과했을 때 거짓말의 올가미로 나를 구속했소. 그때는 당신을 믿는 것 외에 다른 방법이 없었지. 내게 먹을 것을 줬으니까. 당신은 친절을 베풀며 내 영혼을 훔쳐갔소. 죄인은 바로 당신이야! 당신은 있지도 않은 신을 떠들어댔소! 내가 당신을 용서할 수 없는 것은 바로 그 때문이오."

"신은 계시네."

큰신부는 단호하게 말했다.

"신을 위해서라면 내 전 생애를 걸 수도 있어."

"물론 당신이 당신 스스로를 속이는 건 상관하지 않소."

호산은 경멸조로 말했다.

"하지만 다른 사람들까지 기만하도록 방관할 순 없소. 당신은 이 하찮은 신부와 함께 당신이 만든 당신의 울타리 안에 수감될 거요. 이 성당은 더이상 거짓 신을 떠받드는 곳이 아니라, 당신의 추종자들을 위한 감옥이 될 거요. 한 명 한 명씩 색출해서 자아 심판대에 세울 것이오. 그들이 만일 신을 부정하고 공산당의 형제애로 돌아선다면 눈감아 줄 것이며, 여전히 신을 부인하지 않는다면 이 제단 위에서 참수형을 당할 것이오."

호산은 몸을 돌려 명령을 내렸다.

"제단을 치워라!"

병사들은 영성체 대 위로 뛰어올라 무기를 휘둘러 제단 위의 모든 것을 쓸어 버렸다. 그리고 총검으로 금빛 십자가를 산산조각 낸 뒤 발로 짓밟았다. 이 광경을 지켜보던 오배논 신부는 비통함에 양손을 틀어쥐며 한켠에 서서, 계속해서 끼어들 기회를 노리고 있었다. 하지만 그럴 때마다 피치본 큰신부는 어떤 말이나 행동도 해서는 안 된다는 신호로 오배논을 향해 고약할 정도로 인상을 찡그려 보였다. 오배논 신부는 큰신부를 돕고 싶다는 간절한 마음에 애타는 시선만 보낼 뿐이었다. 하지만 방도는 쉽게 떠오르지 않았다. 작은 키의 큰신부는 고개를 숙인 채 눈을 감고 기도하며, 손가락으로 묵주를 돌리느라 여념이 없었다.

"앞으로 가라!"

호산이 소리쳤다.

오배논 신부는 두 병사의 손이 자신의 어깨를 움켜잡는 걸 느꼈다. 그들은 신부를 세 번 정도 빙글빙글 돌린 뒤 문 앞으로 내던졌다.

"양코! 앞으로 가!"

한 병사가 고래고래 소리치자, 오배논 신부는 묵묵히 앞으로 걸어갔다. 등 뒤에서 총검의 날카로운 끝이 느껴졌다. 곧이어 피치본 큰신부가 뒤를 따랐고, 그렇게 둘은 사제관 대문 앞에 이르렀다. 병사들은 그들을 안으로 밀어 넣고 세차게 문을 닫았다. 두 사제는 미동 없이 선 채 등 뒤로 자물쇠가 잠기는 철커덕 소리를 듣고 있었다.

오배논 신부는 한참 동안이나 큰신부를 멀거니 응시했다. 그러자 마침내 큰신부가 매우 성가시다는 투로 입을 열었다.

"이보게, 뭐 때문에 나를 그렇게 뚫어져라 바라보는 건가, 그렇게 입까지 벌리고서?"

"지금 뭘 해야 할지 말씀을 듣고 싶습니다. 큰신부님. 지금 저는 아무것도 생각할 수가 없습니다."

오배논 신부는 무력하게 말했다.

"누구에게 무슨 말을 전한다 한들, 이젠 너무 늦었네."

큰신부가 날카롭게 응수했다.

"기도를 드릴 테니 방해나 말게."

그는 거실로 향하더니 계단을 올랐다. 오배논 신부는 피치본을 걱정스러운 눈길로 바라보았다.

"저녁을 갖다 드릴까요?"

"생각 없네!"

피치본 큰신부는 고개를 돌리지도, 손을 흔들지도 않았다. 곧이어 문이 쾅 닫히면서 더이상 그의 모습은 보이지 않았다.

* * *

"이 형편없는 음식을 대체 뭐라 불러야 하지?"

피치본 신부는 접시에 담긴 음식을 기분나쁘다는 듯 바라보았다.

이튿날 아침이 되었다. 큰신부는 평소처럼 아침 식사를 하기 위해 아래층으로 내려왔다.

"경험 없는 저로서는 최선을 다한 겁니다, 신부님."

오배논 신부는 변명했다.

"하인도 가 버렸고, 저는 요리사 교육을 받은 적도 없고요."

"지극히 작은 일도 소중히 해야 하는 법이거늘."

큰신부가 꾸중하듯 말했다. 그는 포크를 들고 음식을 먹기 시작했다. 우울한 얼굴이었다. 그는 곧이어 포크를 내려놓으며 투덜거렸다.

"다시 생각해도 그렇네. 자네가 조금만 더 일찍 도착했다면 지금쯤 난 아일랜드에 무사히 도착했을 게야. 그것만 생각하면……."

큰신부는 설레설레 고개를 저으며 그만 입을 다물었다.

"만일 그랬다면 전 이곳에 혼자 남겨졌겠죠."

오배논 신부가 답했다.

"호산을 상대로 어떻게 맞서야 할지 많이 난감했을 겁니다. 이곳은 어디까지나 큰신부님을 필요로 하고 있으니, 아마도 성모님의 은혜로 이렇게 일이 꼬여 버린 걸지도 모릅니다. 또 토머스가 말썽을 부려 시간을 지체하게 된 것도 다 그분께서 행한 이변이었을 겁니다."

"거룩하신 어머니의 이름을 미천한 나귀와 함께 입에 담지 말게, 자네한테도 마찬가지야!"

지나치게 성마른 반응이었다. 오배논 신부는 한숨을 내쉬었다. 하긴 큰신부는 아침 나절에는 으레 심기가 좋지 않았다.

"이제 차를 내올까요?"

"그게 뭐 그리 중요한 일인가?"

큰신부는 계속 딱딱거렸다.

"자네가 타오는 차는 분명 멀건 물이겠지."

"하지만 이곳에 저 말고는 남아 있는 사람이 없는 걸요, 큰신부님."

오배논 신부의 말에 큰신부는 계란 반숙이 담긴 접시를 밀어냈다.

"그 야비한 요리사가 첫날 밤 도망친 걸 생각하면,"

피치본 신부는 투덜거렸다.

"자기와 궁핍한 가족들한테 베풀었던 은혜도 깡그리 잊고 그렇게 도망치다니…… 그는 내 첫 번째 개종자였어! 아니, 정확히 말하면 호산의 첫 번째 개종자였지. 아…… 호산, 그 녀석은 내게는 아들과 다름없는 존재였거늘…… 영혼의 아들 말일세. 그런데 지금은……"

"호산에 대해 좀 더 말씀해 주시겠습니까?"

오배논 신부가 말했다. 피치본 신부의 기분을 전환시킬 수 있는 화제라면 뭐든 좋겠다는 생각에서였다.

지난밤에는 온 가슴이 긴박감과 두려움으로 가득 찼다. 하인들이 한 명씩 어둠 속으로 자취를 감추더니 아침에는 문지기조차 사라지고 없었다. 대신 그 자리에는 사납게 생긴 젊은 병사가 소총을 등에 차고 왔다 갔다 하고 있었다. 그들이 가진 소총은 모두 훌륭한 미국식 병기로, 패배한 국민당 군대로부터 빼앗은 것이었다. 이제 이 선량하고 정직한 두 사제는 언제 그 소총에 목숨을 잃게 될지 모르는 운명에 처한 것이다! 오배논 신부는 그러한 자신의 처지를 다시금 상기했다. 피치본 큰신부는 어느새 차와 계란 따위는 잊은 듯 입을 열었다. 단호하고 둥근 얼굴은 너무 슬픔에 겨운 나머지 부드럽게 풀어져 있었다.

"그때 호산은 예닐곱 살 어린 아이였지."

그는 회상에 잠긴 듯 말을 이었다.

"기근이 심했던 그해, 그 아이는 길을 잃고 가족과 떨어졌어. 물론 나중에 가족들이 다시 찾으러 왔지만, 호산을 처음 보았을 때 그 아이는 마침 내가 지나가던 생선 시장 옆 길에서 목 놓아 울고 있었다네. 내 기억으로 그때 나는 죽어가는, 대장장이였던 한 신자의 영혼을 위해 마지막 미사를 올리러 가던 중이었지. 그는 실수로 풀무 위에서 두드리던 낫으로 자기 허벅지를 찍었는데 이내 감염되어 괴저가 생겼지. 그곳으로 가던 길에 강아지처럼 먼지 구덩이 속에 앉아 눈알이 빠져라 울고 있는 어린 호산을 보게 된 거야. 하지만 난 내가 여기서 걸음을 멈추면, 미사를 봉헌하기도 전에 그 신자가 죽을까 염려했던 게지. 그래서 일을 마치고 돌아오는 길에 그 아이를 찾았다네. 가만 보니 길 옆에서 팔베개를 하고 잠들어 있더군. 얼굴은 온통 눈물과 먼지로 얼룩투성이였지. 내가 안아 들자 녀석은 곧 잠이 깨더군. 그래서 '넌 누구냐'고 물었지. 그랬더니 이름만 얘기하고는 입을 다물어 버리더군. 난 그애를 집으로 데려왔지. 요리사가 그를 목욕시키고 깨끗한 옷을 입혀주었네. 그리고 여기서 줄곧 함께 산 게야. 작년에 그렇게 집을 나갈 때까지 말일세."

"호산의 부모님은 호산을 찾지 않았습니까?"

오배논 신부는 큰신부가 자신 쪽으로 얼굴을 향하지 않도록 기도하는 척하며 물었다. 창 밖에 선 병사가 두 사람을 감시하고 있었기 때문이었다. 병사의 얼굴은 보기만 해도 피가 얼어붙을 정도로 험악했다.

큰신부 역시 고개를 돌리지 않고 대답했다.

"아, 물론 찾았지. 아이를 잃은 곳이 시내에서 고작 몇 마일 거리였기 때문에 자식을 찾으려고 곧 돌아왔지. 당시 그들은 전쟁 피난민들 속에 섞여 있었네. 음, 그러니까, 그때가 첫 번째 혁명 때라 하기엔 너무 늦은 때였으니, 분명히 두 번째 혁명 때였을 걸세. 아니, 아니지. 아마 그때가 일본군들이 만주를 점령했을 때지. 그들은 북쪽에서 쳐들어왔고 말일세."

"가족들은 호산을 데려가려고 하지 않았나요?"

오배논 신부가 다시 논점을 찾아 되물었다. 그는 창문 쪽을 보지 않으려고 애썼지만 자연스레 눈길이 그쪽으로 향했다. 병사는 그와 시선을 마주치자 금방이라도 총을 쏠 준비라도 하듯 그에게 소총을 조준했다. 악의적인 장난이었다.

"물론 데려가고 싶어 했다네. 하지만 그들이 찾으러 왔을 때 호산은 제법 살집이 붙어 통통하고 건강하게 자라 있었고, 라틴어를 읽고 말하는 법까지 배우는 중이었네. 그들이 라틴어를 내 모국어로 생각할까 염려했지만 말이야. 결국 그들은 호산을 내게 맡기고 떠났네. 내가 호산에게 자신들보다 더 많은 걸 줄 수 있다는 것을 알았던 게지……. 하지만 그들은 이후 여기 부근에 작은 가게를 열어서 이따금 호산을 보러 오곤 했네. 내게 과자나 달걀 꾸러미 같은 것을 건네 주면서 말이야."

큰신부는 갑자기 말을 멈췄다. 울컥 눈물이 솟구친 게 분명했지만 강한 자존심이 그 눈물샘을 단단히 막고 있었다.

"피곤해 보이십니다, 신부님."

오배논 신부가 연민어린 어조로 말했다. 때마침 병사는 창문을 떠나고 없었다.

"지난밤은 저나 신부님이나 잠을 이루지 못했죠."

사실이었다. 지난밤 홍위병들이 시내로 몰아닥치면서 사제관에는 이상하리만큼 공포스러운 적막이 흘렀다. 울타리 너머 들려오는 아우성과 소동은 위협과 두려움 그 자체였다. 이 두 사제에게 무슨 일이 일어나고 있는지 설명해 주러 오는 사람 역시 없었다. 새벽 5시에 큰신부가 미사를 거행했지만, 함께 했던 신자는 오로지 오배논 신부뿐이었다.

"정말 충격적인 밤이었네."

큰신부는 비로소 입을 열었다.

"심장을 도려내는 기분이었지. 호산이 내게 총구를 들이댔을 때처럼."

"네, 그랬지요."

오배논 신부는 신음하듯 우물거렸다. 피치본 신부는 다시금 목청을 가다듬었다.

"오배논 신부, 자네 아나? 호산, 이 녀석은 보통 놈이 아니라네. 나조차도 의식 못하는 사이에, 먼지 속에 보석을 발견했던 게야. 난 그 아이가 타고난 지도자라는 것을 간파했지. 가슴과 머리, 그리고 어디서도 찾아볼 수 없는 강렬한 내면의 힘까지 갖춘 아이야. 난 그애가 커가는 것을 지켜보면서, 가능한 한 내가 알고 있는 모든 걸 가르쳤네.

주님께서 내가 가고 없어질 때 내 자리를 대신할 자를 보내 주셨다고 굳게 믿었네. 나 이상으로 사목직을 훌륭하게 완수할 자를 말이야. 왜냐하면 자네와 나는 어디까지나 아일랜드 사람이지만, 그는 바로 이곳 인민의 사람 아닌가. 이에 대해 주님께 또한 감사했네."

피치본 신부는 자신의 한마디 한마디에 힘을 싣기 위해 잠시 숨을 가다듬더니, 오른손으로 테이블을 탁 내려치면서 방금 했던 말을 다시 하나하나 강조했다.

"이 아이는 말일세, 오배논, 이 별처럼 빛나는 호산이라는 아이는 내게 아주 많은 사람들을 인도했네. 그가 오기 전, 내가 20년 동안 이뤄낸 것보다 더 많은 숫자였지. 그는 분명히 사람들의 영혼을 매혹시키는 재주가 있었던 게야. 하지만 내가 아는 한, 호산은 여자에게는 추호의 관심도 보이지 않았어. 오로지 사제가 되기만을 원했지. 아, 그 아이가 사제가 되겠다고 고백하던 영광스러운 그날을 생각하면!"

큰신부는 황홀한 옛 추억 속에서 등을 기대고 눈을 감았다.

"성당에서 홀로 기도를 드리고 있을 때였지. 확실히 기억나지는 않지만, 그때 난 무슨 문제로인가 골치를 썩고 있었지. 그래서 주님의 응답을 간구하고자 성당을 찾았네. 제단 앞에 무릎을 꿇고 기도를 드리고 있는데 누군가 내 옆에 와 있다는 걸 느꼈지. 눈을 떠 보니 그 아이가 있었네. 그 축복받은 아이가 내 옆에 무릎 꿇은 채 말이야……. 호산이 성당으로 나를 따라온 건 그때가 처음이었지. 난 왜 왔냐고 묻지 않았네. 하지만 이미 난 마음 깊이 신선한 충격과 동시에 안도의 기분을 느끼고 있었지. 그때 난 혼자가 아니라는 것을 깨달았어. 주님께서

이 아이를 통해 내 기도에 응답해 주신 것이라고 믿었지. 주님께서 이 아이를 보내심으로 해서 어떤 메시지를 전달하시려는 걸 말이야. 그 아이가 입을 열고 처음 한 말은 바로 이거였네. '신부님, 저도 신부님처럼 사제가 되고 싶어요.' 오배논 신부, 그건 말씀이었네. 그 말씀은 예수 그리스도의 음성처럼 내게로 왔네. 정말 그랬어. 그날부터 나는 모든 고민에서 해방됐지. 그리고 생각했어. 내가 이룰 수 없었던 일들을 언젠가 호산이 대신 맡아서 해 주리라고 말이야."

큰신부는 말을 멈췄다. 입술이 파르르 떨리고, 눈에는 눈물이 그렁그렁 맺혔다.

"이제 좀 쉬세요, 신부님."

오배논 신부가 어르듯 말했다. 순간 밖에서 어떤 소리가 귀를 쫑긋하게 만들었다. 대문이 철커덕 열리는 소리였을까?

하지만 큰신부는 이야기를 이어갔다.

"그런데 그 아이 내면에서 어떤 변화가 일 때, 나는 그걸 전혀 눈치채지 못했어. 그 변화는 반란군들이 시내로 밀려들었을 무렵 시작되었지. 당시 장개석은 맹렬히 반란군 뒤를 쫓으면서 공산주의자들을 이 나라에서 몰아내겠다고 선포했고, 공산주의자들은 허둥지둥 줄행랑을 치고 있다네. 그렇게 메뚜기 떼처럼 북서쪽으로 도주하는 도중 이 도시로 밀려들게 된 게야. 어쨌든 그들은 호산에 대해 알게 되었지. 누가 말했냐고? 물론 어떤 숨겨진 첩자였겠지. 틀림없이 우리 신자 중에 변절자가 있었던 걸세. 어쨌든 그들은 내 아이를 찾아내서는 갖은 입발림으로 치켜세웠네. 아, 그 모든 게 내 등 뒤에서 교묘히 이루어진 일이었지! 그런 일이 일어났으리라고는 꿈에도 상상하지 못했어. 하지만 난 호산이 고민에 빠져 있다는 걸 눈치챘네. 그래서 다그쳤지. '호산, 양심에 거리끼는 죄를 저지르고 고해하지 않은 일이 있느냐?'라고 말이야. 그러자 호산은 '죄가 아니에요, 신부님'이라고 답했지. 오배논 신부, 그게 바로 그 아이의 첫 번째 거짓말이었어. 그들은 이미 호산에게 거짓말하는 법을 가르쳤던 게지."

큰신부는 잠시 말을 멈추고 고개를 저으며 한숨을 내쉬었다. 접시 위의 음식이 거의 식어가고 있었지만, 오배논 신부는 굳이 그것을 언급하지 않았다. 대신 온화하기 그지없는 음성으로 말했다.

"그렇습니다, 신부님. 그들이 호산에게 그런 것을 가르친 건 엄연히 신부님의 잘못이 아니라……"

이때 큰신부가 불쑥 끼어들었다.

"아, 하지만 호산은 귀를 기울였네. 어째서일까? 내가 그의 마음 밭을 좀더 영글게 다져놓지 못했던 걸까? 난 호산에게 엄격했네. 특히 여자에 대해서 말이야. 아마 그게 도를 지나쳤던 것 같아. 그 아이는 커가면서 인물이 아주 출중해지고 있었지……. 하지만 분명히 사제가 될 재목이었어. 난 호산에게 너와 하느님 사이에 놓여있는 장애물은 오직 여자뿐이라고 거듭 말하곤 했지. 여자란 모름지기 남자를 빙빙 둘러싸서는, 그가 있는 곳을 천국이라고 착각하게 만든다고 말이야. 하지만 그 후 호산은 자신이 몸담았던 바로 이곳이 지옥이라고 생각했고, 급기야는 여자와……"

큰신부가 이 말을 너무 힘주어 반복하는 바람에 오배논 신부의 얼굴이 순식간에 홍당무처럼 붉어졌다.

"저는 그런 것에 대해서는 아는 바가 없습니다."

신부는 기어들어가는 목소리로 말을 이었다.

"사랑에 빠져본 적도 없을뿐더러…… 여자와 함께 있어본 적도 없고…… 제가 알고 있는 한…… 그러니까……"

"아, 여자들이란 능히 그럴 수 있는 족속이라네."

큰신부는 슬픈 얼굴로 말을 이었다.

"여자는 기교에 능한 동물이지. 여자들이 호산을 상대로 추파를 던지는 걸 이 성당 안에서 내 눈으로 똑똑히 목격한 적도 있네. 어떤 계집아이였는데, 물론 그 아이가 어떤 아인지 내 알 바 없네만, 그때 그 아이에게 당장 제자리로 돌아가라고 일렀네. 호산이 여자들과 시시덕거리지 않도록 하느님의 은총 안에서 호산을 보호하려 한 거지. 하지만 결국 호산은 도망을 쳤네. 장개석 군대가 뒤쫓아 오자 공산당들과 함께 달아나버리고 만 게야. 그리고 나한테는 편지 한 장을 남겼다네. 썩 잘 쓴 편지였지. 그걸 읽는 내 마음은 산산이 부서졌지만……. 그는 다른 쪽 말에도 귀를 기울이고 싶다고 썼어. 지금까지는 이곳에서만 지냈지만, 이제는 울타리 너머에도 또 다른 세상이 있다는 걸 알았다고 말일세. 그는 모스크바로 갈 거라고 했네. 공산주의자들이 그곳에 가면 학교에 다닐 수 있다고 꼬셔댄 거지. 그 얼마나 영악한 놈들인가……. 그들은 호산의 천재성을 간파하고 내게서 호산을 훔쳐간 게야……."

"악마 같은 놈들,"

오배논 신부가 조그맣게 중얼거렸다. 그는 큰신부의 말에 너무 집중한 나머지 창문 쪽을 점검하는 일도, 방금 들린 대문 열리는 소리도 까맣게 잊고 있었다.

"그래, 호산은 내게 편지를 보내왔지."

큰신부는 계속해서 말했다.

"그는 내게 아들이나 다름없는 아이였네. 그것이 의무라고 느껴지지 않을 만큼 내게 잘 했네. 두 번째 편지도 썩 잘 쓴 편지였지. 하지만 내 마음은 이번에도 갈가리 찢어졌어. 호산이 배우고 있는 건 날조된 지식이었으니까. 그러다가 마침내 그날이 오고 만 거라네, 오배논 신부. 호산이 자신은 더이상 하느님을 믿지 않는다고 내게 당당하게 선포하던 날 말일세. 바로 그날, 아일랜드에 편지를 써서 귀국 허가를 요청했네. 지금으로부터 3년 6개월 전 일이지. 난 이 땅에서 벌였던 내 선교가 실패로 끝났다고 자책했어. 태어난 곳으로 돌아가 거기서 생을 마감하는 것이 최선이라고 생각했지. 그게 내게 남겨진 전부였네. 호산이 내 뒤를 잇지 않는다면, 내가 이뤄 놓은 것 모두도 결실을 맺지 못할 운명이나 다름없었지. 그래, 내 가슴은 온통 상처투성이가 되었다네."

"이런, 세상에."

오배논 신부는 한숨을 지었다. 지금껏 쌓아올린 견고한 세계가 큰신부의 고백과 함께 산산이 무너져 내리는 기분이었다. 비록 성급한 독재자처럼 굴긴 해도 그 동안 큰신부는 그를 버티고 서도록 해 준 든든한 바위 같은 존재가 아니었던가.

"추기경께서는 다른 답변 대신, 내게 계속 이곳에 머무르라는 전갈만 보내오셨지. 그저 나를 도울 젊은 사제를 한 명 보내겠다고 하셨어. 그게 바로 자네……"

"시원찮은 얼간이였죠."

오배논 신부가 황급히 맞받아쳤다.

"자네가 굳이 그렇게 답하고 싶다면 난 아무 말 않겠네."

큰신부는 자못 관대한 투로 답했다.

바로 그때 오배논 신부가 갑자기 안절부절못하며 자리에서 일어섰다. 그는 창가로 다가가 밖을 내다보았다. 순간 그의 눈앞에, 그를 대경실색하게 만드는 존재가 나타났다. 한 소녀가 울타리 바로 안쪽에 서 있었다. 감시병이 서둘러 그녀를 붙잡았다. 감시병은 왼쪽 가슴에 총을 꽂은 채 발은 대문 반대쪽으로 버티고 서 있었다.

"오! 성모님이시여!"

오배논 신부는 심호흡을 하며 가슴에 십자 성호를 그었다.

"무슨 일인가?"

큰신부가 질문을 던지고는 차갑게 식은 계란에 다시 포크를 가져갔다.

"제가 아는 사람입니다."

오배논 신부는 큰신부의 질문에 답한 뒤 창문을 홱 열고 소리쳤다.

"수란, 가거라! 당장 집으로 돌아가! 네 어머니한테!"

그러나 소녀는 병사를 옆으로 확 밀치더니 냅다 신부가 있는 집 쪽으로 달려오기 시작했다. 그리고는 오배논 신부가 서 있는 열린 창문으로 다가와서는 안쪽을 들여다보았다.

"이제야 찾았네요. 아, 신부님을 찾았다고요!"

그녀는 기쁨에 겨워 소리쳤다. 오배논 신부는 소녀의 예쁘장한 얼굴을 내려다보았다.

"난 이제 여기 갇힌 신세란다. 너를 보살필 수가 없어."

하지만 소녀는 상관없다는 듯 웃으며 말을 이었다.

"제가 신부님을 보살펴 드리면 되죠. 이젠 제가 신부님 댁에 온 거예요!"

소녀의 맑은 음성과 쾌활한 웃음소리가 마치 음악처럼 방 안으로 밀려 들었다. 큰신부는 자리에서 일어나 입술에 묻은 계란 찌꺼기를 휴지로 닦아낸 뒤 창문 쪽으로 성큼성큼 걸어왔다. 오배논 신부는 잠시 고개를 돌렸다가 코앞에서 마주친 큰신부의 험악한 표정에 화들짝 놀랐다.

"잠시 실례하겠습니다. 신부님."

오배논 신부는 이어서 소란스러운 발소리를 내며 문 쪽으로 내달리더니 힘껏 몸을 던져 자물쇠를 부수었다. 그러자 바깥에 있던 감시병이 총과 함께 문을 막아섰다.

"나올 수 없고, 들어갈 수도 없소."

그는 단호하게 못 박았다. 그때 수란이 그의 총을 세차게 옆으로 밀쳤다.

"안으로 들어갈 수 없다니, 무슨 뜻이죠?"

그녀는 날카롭게 쏘아붙이며 말을 이었다.

"나는 당신과 같은 공산당원으로 외국인 사제들에게 전할 말이 있어 온 거예요."

"전할 말이라니 허튼 소리!"

감시병이 소리를 쳤다. 그러나 수란은 이미 성큼 집 안으로 들어선 상태였다. 곧이어 그녀는 문을 쾅 닫더니 빗장을 질렀다. 그러자 감시병은 모자를 벗고 머리를 긁적거리더니 옆에 서 있던 다른 감시병을 향해 어깨를 으쓱했다.

"밖으로 나오면 그때 체포하자."

옆의 감시병이 말했다. 그리곤 대문가의 자기 위치로 돌아가, 대문에 난 구멍을 열어 거리를 둘러보며 대나무 이쑤시개로 이빨을 쑤시기 시작했다.

오배논 신부는 사제관 거실에 서서, 자신의 어깨 아래 근처에 있는 사랑스럽게 생긴 작은 얼굴을 책망하는 눈빛으로 내려다보았다. 깔끔한 푸른 면 웃옷과 바지를 입은 소녀의 모습은 꽃처럼 신선했다. 검은 머리는 땋아 목 뒤로 매듭을 지었고, 앞머리는 매력적인 까만 눈썹 위로 가지런히 정돈되어 있었다. 그리고 그 아래로는 까맣고 커다란 눈망울이 진한 속눈썹 아래 반짝거렸다. 머리의 매듭 부분에는 그녀의 입술만큼이나 붉은 동백꽃이 꽂혀 있었다.

"수란아."

오배논 신부는 엄하게 나무랐다.

"이렇게 또 내 뒤를 쫓아다니다니…… 이 녀석아."

그는 아일랜드 말로 애송이라는 뜻의 마지막 부분 '스팰핀spalpeen'을 빼고는 모두 중국어로 꾸짖었다. 그 말을 쓴 것은 그에 어울리는 적당한 중국어를 찾을 수 없었기 때문이다.

순간 수란의 얼굴에 천사 같은 미소가 떠올랐다.

"한 번 더 그 이름으로 불러주세요. 분명히 '사랑하는 사람'을 뜻하는 말이죠?"

"아니, 그런 게 아니란다."

오배논 신부는 수란의 말에 충격을 받고 멍해져서 대답했다.

"내 앞에서 다시는 '사랑'이란 말을 쓰지 말라고 분명히 일러두지 않았느냐. 나는 주님의 뜻을 받들어야 하는 사제로, 사랑과는 거리가 먼 사람이다."

"성경엔 사랑이란 말이 그렇게 가득한데요?"

수란의 예쁘장한 얼굴은 아이같은 천진함과 여자로서의 매력을 동시에 품고 있었다. 오배논 신부의 얼굴이 순식간에 붉어졌다.

"성경에 나오는 사랑은 네가 말하는 그런 사랑이 아니다."

신부는 완강히 말했다.

"그러면 어떤 종류의 사랑이죠?"

질문하는 그녀의 모습은 마냥 순진무구했다.

"하느님의 순수한 사랑."

오배논 신부는 진지하게 말을 이었다.

"여자와는 전혀 상관없는 그런 사랑이지."

"동정 마리아께서도 여성이 아니시던가요?"

수란은 눈을 동그랗게 뜨며 입을 삐죽거렸다.

"마리아께서는 주님의 어머니셨다. 그러니 사랑이란 걸 함부로 말해선 안 된단다."

오배논 신부는 근엄하게 읊조렸다. 그는 수란이 충분히 이해할 만큼 썩 괜찮은 중국어를 구사했지만 아일랜드 억양이 묻어나는 것은 어쩔 수 없었고, 이내 수란은 깔깔대고 웃으며 말했다.

"정말 재밌어요! 신부님은 중국어를 마치 아일랜드 말처럼 하시네요. 아일랜드는 어디 있는 나라죠?"

"바다를 사이에 두고 영국과 조금 떨어진 초록색 섬이지."

"그곳에 가실 때 저도 데려가 주실 수 있으세요?"

수란은 골똘하게 물었다.

"앞으로 오랫동안은 가지 못할 게다."

그는 우울한 얼굴로 답했다.

"설령 간다 해도 너와 함께 갈 수는 없어, 절대 안 될 말이지. 젊고 예쁜 여자와 그 녹색의 땅을 밟는다는 건, 내게 주어진 신성한 부름에 위배되는 일이니까!"

"아하! 여하튼 신부님은 저를 예쁘다고 생각하시는 거네요!"

수란이 말했다.

"그런 건 아니란다."

오배논 신부는 황급히 발뺌을 했다.

"어쨌든 저는 예쁘다구요."

수란이 집요하게 물고 늘어졌다.

"네가 예쁘건 아니건, 나와는 아무 상관없는 일이야."

신부는 단호하게 말했다.

"될 수 있는 한 네 얼굴을 보지 않을 게다."

신부는 이 말을 하는 와중에도 줄곧 마룻바닥만 응시하고 있었다. 그러다가 바로 이때 살금살금 다가오는 피치본 큰신부의 정갈한 발이 포착되자, 재빨리 수란을 거실 방으로 끌어당겼다.

"저쪽에 앉아라. 내게서 멀리 떨어져 있어야 하느니라. 명심해라! 큰신부님이 들어오시면 내게 어떤 말도 건네서는 안 된다, 알겠느냐? 내가 자초지종을 설명할 것이다."

그는 수란이 고개를 끄덕일 때까지 엄격한 눈빛으로 쏘아보았다. 그리고는 곧이어 문 쪽으로 걸음을 옮겼고, 거기서 큰신부와 정면으로 마주쳤다. 피치본 큰신부는 오배논을 옆으로 밀치더니, 자기가 늘 앉곤 했던 버들가지 의자에 자리를 잡은 소녀를 바라보았다.

"이…… 이 아이는 누구냐?"

큰신부가 오배논 신부에게 중국어로 물었다. 오배논 신부는 손으로 입을 가리고 헛기침을 했다.

"제가 있던 옛 교구 수녀원에서 요리사로 일했던 신자의 딸입니다. 신부님께서 저를 여기로 부르시기 전의 일이죠."

"그런데 어째서 저 아이가 여기에 있는 것이냐?"

큰신부가 냉랭하게 물었다. 이때 수란이 불쑥 끼어들었다.

"훌륭하신 오배논 신부님 곁에 있고 싶어 제 발로 찾아왔어요. 계속 가르침을 받을 수 있도록요."

이번엔 오배논 신부가 끼어들었다.

"그래서 약속까지 어겼단 말이냐? 다시는 나를 쫓아다니지 말라고

사탄은 잠들지 않는다 57

일렀거늘!"

"물론 쫓아다니지 말라는 말씀은 귀에 박히도록 들었죠."

수란은 순순히 시인했지만, 곧 한마디를 덧붙였다.

"하지만 전 여전히, 이렇게 신부님 뒤를 쫓아다니고 있죠."

오배논 신부는 큰신부를 간절한 눈빛으로 돌아보았다.

"그렇잖아도 이 문제에 대해 얘기를 많이 했습니다, 큰신부님. 셀 수 없이 따끔하게 충고했지요. 이 아이는 사실 제 밑이 아니라, 의당 훌륭한 수녀원에서 가르침을 받아야겠지요."

이 순간에조차 수란은 매력적인 미소를 짓고 있었다. 분홍빛 두 뺨에는 살포시 보조개가 패었고, 아몬드처럼 까만 눈동자는 훤칠한 신부의 모습을 사랑스러운 듯 바라보고 있었다.

"만일 수녀님들이 저를 가르친다면 저는 허구한 날 졸기만 할 거예요. 제가 졸지 않고 들을 수 있는 목소리는 오직 신부님 목소리뿐인 걸요."

오배논 신부는 큰신부를 흘긋 쳐다보았다. 맙소사. 그 작달막하지만 강직한 사제는 오배논 신부의 얼굴을 빤히 쳐다보고 있었다. 가히 부담스럽기 그지없는 표정이었다. 눈은 한껏 부릅뜬 채 꽉 오므린 입술엔 주름이 무성했다. 그는 소맷자락에서 손수건을 꺼내 자신의 납작코에 대더니, 마치 트럼펫을 불 듯 뿡 하고 코를 풀었다. 오배논 신부는 그의 눈길을 피하고 싶었지만 그럴 수 없었다. 큰신부는 이런 문제를 호락호락하게 넘길 사람이 아니었다.

"여기 뭔가 수상쩍은 냄새가 나는군."

큰신부가 탐색하듯 말했다.

"이 아가씨한테 따끔히 충고했다는 게 사실인가?"

오배논 신부는 고개를 끄덕였다.

"그런데 어떻게 이런 일이 벌어질 수 있는 건가?"

큰신부는 사람을 조마조마하게 만드는 아주 침착한 투로 물었다.

"이 아이는, 처음에 자기 어머니와 교리 문답 수업을 왔었습니다."

오배논 신부가 답했다. 온몸에 화끈화끈 열이 오르는 듯하더니 이내 땀이 흐르기 시작했다. 그는 오른손을 들어 집게손가락으로 이마에서 떨어지는 땀방울을 닦아냈다.

"그렇다면 어머니가 세례를 받은 후에도, 이 아이는 계속 수업을 들었나?"

큰신부의 취조는 멈추지 않았다.

"네, 그랬지요."

오배논 신부는 끈질기게 버티듯 말했다.

"그렇다면 이 아가씨는 왜 어머니가 세례를 받았을 때 함께 세례를 받지 않은 건가?"

"자기는 좀더 공부를 해야 될 필요가 있다고 우기는 바람에……."

오배논 신부는 더듬거렸다. 그는 수란이 처음 그의 수업을 들었을 때의 모습을 잘 기억하고 있었다. 그는 수란에게 새로운 초심자 과정을 권유했지만, 그녀는 다른 수업은 이미 들었다면서 끝까지 고집을 꺾지 않았다. 오배논 신부의 수업에는, 수란과 신부 단 두 사람뿐이어서, 그는 이 상황이 충분히 부도덕한 여지가 있다는 사실을 잘 알았다.

거기에서 벗어나게 되기를 얼마나 바랐던가. 수란은 꼭 닫은 문을 갑작스레 열고 들어오면서 선선한 미풍이 불어온다고 말하거나, 기타 수많은 상황을 핑계삼아 신부를 당황스럽게 만들었다. 때로는 팔꿈치를 신부가 책상으로 사용하는 작은 탁자 위에 올려놓곤 했는데, 수란의 맞은편에 앉은 신부는 교리 문답서에 적힌 질문을 할 때면 그녀의 얼굴을 쳐다보지 않으려고 애썼고, 어쩌다 그녀를 바라보게 되면 늘 하느님께 용서를 빌었다. 그리고 지금 오배논 신부는 다시 한 번 진땀을 빼고 있는 중이었다.

"그래서 그녀가 계속 수업을 들었단 말이지!"

큰신부의 말투가 격앙되었다.

"며칠 동안이었나? 아니면 몇 주인가?"

오배논 신부는 차마 답하지 못하고 고개만 절레절레 흔들었다.

"설마 몇 달은 아니겠지!"

피치본 큰신부는 이제 아예 고함을 치고 있었다. 오배논 신부는 비참한 기분으로 고개를 끄덕였다.

"자네가 그걸 허락했단 말이지?"

"정확히 말하면 그녀의 어머니가 그랬습니다."

오배논 신부는 무력하게 답했다.

"자네와 단둘이 하는 수업을?"

큰신부가 근엄하게 묻자, 오배논 신부는 진지한 얼굴로 부정했다.

"오, 아닙니다. 다른 신자들과 함께였습니다. 몇 명 정도 됐지요. 단둘이 하는 수업은 제 자신이 허용할 수 없었습니다. 절대 그런 일은 자주 없었습니다. 네, 기필코 자주는 아니었습니다."

오배논 신부가 다급하고도 통렬하게 말하는 바람에, 피치본 큰신부는 자신도 모르게 수란 쪽으로 눈길을 돌렸다. 그녀는 피치본 신부 쪽을 바라보고 있지 않았다. 대신 오배논 신부에게서 눈을 떼지 않은 채, 그 장밋빛 입술에 마치 하와가 에덴동산의 선악과 나무 아래에서 뱀을 알아봤을 때 지었을 법한 미소를 머금고 있었다.

큰신부는 즉시 그 미소의 뜻을 알아차렸다.

"여기서 나가거라."

피치본이 그녀에게 명령했다.

"당장 여기서 나가라. 우리는 이곳에 갇힌 몸이고, 여기는 네가 머무르기에 적당치 않은 곳이다."

"하지만 전 허락을 받았어요, 큰신부님."

그녀의 뜬금없는 말에 큰신부가 물었다.

"누구로부터?"

"이 도시에 있는 홍위병의 수장, 호산 대장으로부터요."

"그가 너를 이리로 보냈다고?"

피치본 큰신부는 흠칫 놀랐다.

"네. 여기 와서 오배논 신부님과 큰신부님을 돌봐 드리라고 했습니다. 음식도 만들어 드리고, 옷도 빨아 드리라고요."

그녀는 큰신부를 향해 미소를 지었고, 큰신부는 잠시 깊은 생각에 잠겨 있었지만, 결국 고개를 숙이고 경건하게 성호를 그었다.

"주님께서는 늘 우리의 기도에 경이로운 방식으로 응답하신다네."

큰신부는 오배논 신부에게 말했다.

"지금 우리는 주님의 뜻에 따라 인도된 셈이네. 이 아이가 우리 음식을 준비하는 기간 동안, 자네는 이 아이에게 성경 교리를 가르치게. 이 모든 게 다 신의 뜻일세. 단 자네는, 사제로서의 자네 위치를 명심하고 예의와 절도를 지켜야 하네."

"예, 큰신부님."

오배논 신부는 조용히 대답했다. 그는 큰신부가 방을 떠나는 동안 잠자코 그 자리에 서 있었다. 그러고 나서 근심에 휩싸여 신부복 자락을 부여잡고 자신의 방이 있는 2층으로 올라갔다. 그리고 그곳에서 홀로 묵주를 돌리며 기도를 올렸다. 저 상냥하고 천진난만한 아름다운 소녀에 대해 강건함과 냉정함을 유지하게 해 달라고 말이다.

* * *

오배논 신부가 다시 아래층으로 내려왔을 때, 수란이 대나무 정원에서 그를 기다리고 있었다. 사제관 남쪽의 이 정원은 대나무 숲으로 둘러싸인 아담한 장소로 거리와 대문에서 동떨어져 있었는데, 오래 전 큰신부가 명상을 위해 지시해 가져다놓은 돌 의자가 하나 놓여 있었다. 그러나 큰신부는 더이상 이 정원에 발을 딛지 않게 되었다. 땅의 습기가 지네를 끌어들였기 때문이다.

몇 년 전, 꽤 오래 산 듯 보이는 징그러울 정도로 커다란 지네가 큰신부의 맨 발목을 공격했다. 검은 껍질에 두꺼운 비늘이 붙은 15센티미터 정도의 몸통에는 누런 다리가 빽빽하게 달려 있고, 붉은 대가리에, 같은 빛깔의 꼬리는 날카롭게 갈라져 있었다. 그날 큰신부는 밀짚으로 만든 샌들을 신고 있다가 그 가죽끈 위 발목을 물렸고, 지네 독 때문에 거의 목숨을 잃을 뻔했다. 그리고 그 뒤로는 더이상 대나무 정원에서 명상을 진행할 수 없었다. 뾰족한 빨간 꼬리를 가진 지네가 하느님이 아닌 악마를 상기시켰던 것이다.

오배논 신부 또한, 어떤 영혼의 전율 속에서 자신의 시선이 수란을 향할 때마다 신 대신 악마를 떠올리곤 했다. 수란은 대나무 스툴에 앉아 있었다. 푸른 면 신발 안의 두 발을 가지런히 모은 채, 두 손은 중국식 푸른색 면 원피스 무릎 위에 살포시 포개져 있었다. 그야말로 가르침을 받들 준비가 된 순종적인 여인의 이미지였다. 그러나 무엇을 가르칠 것인가? 그것이 문제였다!

수란은 신부가 사제관에서 걸어 나오자 자리에서 일어나 그가 다가올 때까지 서 있었다. 차분하게 가라앉은 크고 검은 눈동자는 신부의 얼굴에 고정되어 있었다. 그녀는 아무런 미소 없이, 신부가 돌 의자 위에 자리를 잡을 때까지 줄곧 침묵만 지켰다. 드디어 신부는 수란에게서 거리를 두고 떨어져 앉아 교리 문답서를 폈다. 그러자 수란도 자리에 앉았다.

"우리가 어디까지 했던가?"

신부가 물었다.

"신부님이 여기로 오시기 직전, 막 십계명을 배우려던 참이었어요."

"아주 잘 기억하는구나."

신부는 사제다운 태도로 말했다.

"전 신부님 말씀이라면 모두 기억하고 있는 걸요."

수란이 귀염성 있는 투로 상냥하게 말하자, 신부는 수란으로부터 급히 시선을 돌리며 나지막이 중얼거렸다.

"오, 주님!"

"뭐라고요, 신부님?"

"네게 한 말이 아니다."

"그럼 혼잣말이신가요?"

"아니다……."

"그럼, 누구에게요?"

"주님께 드린 말씀이다."

"여기, 이 정원에서요?"

수란은 자못 질기게 늘어졌다. 그녀는 눈을 크게 뜨고 주변을 흘긋거렸다.

"주님은 네 눈에는 보이지 않으신단다."

오배논 신부가 말을 이었다.

"하지만 주님은 너를 보실 수 있지. 그리고 주님께서도 분명히 네가 여기 있는 걸 못마땅히 여기실 게다."

수란은 여전히 미소를 머금은 채 잠시 생각에 잠겼다가, 이윽고 다시 입을 열었다.

"그렇다면 주님께서 왜 그 사실을 저희 어머니에게 알려주지 않으셨을까요?"

"그렇다고 네 어머니가 너한테, 나를 따라다녀도 괜찮다고 하신 건 아니지 않느냐. 또 설사 그랬다 해도 나는 네 말을 믿을 수 없다!"

오배논 신부는 다소 큰 목소리로 나무랐다.

"그곳을 떠나기 직전, 토머스를 타고 막 출발하려고 할 때, 네 어머니께 네가 다시는 나를 따라오지 못하도록 해 달라고 마지막으로 신신당부를 했었다. 만약 너를 막지 못하면 그 어머니도 죄를 짓게 되는 거라고 말이야."

"사실은…… 맞아요. 어머니가 저한테 여기를 가보라고 하신 적은 없으세요. 역시 전 신부님께는 거짓말을 할 수 없어요."

마침내 수란은 순순히 자백했다.

"이런 못된 녀석 같으니, 그렇다면 어서 여길 떠나야 하는 것 아니냐."

신부는 준엄하게 꾸짖었다.

"정확히 말하면…… 그게 아니에요, 신부님. 전 안절부절못하고 어쩔 줄 몰라 했어요. 네, 사실이에요. 아무것도 손에 잡히지 않았다고요. 신부님으로부터 더이상 가르침을 받을 수 없다고 생각하니, 제 기분이 얼마나 비참했는지 아세요? 어머니한테 빗자루로 맞기까지 했어요. 어머닌 말씀하셨죠. '당장 내 눈 앞에서 사라져라. 어서 시키는 대로 해!' 라고 말이에요."

수란은 여기서 말을 멈추고 죄 없이 투명한 눈빛으로 신부를 올려다보았다.

"그래서 전 어머니 말씀 대로, 눈앞에서 사라져 드렸죠."

이윽고 수란이 다시 그를 바라보며 미소를 짓자, 오배논 신부는 뼛속까지 녹는 것 같았다.

"그러니, 제발 신부님,"

수란은 간절하게 말했다.

"십계명에 대해 가르쳐 주세요."

수란은 다시금 가르침을 받는 자로서의 온순한 모습으로 되돌아갔다. 사실 오배논 신부로서는 주어진 사목을 펼치는 것 외에 달리 무엇을 할 수 있겠는가? 그는 근엄한 어조로 천천히 십계명을 읽어 내려갔다. 썩 괜찮은 중국어 발음이었지만, 여전히 아일랜드 억양이 남아 있었다. 십계명을 읽는 동안 그는 단 한 번도 눈을 들어 수란을 보지 않았고, 수란 또한 묵묵히 경청할 뿐이었다.

그렇게 끝까지 모두 읽고 나자, 드디어 오배논 신부는 고개를 들었다. 아침 태양이 어느새 사제관 울타리 위로 훌쩍 솟아올라, 자리에 앉은 두 사람 사이의 벤치 위로 광대한 빛을 쏟아 부었다. 그 환한 햇살 속에서 오배논 신부는 커다랗고 짙은 눈망울로 자신을 찬미하듯 바라보는 아름다운 소녀의 얼굴을 보았다. 그는 시선을 돌리려고 했지만, 뜻대로 되지 않았다.

"신부님,"

수란은 입을 열더니, 이내 말을 멈추고, 긴 속눈썹을 치켜 뜬 채 신부를 빤히 바라보았다.

"말해 보거라."

"그 많은 계명들을 꼭 지켜야 하는 건가요?"

"당연하단다, 반드시 그래야지."

신부는 단호하게 말했다.

"신부님도 그 계명들을 모두 지키고 계시나요?"

"난 최선을 다하고 있단다. 그리고 나서는 주님의 자비를 구하지."

"십계명을 모두 지키신단 말씀이세요?"

"그래, 열 가지 모두."

신부의 강한 긍정 앞에서, 수란은 잠시 생각에 잠기더니 이윽고 입을 열었다.

"앞의 다섯 계명을 지키는 건 어렵지 않아요. 하지만, 여섯 번째는요, 신부님······."

오배논 신부가 급히 말허리를 잘랐다.

"여섯 번째 계명이야말로 가장 중요한 거란다."

그는 좀더 엄격하게 말하고 싶었지만, 햇살 속에서 눈을 반짝이며 자신을 바라보는 수란의 모습을 보니 차마 말을 꺼낼 수 없었다.

"그럼, 신부님은 여섯 번째 계명을 어기신 적이 한 번도 없단 말씀이세요?"

이 집요한 아이를 보게! 저런 식의 질문에는 어떻게 대처해야 한단 만인가? 신부는 급히 화제를 돌리려고 했다.

"그런 질문은 네 몫이 아닌 것 같구나."

수란은 신부를 찬찬히 바라보았다. 무언가를 꿰뚫어 보는 듯한 눈빛이었다. 다시 직설적인 질문이 이어졌다.

"신부님은 왜 결혼을 하지 않으시는 거죠? 십계명을 깨지 않기 위해서요? 신부님은 아주 잘생기신 분이에요. 또 젊고 건강하시구요. 신부님은 외국인으로서 아주 준수한 용모이신 걸요. 그러니 결혼을 하셔야죠. 그게 신부님한테도 좋을 것 같아요. 누구를 막론하고 남자가 아내를 맞이한다는 건 바람직한 일 아닌가요? 남편을 위해 좋아하는 음식을 해 주고, 옷도 빨아 주고, 아플 땐 보살펴 주는 그런 착한 여자 말이에요."

"난 결혼하지 않기로 서약한 몸이야."

수란은 그 말에 이해할 수 없다는 듯 답했다.

"도대체 왜죠, 신부님? 다른 외국인 사제들은 결혼하고 자식까지 갖는 걸요. 저는 부인이 두 명에다 자식은 여섯이나 가진 사제를 알고 있어요. 부인이 죽자 곧바로 다른 여자를 만났죠."

"그 사람은 사제가 아니란다."

오배논 신부가 못을 박았다.

"그는 개신교의 목사일 거다. 그들은 자신이 원하는 만큼 아내를 맞이할 수 있어. 그들에겐 그것이 죄가 아니란다."

"그럼 신부님께는 죄가 되고요?"

수란은 부드럽게 물었다.

"그렇단다, 당연히 그렇지."

"그렇다면 신부님, 신부님도 개신교도가 되시면 안 될까요? 그러면…… 우리도……"

오배논 신부는 자리에서 벌떡 일어섰다.

"큰신부님을 뵐 시간이 되었구나."

그러자 자리에서 일어나 신부 뒤를 종종걸음으로 쫓던 수란이 갑작스레 신부의 손을 덥석 잡았다. 오배논 신부는 깜짝 놀라 수란을 돌아보았다.

"신부님, 저 때문에 화가 나신 거죠? 역정 내지 말아 주세요, 신부님."

그녀의 목소리는 마치 노래처럼 그의 마음을 사로잡는 구석이 있었다. 그는 수란의 손을 뿌리치려 했지만 미처 그러지 못했다. 수란의 손은 부드럽고 따뜻했고, 오배논 신부의 손바닥은 자신의 의지와는 상관없이 그녀의 손바닥과 겹쳐 있었다. 그는 스스로를 해방시킬 수 없었다. 하지만 그럴 수 있었다 해도, 분명 그러지 않았을 것이다. 그건 너무도 명백한 사실이었다.

"난 가르침을 주고 싶을 뿐이란다."

신부는 맥없이 말했다.

"네게 훌륭한 크리스천이 되는 방법을 가르치고 싶어."

수란은 바로 신부의 어깨 밑에 고개를 들고 있었다. 오배논 신부는 그녀에게로 향하는 눈길을 도저히 거둘 수 없었다. 조화롭게 어우러진 장미를 닮은 얼굴과 검고 촉촉한 눈망울이 그의 시야 한가득 들이닥쳤다.

"가르쳐 주세요."

수란이 나지막하게 속삭였다.

"신부님이시라면 어떤 것이라도 좋아요. 전부 가르쳐 주세요."

오배논 신부는 그 자리에 얼어붙어 버렸다. 피가 온몸 속을 질주하는 것 같았다. 이때 만일 저 즉각적인 도움의 손길이 나타나지 않았다면, 땅딸막한 큰신부의 모습이 그의 눈앞에 나타나지 않았다면, 무슨 일이 일어났을지 몰랐다. 그랬다. 피치본 큰신부가 사제관 계단에 서 있었다. 그는 작고 둥근 파란 눈을 가늘게 뜨고는 못마땅한 듯 입을 오므린 채 온몸으로 의혹과 분노를 발산하고 있었다.

"오배논!"

드디어 우레와 같은 고함 소리가 쩌렁쩌렁 울려 퍼졌다.

"정원에서 뭘 하고 있는 건가!?"

"신부님께서 십계명을 가르쳐 주셨어요."

수란이 천진난만하게 답했다. 그녀는 여전히 오배논 신부의 손을 꽉 잡고 있었지만, 심기가 불편해진 신부가 먼저 손을 홱 비틀어 뺐다.

오배논 신부의 일거수일투족을 빠짐없이 관찰하고 있던 큰신부가 이윽고 오배논 신부를 빤히 쳐다보았다. 방금 전 신부와 수란을 둘러쌌던 따뜻한 분위기도 순식간에 사라지고, 이제 햇살도 그 빛을 잃은 듯했다.

"따라 들어오게."

큰신부가 명령했다.

"예, 신부님. 기꺼이 그러겠습니다."

오배논 신부는 숨도 쉬지 않고 답했다. 여전히 불타는 듯 뜨거운 손에 가벼운 떨림이 일고 있었다. 그는 자신의 손을 신부복의 주름 속에 감추었다.

"내게 와서 자네의 성무일도서聖務日禱書*를 읽도록 하게."

피치본 큰신부는 여전히 무시무시한 목소리로 말했다.

"평소 읽던 시간의 두 배를 읽게! 그러면서 자신의 영혼을 돌아보도록 하게. 지금 자네가 죄 안에 머물러 있는 건 아닌지 자문해 봐야 할 게야."

"예, 알겠습니다."

오배논 신부가 신음하듯 답했다. 큰신부는 그 작은 키를 있는 대로 꼿꼿이 세워 종종걸음으로 몇 발자국 나아가다가 뒤를 돌아보더니, 오배논 신부가 바짝 따라올 때까지 눈을 부라리며 기다렸다. 그리고 나서 신부복을 좌우로 펄럭이면서 성당 쪽으로 향했다. 뭉툭한 큰신부의 모습 위로, 어떻게든 이 순간을 모면하고픈 마음으로 죄의 그늘 아래 구부정하게 그 뒤를 따라가는 키다리 오배논 신부의 모습이 비죽 솟아 있었다. 그는 소맷자락 안으로 두 손을 쑤셔 넣은 채로, 길 가운데 서 있는 수란 쪽은 아예 돌아보지도 않았다. 수란은 멀어져가는 두 사람의 뒷모습을 지켜보면서, 시종일관 자비의 여신 관음 Goddness of Mercy Kwanyin**처럼 미소를 지었다.

두 사람이 무사히 성당 안으로 자취를 감추자, 수란은 재빨리 돌아서서 주방으로 향했다.

예상대로 주방은 형편없었다. 수란은 한숨을 쉬며 둘러보았다. 전형

---

* 매일 정해진 시간에 시편·성서본문·찬송 낭송으로 이루어지는 교회의 공적公的이고 공통적인 기도를 실은 책. 성무일도가 널리 쓰이기 시작하고, 성무일도 낭송이 공동체에서 생활하지 않는 사람들의 의무사항으로 여겨지게 된 뒤 간추린 책 형태로 자리 잡았다.

** 1800년대 말레이시아에 지어진 중국식 사원으로, 중국 이주민들에 의해 지어졌으며 해마다 여신의 생일에 신자들이 향과 종이 돈을 태우며 제물을 올린다.

적인 남자들의 주방이었다. 조리 기구들은 조잡한 것들뿐이었고, 접시에는 식어빠진 계란이 늘러 붙어 있고, 차는 잉크처럼 시커먼 빛이었다. 게다가 사방은 물건들이 온통 발로 채일 만큼 지저분했다.

수란은 소매를 걷어붙인 뒤 못에 걸린 앞치마를 잡아채 화덕에 넣고 성냥불을 붙였다. 그러고 난 뒤 먹을 것을 찾아보았지만 쌀이나, 돼지고기, 생선, 야채 같은 음식물은 일체 눈에 띄지 않았다. 결국 그녀는 자신의 옷 속에서 뭔가를 꺼내 들었다. 붉은 비단으로 꽁꽁 싼 동전 몇 닢이었다. 수란은 혹시나 야비한 감시병들이 창가에서 이 광경을 훔쳐보지 않을까 경계하며 조심스럽게 동전을 세었다. 그리고는 세 닢만 옆으로 빼놓고 나머지는 붉은 비단으로 다시 감싸 옷 속에 감춘 뒤 급히 대문 쪽으로 걸어갔다. 아니나 다를까 감시병이 그녀를 저지하며 거칠게 대했다. 수란은 어깨에서 경비병의 손을 뿌리치며 소리쳤다.

"한 번만 더 내 몸에 손을 대면, 그땐 호산 대장 동지에게 즉각 보고할 거요!"

그것만으로 충분했다. 감시병은 움찔 물러서더니 경례까지 붙였다. 그리고 수란이 시장 쪽으로 발길을 옮기는 동안에도 마치 동상처럼 꿈쩍 않고 서 있었다.

* * *

그로부터 몇 시간이 흘러서야 오배논 신부는, 하느님께서 자신을 용서했다는 안도감을 느낄 수 있었다. 하루 종일 큰신부는 그를 죄인 취급하며 고해성사를 받으라고 닦달했다.

"정말입니다. 전 고해할 일이 없습니다."

오배논 신부는 열 번이나 같은 말을 반복해야 했다.

저녁이 되어 이제 주방에는 큰신부와 오배논 두 사람뿐이었다. 수란은 무슨 연유에서인지 모습을 보이지 않았다. 그녀는 이 사제관을 몰라볼 정도로 깔끔하게 청소해 놓았고 요리용 화로에 잘 지어진 밥 한 솥과 저민 돼지고기와 야채 요리를 만들어 두었다. 오늘 오배논 신부가 한 일이라고는 원목 식탁 위에 그릇과 젓가락을 올려놓는 일뿐이었다. 두 남자는 모처럼 푸짐한 식사를 했다. 큰신부는 비록 자신의 의지와는 반하는 일이었지만 어느새 심신이 한껏 풀어져 있었다. 그는 입을 닦고 뜨거운 차를 단번에 들이킨 뒤 찻잔을 내려놓았다. 그리고 돌연 오배논 신부를 엄한 눈빛으로 쏘아보았다.

"여자의 손을 잡았으면서 어찌 죄가 없다고 말할 수 있는가?"

큰신부의 추궁에 오배논 신부는 근심 어린 표정으로 스스로를 변호했다.

"수란이 제 손을 잡은 겁니다. 저는 그 손을 뜨거운 감자인 양 막 놓으려던 참이었습니다. 그리고 바로 그때 큰신부님이 나타나신 거지요. 저는 너무 놀라서, 제가 꽉 잡고 있는 게 무엇인지도 모를 정도였습니다."

큰신부는 그 말을 곧이곧대로 믿지는 않았지만, 마음은 이미 용서 쪽으로 기울었다.

텅 빈 사제관은 조용했다. 유쾌하게 떠들던 하인들과, 이곳을 찾던 신자들, 기웃거리던 이웃들의 모습은 더이상 찾아볼 수 없었다. 바깥 정원에는 어깨에 소총을 메고 자나깨나 대문을 지키고 있는 감시병의 살벌한 그림자들만 창문을 왔다 갔다 하고 있었다.

최근 들어 규율과 질서가 사제관 부지 내 곳곳에 스며들고 있었다. 사실 이것이 한 번도 본 적 없는 소녀의 힘이 이뤄낸 작품이라는 것을 믿기 어려웠지만 그것은 사실이었다. 수란이 오기 전만 해도 이곳엔 오직 혼란뿐이었다. 병사들은 할 일 없이 어슬렁거리면서 창문을 기웃대거나 잔디나 화단을 짓밟고, 제멋대로 굴며 상스러운 말을 입에 담기 일쑤였다. 그러나 이 모든 변화에도, 큰신부는 오배논 신부를 쉽사리 용서하려 들지 않았다.

"감시병의 눈이 있는데, 어찌 그렇게 처신을 잘못했는가? 그 녀석들이 자네와 그 아이가 함께 있는 걸 보고 뭐라고 생각했겠는가?! 때가 되면 분명 그 사악한 놈들은 그 장면을 제멋대로 운운해서 우리에게 불리한 증언을 해댈 게야!"

큰신부의 한탄에 오배논 신부가 말했다.

"오늘 아침엔 감시병이 없었던 것이 확실합니다. 아무도 볼 수 없었어요, 큰신부님. 정원에는 수란과 저 외에는 아무도 없었습니다."

"도대체 왜 그런 일이 벌어진 것인가?"

큰신부가 경각심을 일깨우듯 소리쳤다.

"저는 더이상 할 말이 없습니다."

오배논 신부는 마지막까지 버텼다.

"그러니 그게 다, 그 아이가 꾸민 모사가 아닌가!"

큰신부가 외마디 소리를 지르는 순간, 두 사람은 위험에 노출 되어 있는 자신들의 상황을 깨달았고, 순식간에 큰신부는 오배논 신부를 용서하기로 결심했다. 그는 식탁 위에 팔꿈치를 올려놓고 상체를 숙이더니 나지막이 말했다.

"오배논, 지금부터 내가 하는 말을 잘 듣게. 자네가 그랬든 안 그랬든, 그건 지금 중요한 문제가 아니야. 그 아이는 공산당 끄나풀이 틀림없네. 자네를 시험하기 위해 이곳으로 보내진 거지. 지금 우린 범죄자 신세가 되어 여기 갇혔네. 만일 내게 어떤 일이 닥칠 경우를 대비해서, 할 수 있는 한 최선을 다해서 자네에게 대처할 방법을 알려 주겠네. 그들이 가장 먼저 처치하고 싶어 하는 인물은 바로 나일 걸세. 아, 저주받을 놈들. 자네보다 내가 더 중요한 자리에 있기 때문이야. 그러고 나면 자네는 이곳에 홀로 남겨지겠지. 만일 그런 일이 벌어진다면, 어디에서 일용할 양식을 찾을지를 알려 주겠네. 자네가 여전히 이곳에 미사를 봉헌하고 성사를 집전 할 수 있도록 말일세."

큰신부는 발끝으로 살금살금 소나무 마루를 걸어 옻칠로 윤을 낸 작은 찬장 쪽으로 향하더니, 창가에 아무도 없는지 확인하고 찬장을 옆으로 잡아끌었다. 땅거미가 지는, 아직 미명이 남아 있는 시간이라 식탁에는 양초를 켜 두지 않았다. 찬장을 옆으로 밀자 그 아래 헐거운 나무판자 하나가 모습을 드러냈다. 큰신부는 판자를 거둔 뒤 그 아래 텅 빈 공간을 들여다보며 낮게 중얼거렸다.

"고맙기도 하지. 이게 내가 남긴 전부라네. 깡통 하나도 눈에 띄지 않게 보관했다네. 이리 와서 내 어깨 너머로 한번 보게나."

오배논 신부는 쭈그리고 앉은 큰신부의 작고 단단한 몸 위로 윗몸을 구부렸다. 아래 어둠 컴컴한 곳에는 오스트리아 산 버터와 고기, 독일 산 치즈, 미국 산 우유, 노르웨이 산 생선 등 각종 통조림 음식들이 쌓여 있었다.

"세상에, 보물 창고군요!"

오배논 신부가 낮게 탄성을 질렀다.

"다 내가 해 놓은 일이지."

큰신부는 의기양양하게 답한 뒤 다시 판자를 덮었다. 오배논 신부가 찬장을 원래 자리로 밀었고, 큰신부도 통통한 손에 묻은 먼지를 털었다.

"나는 공산당이 밀려들지 이미 알고 있었네. 내게도 스파이가 있었거든. 신자 중 한 사람이 공산당의 행보를 낱낱이 알려 주었지. 그래서 만일 우리가 갇히게 돼도, 최소한 굶어죽지는 말아야지 생각해서 교회 헌금을 조금 갖다 썼네. 그래, 명심하게, 그건 엄연히 빌린 걸세. 그리고 동전 한 닢도 빠짐없이 정식 절차 대로 다시 갚아야 할 걸세."

순간 오배논 신부는 커다랗고 앙상한 손으로 큰신부의 어깨를 잡았다.

"신부님, 창문을 보세요!"

두 사제는 함께 창문 쪽을 바라보았다. 지난 태풍으로 유리창이 떨어져나간 창문가에 미사 때 심부름을 들던 소년이 서 있었다.

"이걸 드리러 왔어요."

소년은 꼬질꼬질한 봉지 하나를 건넸다. 그 안에는 김이 모락모락 나는 무언가를 감싼 종이 두루마리 네 개가 들어 있었다.

"저 아이, 우리가 하는 걸 다 봤어요."

오배논 신부가 속삭였다.

"걱정할 필요 없네."

큰신부는 자신 있게 말했다.

"착하고 충직한 아이네. 설령 봤다 해도 고자질 할 아이가 아니야. 내가 겪어본 시종들 중에 가장 믿음 가는 아이였으니까."

"전 그 말씀에 확신이 안 서는데요."

오배논 신부는 여전히 미심쩍다는 듯 말했다. 그러나 큰신부는 이미 창가로 다가가 그 두루마리를 받아드는 중이었다.

"어서 오렴, 얘야. 이 안에 든 게 고기더냐?"

큰신부는 관심을 보이며 물었다.

"네, 돼지 갈비예요. 어머니께서 만들어 주셨어요."

"가장 맛있는 음식이로구나."

큰신부는 시종 소년으로부터 봉지를 받아들면서 자상하게 말했다. 그러자 옆에 있던 오배논 신부가 큰신부의 귀에 대고 속삭였다.

"이 일 모두가 의심스럽습니다. 저 아이야말로 첩자로 보내진 건 아닐까요."

"자넨, 여자가 아닌 남자만 첩자라고 믿는 사람이군."

큰신부는 분개하며 말을 이었다.

"자네에게 첩자냐 아니냐는 모두 성별 문제인가? 하지만 모든 전쟁에서, 여자가 더 훌륭한 첩자 노릇을 했다는 건 잘 알려진 사실일세. 자기들 거짓말을 철석같이 믿는, 심심풀이 땅콩 같은 어리석은 남자들을 상대로 말이네."

이렇게 옥신각신하고 있는 사이, 두 사람 다 소년이 이미 사라졌다는 사실을 깨닫지 못했다. 그로부터 몇 분 후, 부엌 걸쇠가 달가닥거리더니 문이 홱 하고 열리면서, 두 사제의 눈앞에 강직한 체격을 가진 호산의 모습이 나타났다. 그 뒤로는 병사 여섯 명이 각각 소총을 멘 채 버티고 서 있었다.

"호산!"

큰신부가 고함쳤다.

"어찌 감히 기척도 없이 이곳을 들어오느냐?"

"외국 사제 동무들!"

호산이 소리쳤다.

"어찌하여 몰래 음식을 숨겨 둔 것이오? 우리에게 도전한 자들에게 어떤 응분의 대가가 뒤따르는지 모르시오?"

오배논 신부가 뒤로 물러서며 성호를 긋는 순간, 그것을 바라보던 호산이 신부의 손을 내리쳤다.

"하느님께서 너를 벌하실 게다, 호산!"

큰신부의 경고에 호산은 껄껄대며 웃음을 터뜨렸다. 그가 손짓으로 명령을 내리자, 병사들이 일제히 앞으로 나아가 찬장을 뒤엎고 그 아래 놓인 판자를 부수기 시작했다. 얼마 뒤 그들은 숨겨진 통조림들을 모조리 들어올려 사제관 밖으로 가져갔다. 두 사제는 이 광경을 지켜보며 망연히 벽에 기대 서 있었다. 오배논 신부는 아무 말도 꺼낼 수 없었다. 심지어 "그것 보십시오. 제가 저 시종 아이가 첩자일 거라고 말씀드렸지 않습니까."라는 말조차 할 수 없었다. 오배논 신부는, 큰신부가 예기치 못한 배신에 심한 충격을 받았음을 똑똑히 볼 수 있었다. 피치본 큰신부는 한마디도 꺼내지 않았다. 심지어 호산을 책망할 마음조차 들지 않는 것 같았다. 상처가 분노보다 깊지만 않았더라면, 그는 여지없이 호산을 비난했을 것이다.

몇 분 만에 찬장 아래 비밀 구덩이는 텅 비어버렸다. 귀중한 음식들은 온데간데없이 사라졌다. 병사들은 득의만면한 웃음을 터뜨리며 음식이 든 상자들을 모두 가져갔고, 호산은 말없이 앞서 성큼성큼 밖으로 걸어 나갔다. 그들이 눈앞에서 사라지자 두 사제는 창문 쪽으로 급히 뛰어갔다. 호산은 대문 쪽으로 으스대며 걸어가 문지기를 옆으로 밀치더니 자신들을 도우라고 명했다. 그러자 문지기는 군소리 없이 호산의 뒤를 따라가더니, 문 밖에 주차된 구식 자동차에 상자들을 싣고 있는 병사들을 돕기 시작했다.

피치본 큰신부는 분을 못 참아 이를 악물고 숨을 죽인 채, 말없이 얼굴을 창문에 짓이기고 서 있었다.

"이제 우리한테는 아무것도 남지 않았네."

그는 길게 한숨을 내쉬더니 돌아서서 식탁 옆 의자에 깊이 몸을 묻고 두 손으로 이마를 받쳤다. 컴컴해진 방 안에서, 실로 절망 가득한 모습이었다.

"문지기조차 적들을 돕고 있다니."

그는 말을 이었다.

"내가 수년 동안 거두고 입힌 아이였는데. 오, 성모님! 제게 주신 사목직이 어떤 꼴이 되어가고 있는 겁니까, 저를 필요로 하는 그들이 저를 버리다니요?"

"저들은 신부님을 버린 것이 아닙니다."

오배논 신부가 입을 열었다.

"단지 총을 두려워하는 것뿐입니다. 입장을 바꿔 생각해 보십시오. 호산처럼 덩치 큰 녀석이 뒤에 병사들을 이끌고 총 한 자루 없는 신부님께 들이닥치면, 신부님도 순간적으로 굴복할 수밖에 없지 않겠습니까? 이는 그저 상식적인 일이고, 예상할 수 있는 일일 뿐입니다."

"하지만 난 예상에서 벗어나기를 기대했네."

큰신부는 완고하게 말했다.

"저 신자들이 그저 범속한 사람들일 뿐이라면, 하느님께 바친 내 인생이 무슨 가치가 있단 말인가?"

순간 두 사제는 정말 예기치 못했던 순간과 마주쳤다. 대문이 다시 잠기고 병사들은 사제관 밖에, 문지기는 초소로 각각 돌아갔다. 그때 호산이 사제관 안으로 걸어 들어왔다. 그는 입구에 서서 마치 뭔가를 빠뜨린 사람처럼 찬찬히 정원을 둘러보았다. 그러나 그곳에는 대나무 숲 그늘에 홀로 서 있는 나귀, 토머스뿐이었다. 돌연 호산은 총을 내려놓더니 나귀에게 다가갔다. 그리고 막 나귀의 고삐를 풀려는 순간이었다. 눈 깜짝할 순간 대나무 숲에서 날아갈 듯 호리호리한 수란의 모습이 나타났다.

그녀는 나귀 고삐 줄을 잡으려는 호산의 손길을 내치려고 손을 뻗었다. 부엌 창문에서는 그녀가 무슨 말을 하고 있는지 잘 들리지 않았다. 하지만 두 사제는 훤칠한 젊은 군인을 향해 꼿꼿이 들고 있는 그녀의 생생한 얼굴을 볼 수 있었다. 그녀는 지금까지 숨어서 봤던 일들에 대해, 거침없는 비난과 질책, 부정과 분노를 쏟아내고 있었다. 큰신부가 창문을 열자 그녀의 카랑카랑한 목소리가 방 안으로 흘러들었다.

"동지도 약탈자나 다름없군요?"

그녀는 꾸짖듯 말했다.

"지금 당신이 한 짓이, 당신이 이 시내에서 쫓아낸 적군들과 뭐가 다르죠? 당신은 그들을 강도 떼라고 불렀죠! 그리고 당신 군대는 강도짓이나 도둑질을 하지 않는다고 했죠. 아, 하지만 아닌 것 같네요. 당신들은 무조건 선량한 군대죠. 그저 공산주의자라는 이유로! 그리고 당신, 하늘같으신 총지휘관님. 당신은 나귀까지 훔치려고 드시는군요. 이렇게 작은 미물까지 말예요."

"어리석은 여자군!"

호산이 소리쳤다.

"난 강도 짓을 하는 게 아니오. 단지 징발이오. 우리 위대하신······"

"호산의 이름으로?"

수란이 참지 않고 대들었다.

"홍위병 대장이시고 인민의 수호자이신 위대하신 호산의 이름으로! 승리할지어다! 호산과 그의 병사들이 보호 따위는 받지도 못하는 두 외로운 외국인 사제의 물건을 약탈하러 이곳에 오셨도다!"

"동지······ 동지는 크리스천이군!"

호산이 소리쳤다.

"동지는 총살 감이오!"

그러나 수란은 여전히 비아냥거렸다.

"그럼 당장 돌아가서 총을 가져 와요. 총을 들고 나를 쏘라구요. 나 또한 무방비 상태에요. 또 한낱 여자일 뿐이구요."

서쪽 하늘의 저녁노을이 예쁘장한 수란의 얼굴 위로 드리워졌다. 눈빛은 분노로 이글이글 타올랐고 두 뺨은 붉게 상기되었다. 그녀는 가슴 앞으로 팔짱을 꼈다. 호산은 수란을 응시하다가 갑자기 웃음을 터뜨렸다.

"맞는 말이오. 여자 동지들을 더 잘 써먹을 수 있는 방법이 있다는 걸 내 깜빡했소. 어찌 동지에게 총알을 낭비할 수 있겠소?"

동시에 호산은 수란에게 다가가 그녀의 팔을 낚아챘다. 수란은 잔뜩 화가 난 어린아이처럼 호산의 정강이를 걷어차고 손을 깨물며 필사적으로 몸을 비틀었지만, 그 억센 손아귀를 벗어나는 건 불가능했다.

"주님, 자비를 베푸소서!"

부엌 창문가에 선 큰신부가 한숨짓듯 중얼거렸고, 오배논 신부는 양손을 눈앞으로 모은 뒤 기도를 시작했다. 그때 갑자기 더이상 이대로 있을 수 없다고 생각한 큰신부가 간신히 열린 창문으로 몸을 빼내더니 쿵 소리와 함께 화단 위로 떨어졌다. 그리고는 좁고 길게 난 잔디밭 위를 정신없이 달려가기 시작했다.

"그 아이에게서 손을 떼라, 당장. 이 덩치 큰 머저리 같은 녀석!"

중국어를 쓸 만한 여유가 없었던 그는 호산을 향해 다짜고짜 아일랜드 말로 호통을 쳤다. 그리고 뒤이어, 그가 생각하기에도 이미 오래 전 그의 혀가 잊어버렸던 몇 마디 말들이 불쑥 튀어나왔다.

"이 불결한 악마같은 놈!"

피치본 큰신부는 거의 비명처럼 연신 소리를 질러댔다.

"사탄의 앞잡이!"

호산은 큰신부의 호통에는 짹짹거리는 새 소리만큼도 주의를 기울이지 않았다. 큰신부가 그의 다리를 걷어차고 꽉 쥔 작은 주먹으로 엉덩이를 때리는 동안에도, 그는 자신의 손아귀에서 벗어나기 위해 안간힘을 쓰는 수란을 단단히 부여잡고 있었다. 차라리 나무줄기를 차고 바위를 두드리는 게 나을 성싶었다. 호산은 큰신부의 보잘것없는 공격쯤은 아예 무시하고 있다가, 갑작스레 큰신부의 이빨이 자신의 허벅지 위쪽을 꽉 깨무는 것을 느꼈다. 찌릿 하는 아픔이 제복 안을 파고들었다.

순식간에 수란을 놓쳐 버린 호산은 이제 큰신부를 향해 돌아섰다. 그리고는 마치 어린아이를 들어 올리듯 연로한 사제를 손쉽게 두 손으로 거머쥐어 들어 올렸다. 막 그가 이 몸집 작은 사제를, 마치 헝겊 인형처럼 공중으로 빙 돌려 돌길에 막 패대기치려고 할 때였다. 갑자기 호산은 어깨에 거대한 풍차 날개가 격렬하게 부딪친 듯한 충격을 느꼈다. 오배논 신부였다. 아주 방금 그는, 기도를 하다가 문득 눈을 뜨고 피치본의 모습을 보았고, 바로 기도를 멈추었다.

"주님, 잠시만 시간을 허락해 주시옵소서."

그는 나지막이 중얼거린 뒤 창문가로 뛰어올랐다. 그 바람에 신부복이 찢어졌지만 그런 것쯤은 신경 쓸 틈이 없었다. 곧이어 그는 호산에게 달려들었다. 호산은 오른쪽 어깨를 단단히 죄는 손아귀와 곧이어 그 부근에 끔찍한 고통을 느꼈다. 호산이 악 소리를 지르는 순간, 큰신부는 호산의 손아귀에서 스르르 미끄러졌다. 호산은 이내 두 팔을 뒤로 꺾였다. 아무리 애를 써서 이리 저리 몸을 비틀어도 도무지 꼼짝을 할 수 없었던 호산은, 그저 헐떡거리며 기를 쓰고 서 있었다.

"고맙네, 오배논 신부."

큰신부가 말했다. 그는 신부복을 다시금 매만지고 숨을 돌렸다.

"사제관 안으로 들어가십시오, 큰신부님."

오배논 신부가 말했다.

"이 야만인을 다루는 동안, 신부님을 안전히 모셔야 마음을 놓을 수 있겠습니다."

"정 그렇다면……"

큰신부가 말했다.

"하지만 나 역시 자네를 돕기 위해 여기 남을 게야."

"이 일은 제게 맡겨 주십시오."

오배논 신부는 뜻을 굽히지 않았다.

"그리고 수란, 너도 안으로 들어가거라."

"이 사람과 싸울 건가요?"

수란이 소리쳤다.

"아니. 난 평화의 사도다. 절대 싸우지 않아."

그러자 수란은 근심 섞인 한숨을 내쉬었다.

"빨리 들어가라니까."

오배논 신부가 엄하게 채근하자 수란은 시무룩한 얼굴이 되었다. 그

동안 신부는 호산을 단단히 붙잡고 있었다.

"난 들어가지 않을 거예요."

수란이 고집스럽게 단언했다.

"그러면 대나무 숲에 가 있어라."

신부가 명령했다. 신부의 단호한 시선에 제압당한 수란으로서는 복종 외에는 별 도리가 없었다. 그녀는 대나무 숲으로 뛰어들어 대나무에 묶어 놓은 토머스 옆에 서서 모든 상황을 기다리며 지켜보았다.

한편 오배논 신부는 여전히 호산을 붙잡은 손을 풀지 않고 있었다. 그는 마음속으로 병사들이 왜 지체되는지 궁금해 하며 호산을 찾으러 오지 않기를 기도했다. 하나 의아한 점이 있었다. 은밀히 자신의 초소로 돌아왔던 문지기가, 방금 어떤 일이 벌어지고 있는지 뻔히 봐 놓고도 말없이 슬며시 대문에 질러진 쇠 빗장 사이로 빠져나간 것이다. 병사들은 아직까지 사제관 밖에 머물러 있을 것이다. 분명 이 예쁘장한 소녀를 보고는, 호산에게 은밀한 시간을 묵과해 주는 것이리라. 그들은 그저 기다리고 있는 것이다.

그제야 오배논 신부는 호산의 팔에서 손을 풀었다. 그는 두 걸음 뒤로 물러났고, 호산은 오배논을 쏘아보며 가쁘게 숨을 몰아쉬었다.

"난 자네를 상처 입히고 싶지 않네."

오배논 신부는 다시 중국어로 짐짓 부드럽게 말했다.

"더이상 소란 피우지 말고 여길 떠나게."

두 사람은 서로 마주 보았다. 호산을 바라보는 신부의 야위고 정직한 얼굴은, 일전에 아일랜드에서 아버지의 작은 농장에서 일할 때와 전혀 달라진 게 없었다. 한편 잘생긴 이목구비를 가진 젊은 중국인 장교, 호산의 얼굴은 거만하고 사납기 그지없었다.

"동지, 동지는 크리스쳔이 아닌가!"

호산이 조롱했다.

"이제 내게 왼뺨을 대야 하지 않겠소?"

"자네와 싸울 수밖에 없었던 건 미안하네. 그렇게 만든 건 내 본성도 아니요, 내 종교 또한 아니네."

"동지가 얼마나 자신의 종교를 훌륭히 실천하는지 내 보겠소."

호산은 윽박지르더니 오른손을 들어 신부의 왼뺨을 후려쳤다. 그러나 신부는 전혀 위축되지 않았다. 그는 가만히 호산의 눈을 응시하고 서 있을 뿐이었다.

"자 이제 다른 쪽!"

호산이 소리쳤다. 오배논 신부는 꿈쩍도 하지 않았다. 순간 신부의 오른뺨에 내지르는 듯한 주먹이 날아들었다.

"당신은 외국에서 온 악마요!"

호산이 외마디 소리를 질렀다.

"미국인 첩자이기도 하지! 당신 사제들은 모조리 미국인 첩자들이요. 얼간이 족속들! 겁쟁이 파렴치한들!"

대나무 숲 사이에 숨어 이 광경을 지켜보고 있던 수란은 더이상 모른 척 봐 넘길 수가 없었다. 왜 신부님은 자신을 보호하지 않는 것일까? 방금 전 그는 강한 남자였고, 승리자였다. 하지만 지금은 그 승리를 팽개치고 있지 않은가. 왜 그는 스스로를 하인인 양 낮추고 있는 걸까?

"아, 신부님!"

수란이 마침내 울부짖었다.

"왜 그렇게 아무 대항도 않고 계세요?"

"간도 쓸개도 없는 겁쟁이니까!"

호산이 으르렁거리듯 말했다.

"이 신부란 작자는 종이 호랑이에 불과해. 힘이라 해봤자 한줄기 바람에도 못 미치는…… 자, 이 꼴을 좀 보라구! 이 꼴을."

그는 한마디 할 때마다 오배논 신부의 왼뺨과 오른뺨에 번갈아 주먹을 날렸다. 수란은 크게 흐느끼기 시작했다. 부엌 창문에서 큰신부가 정원 쪽으로 소리쳤다.

"오배논! 그놈을 치게. 성모님께서도 모른 척 얼굴을 돌리고 계실 게야!"

그때였다. 갑자기 이 말에 고무된 오배논 신부는 갑자기 양심으로부터 자유로워진 기분이었다. 결국 그는 단단히 쥔 오른 주먹을 들어 호산의 배에 빠르고 강하게 일격을 가했다. 호산은 억 소리를 내지르며 반으로 접힐 만큼 몸을 구부리더니, 두 손으로 배를 움켜쥐고 비틀비틀 대문으로 걸어갔다. 문지기가 재빨리 대문을 열어 그를 내보내더니 다시 빗장을 질렀다. 곧이어 오배논 신부는 그 자리를 떴고, 수란도 뒤를 돌아보지 않고 조용히 집으로 걸어 들어가 문을 잠갔다. 의기양양해진 피치본이 그를 맞이하며 소리쳤다.

"아주 용감했네! 내, 자네가 주먹을 날리는 걸 똑똑히 봤지."

그러나 오배논 신부는 고개를 젓더니 묵주로 손을 뻗어 거기에 매달린 십자가를 조용히 움켜쥐었다. 아까 잊었던 사제로서의 양심이 되살아나고 있었다. 방금 그가 내지른 주먹은, 내면의 미약한 피조물이 한 번 더 악마가 되라고 부추기는, 그런 차원의 행동이 아니었다. 진정 그건 아니었다. 아니, 그보다 훨씬 나쁜 것이었다.

'오배논,'

그 피조물이 그의 가슴 속에서 나지막이 속삭였다.

'너도 네가 왜 창문을 뛰어넘어 그 젊은이를 덮쳤는지 잘 알겠지. 오로지 큰신부 때문이었다면, 너는 그저 다시 눈을 감고 하느님께 이 상황을 주관해 달라고 기도를 했겠지. 하지만 큰신부가 제대로 힘을 못쓰고, 소녀는 여전히 그 빨갱이 악마의 손아귀에 붙잡힌 걸 봤을 때, 너는 더이상 신을 의지하는 대신 네 스스로 해결하려 든 거다. 오배논, 자, 뭐라고 말할 테냐? 네가 진정 사제가 맞더냐? 하!'

"큰신부님."

오배논 신부가 맥없이 말했다.

"더이상 하실 말씀이 없으시다면……"

그는 등을 돌려 큰신부의 곁을 떠났다. 눈시울 가득 눈물이 차오르고 있었다. 그는 방으로 돌아가 방문을 닫고 침대 옆에 무릎을 꿇었다. 혼란스러웠다. 그에게 도대체 무슨 일이 일어난 것인가? 그리고 왜 그는 그 실체를 깨달아야 하는 것인가? 현재 자신이 처한 삶의 위험과 모든 번민 한가운데, 왜 하필 바로 그 정원에서 그 실체들이 모조리 드러난 것인가? 그는 한 여자를 사랑하게 된 것이다. 이제 그는 남자인 동시에 사제인 인간에게 나타날 수 있는 최악의 고뇌에 빠진 것이다.

그날, 오배논 신부는 자신의 방을 떠나지 않았다. 그는 마음에 어느 정도의 평화가 찾아들 때까지 기도를 계속한 뒤에야, 비로소 침상에 누워 까끌까끌한 낙타 털 담요를 덮었다. 밤의 장막이 내려앉았지만 탁자 위 양초를 켜고 싶지 않았다. 사제관에서는 어떤 소리도 들려오지 않았다. 오늘 피치본 큰신부는 신부의 방을 찾아오지도, 신부를 부르지도 않았다.

오배논 신부는 스스로의 번민에 너무 깊이 빠져 있었던 나머지, 그것을 이상히 여기거나 살펴볼 여지도 없었다. 그는 평생 살아오면서 단 한 번도 여자를 사랑해 본 적이 없었다. 그저 남녀 사이의 사랑이란 자신에게 중대한 죄악일 것이라고만 생각했다. 아일랜드에서 농장을 운영하던 부모님이 여섯 아들 중에 첫째인 그를 가족 사제로 키우겠다고 결정했던 바로 그날부터, 그는 한 순간도 이 사실을 잊지 않고 있었다. 그것은 신성한 결정이었다.

그는 아버지와 함께 감자밭에서 잡초를 뽑고 있는 믿음직한 열두 살 남자아이를 떠올렸다. 전날 그는 한 소녀와 함께 길을 걸었다. 그날은 재의 수요일Ash Wednesday*이었다. 소녀는 그가 처음으로 얼굴을 마주하고 함께 길을 걸은 여자였다. 비록 그 시절 카운티 위클로County Wicklow에서는 그 비슷한 일들이 일반적으로 좀더 이른 나이에 시작되었는데도 말이다. 그리고 다음날, 그가 잡초를 뽑으며 밭고랑의 한쪽 끝에 이

---

*사순절四旬節이 시작되는 첫날. 가톨릭에서는 수요일이 되면, 참회의 상징으로 머리에 재를 뿌리는데, 로마 교회에서 이날을 공식적으로 참회의 날로 정해 옷에 재를 뿌리는 의식을 시행했다.

르렀을 무렵, 마침 다음 고랑 끝까지 온 아버지와 마주치게 되었다.

"잠시 멈추렴. 할 말이 있다."

그는 쭈그리고 앉은 채 아버지의 말에 귀를 기울였다.

"오배논, 이제 네가 사제가 되어야 한다는 말을 할 때가 온 것 같구나. 여섯 형제 중 한 명은 반드시 교회에 봉헌해야 한다. 그리고 우리는 네가 거기에 어울린다는 결정을 했단다. 그러니 이제부터는 여자와 함께 거니는 행동 같은 건 하지 말거라. 그건 네 스스로를 죄악으로 희롱하는 것과 같단다."

어린 오배논은 너무 놀라서 아무 말도 할 수 없었다. 사제라니! 마음속에는 복잡한 생각들이 가득 찼지만, 감히 거부는 생각조차 못했다. 그건 신과 아버지에 대한 불경이었다. 그래서 결국 그는 사제가 되었고, 다시는 여자와 함께 길을 걷지 않게 되었다. 그리고 이후, 있는 힘을 다해 육욕과 투쟁했다.

그런데 바로 지금, 또다시 그 유혹과 싸워야만 하는 때가 당도한 것이다. 죄악과 가까운 이런 식의 생각에 굴복해서는 안 되었다. 저 초록 그림자 속에 서 있는 수란을 떠올려서는 안 되었다. 신부는 속으로 끙끙 앓으며 두 손으로 얼굴을 급히 가렸다. 떠올려서는 안 된다는 말을 수백 번 곱씹으면서도, 그는 여전히 수란을 떠올리고 있었다. 도저히 그 모습이 머릿속에서 떠나지 않았다. 그래, 그렇다면, 머릿속 모습에는 정정당당하게 대면하되, 생각만은 금하자. 수란은 그저, 대나무 숲의 그림자에 지나지 않는 존재다. 하나의 이미지, 동상과 같은 것이다. 아니, 동상은 아니다. 동상을 떠올리면 자연스럽게 성모 마리아 상이 떠오르기 때문이었다. 실로 사면초가였다. 오, 생각을 멈추고 기억을 지울 수만 있다면!

그것은 사랑이었다. 어떻게든 피해야 한다고 가르침 받은 그 사랑, 빠져서는 안 된다고 단단히 교육받았던, 바로 그 사랑! 하지만 누구도 말해 주지 않았다. 사랑이란 이렇게 내면으로 살금살금 기어들어와 그 자신을 압도하고, 결국 혈관을 타고 심장까지 흘러 들어간다는 것을……. 죽지 않고서야 무슨 수로 이 사랑을 내던질 수 있단 말인가? 이 고문 속에서 어떻게 살아갈 수 있단 말인가?

그는 침대 옆 탁자에서 책을 집어 든 뒤, 초를 밝히고 그것을 읽기 시작했다. 성 바오로의 성스러운 말씀을 묵상하다 보면 이 괴로운 생각을 잊을 수 있을 것이다.

"마음이 타들어갈 바에야 차라리 결혼하는 편이 더 낫다……."

아, 사도 바울도 불타는 사랑이 무엇인지 잘 알고 있었던 것이다! 아니다. 사랑에는 애초에 탈출구 따위는 없다.

오배논 신부가 막 책을 덮으려고 할 때 조용히 문이 열렸다.

"신부님, 탁자 위의 작은 벨을 누르셨어요?"

수란의 목소리였다. 실제로 탁자 위에는 놋쇠로 만든 작은 벨이 있었지만, 하인들이 도망간 뒤로는 무용지물이나 다름없었다.

"누르지 않았는데……."

신부는 책에 시선을 둔 채 말했다.

"벨 소리를 들었는 걸요."

수란이 답했다. 오배논 신부는 할 수 없이 책에서 눈을 들어 수란을 바라보았다. 은은한 불빛이 문가에 서 있는 수란을 아스라이 비추고 있었다. 주님, 용서하소서! 이 얼마나 매혹적인 여인이란 말인가!

"내가 벨을 울리지 않았다는 걸 잘 알 텐데."

신부의 말이 끝나기가 무섭게 수란은 세 발자국 가까이 다가와 특유의 장난기 섞인 사랑스러운 미소를 지었다.

"신부님이 정원에서 너무 급히 떠나시는 바람에…… 사실은 신부님께서 얼마나 용감하셨는지 말씀드리고 싶었어요. 이제 신부님이 훌륭하신 분이라는 걸 확실히 알았어요. 신부님은 모든 남자들 중에 가장 위대하신 분이세요. 신부님은…… 신부님은 제겐 하느님 같은 분이세요."

오배논 신부는 그 달콤한 속삭임을 음미하면서도, 또다시 그에 대한 죄의식에 전율하며 수란을 바라보았다. 입 안은 바짝바짝 타 들어가고, 아무 말도 입 밖으로 나오지 않았다. 결국 수란은 신부에게 몇 발자국 더 가까이 다가가 작은 두 손을 앞으로 모으며 말했다.

"제가 도와드릴 일이 없나요, 신부님?"

"아무것도 없다!"

"뭐든지 시켜만 주세요."

"그렇다면 이 방에서 나가거라, 당장. 어서!"

그는 얼굴을 벽 쪽으로 돌리고 눈을 감았다. 수란은 잠시 그 자리에 서 있었다. 곧이어 신부는 수란의 발자국 소리가 멀어져가는 것을 들었다. 그러나 수란은 곧 문간에 다시 멈춰 섰다.

"하지만 제가 필요하시면……"

수란은 여전히 상냥한 기색을 잃지 않았다. 저기 서 있는 저 소녀를 고개 돌려 바라보지 않을 수 있는 방법이라도 있다면! 신부는 이를 악물고, 꿈쩍도 하지 않았다.

"나가거라! 어서!"

그는 크게 소리쳤고, 곧이어 문이 닫히는 소리를 들었다.

"사탄아, 이번엔 내가 이겼구나."

그가 나직이 중얼거렸다.

"저 아이를 멀리 내쫓았으니, 네 놈도 놀랐겠지. 의심할 여지없이…… 내가 해냈구나."

그는 다시 책을 집어 들고 한 자 한 자 집중해 읽어내려가기 시작했다. 또 자신의 영혼을 혐오하며 스스로의 목소리를 들을 수 있도록 소리 내어 읽다가, 돌연 멈추었다. 마치 누군가가 문가에 서 있는 것처럼 느껴졌다. 혹시 시험에 들고 있는 건 아닐까? 아니면 정말로 수란이 저곳에 서 있는 걸까?

"오, 성모 마리아시여."

신부는 기도하기 시작했다.

"제가 다시 그녀 생각을 하고 있습니다! 이런 일이 계속되면 어찌 제가 당신께 구원받을 수 있겠나이까?"

그는 잠자리에 들기로 마음을 먹고 책을 내려놓은 뒤, 베개를 평평하게 두드렸다. 갑작스레 피로가 엄습해왔다. 그야말로 다사다난했던 하루였다. 더구나 그의 내면으로 침입해 들어온 이 무거운 짐은, 깨끗이 치워버리지 않는 한 계속해서 그의 마음을 짓누를 것이다. 그는 손을 뻗어 굳은 살 박힌 엄지와 검지로 양초의 심지를 눌렀다. 방은 순식간에 어둠으로 가득 찼다. 그때였다. 짙은 어둠 속에서 그의 신부복 소맷자락이 우연찮게 탁자 위의 벨을 치는 순간, 벨이 바닥 위로 떨어져 따르릉 소리를 울렸다. 그러자 곧바로 방문 열리는 소리가 들렸다.

"이번엔 분명히 들었네요, 신부님."

수란의 목소리였다.

"내가 아니란다. 그저 벨이 탁자에서 떨어졌을 뿐이야."

그는 손을 더듬어 성냥을 찾아 다시 초에 불을 붙였다. 눈앞에는 수란이 행복한 어린아이처럼 사랑스럽게 웃고 있었다.

"아, 신부님, 누워계셨군요."

그녀는 감미롭게 말했다.

"신부님은 제가 필요하셨고, 그래서 저 벨을 울리신 다음에, 불을 끄신 것 아닌가요?"

"바닥에 떨어진 것뿐이라고 하지 않았느냐."

"전 보이지 않는 걸요."

"침대 아래로 굴러들어간 모양이지."

이제 오배논 신부는 침상에서 일어나 그녀를 방 밖으로 내쫓아야 했지만 선뜻 그러지 못했다. 손끝으로 그녀를 한 번 건드리는 것만으로도 사제로서의 삶이 끝나게 될 것 같았다. 그가 할 수 있는 일이라고는 지금처럼, 그녀가 손에 닿지 않는 곳에 머물러 있는 것뿐이었다.

"제가 찾아 볼게요, 신부님."

신부가 미처 말리기도 전에 수란은 아이처럼 사뿐히 바닥에 주저앉아 침대 밑 마룻바닥으로 기어 들어갔다.

바로 이때 누가 상상이나 했을까, 하필 피치본 큰신부가 문을 두드릴 줄 말이다. 그가 어떤 본능에 이끌려 이 방을 찾아들었는지는 누구도 모를 일이었다. 무의식적으로 사제관 내에 감도는 어떤 심상치 않은 기운을 느꼈을지도 모르고, 아니면 유일한 벗인 오배논이 몇 시간 동안 모습을 보이지 않아 그저 좀 외로웠는지도 모른다. 어쨌든 그는 딱 한 번 방문을 두드리고는 지체 없이 안으로 들어섰다.

"오배논 신부."

깜짝 놀란 수란은 침대 밑에서 발을 오므리고 아래로 늘어진 담요를 커튼처럼 잡아당겼다. 오배논 신부도 즉시 몸을 일으켜 앉아 다리를 침대 아래로 떨어뜨렸다. 어떻게 해서든 큰신부의 눈앞에서 수란을 숨겨야만 한다는 광포한 본능이 그를 사로잡았다. 다음 순간 신부는 그것이 엄연히 잘못된 것임을 깨달았지만, 그 본능에 따라 행동할 수밖에 없었다.

"오배논 신부,"

아무것도 눈치 채지 못한 큰신부가 말했다.

"성 토머스의 삶을 다룬 책을 읽다가, 우리가 처한 상황에 대해 정확히 묘사한 구절을 발견했네. 적잖은 위안이 되었지. 자네에게도 도움이 될 걸세."

"그렇습니다, 제게도 지금 위안이 필요합니다."

오배논 신부가 한숨을 내쉬며 말했다.

큰신부는 오배논 신부의 손에 작은 크기의 낡은 책 한 권을 넘겨준 뒤 탁자 옆 대나무 의자에 자리를 잡고 앉았다.

"큰 소리로 읽어 보게나. 난 집중을 위해 눈을 감고 듣겠네."

그는 무릎을 쭉 펴고 앉아 그 통통한 손을 무릎 위에 얹고 눈을 감았다. 오배논 신부는 간신히 그 구절을 읽기 시작했다.

"주님께서 성 토머스에게 말씀하셨도다. '내가 보내는 곳이라면 어디든 가겠느냐, 토머스?' '주님, 그러겠나이다.' 토머스가 답했다. '인도만 빼고 주님이 보내는 곳이라면 어디든 가겠나이다. 하지만 인도는 가지 않겠나이다.' 이 말에 주님이 응답하시기를, '그러나 토머스, 내가 너를 보낼 곳은 바로 인도니라. 만일 네가 인도에서 성인saint이 될 수 없다면, 네 추종자들이 네게 붙여준 이름값을 하지 못하는 것이다. 성saint이라는 호칭이 부끄러운 것이니라.'"

"아주 강력한 말씀이지."

큰신부가 감았던 눈을 뜨며 말했다.

"우리에게 이 말씀은, '우리가 중국에서, 이 시험의 땅에서 성인이 될 수 없다면' 이라는 말과 같다네."

바로 그때 큰신부는 침대 아래에서 꼼지락거리는 움직임을 포착했다.

"침대 아래 뭐가 있는가?"

큰신부가 독촉하듯 물었다. 오배논 신부는 갑자기 속이 울렁대는 것을 느꼈다.

"뭘 보셨기에 그러십니까……?"

신부가 기어들어가는 소리로 말했다.

큰신부는 몸을 구부려 침대 밑을 바라보았다.

"여자 발이 보이네, 오배논!"

사제는 무시무시한 음성으로 소리를 질렀다.

"큰신부님, 맹세컨대……"

오배논 신부가 입을 열자마자, 수란이 벨을 손에 들고 침대 아래에서 모습을 나타냈다.

"여기 있어요, 신부님."

아주 천진난만한 목소리였다.

"제가 찾았어요, 신부님! 벽을 타고 굴러 떨어졌나 봐요."

수란은 벨을 탁자 위에 올려놓고 분홍색 웃옷의 먼지를 털었다.

"조만간 시간을 내서 침대 아래 먼지를 청소해야겠어요."

그녀는 여전히 어린 아이 같은 말투였다.

"오랫동안 아무도 여길 청소하지 않았던 것 같아요. 결국 제가 여기서 신부님의 시중을 들게 된 건, 참 잘된 일이에요. 두 분 모두를 위해서요."

"오배논!"

큰신부가 다시 큰 소리로 호통을 쳤다.

"이번엔 어떤 변명을 할 셈인가!"

"제가 벨이 울리는 소리를 들었어요."

수란이 상황에 잘 맞춰 끼어들었다.

"그래서 뭐가 필요하신지 와 봤는데, 알고 보니 신부님이 양초를 끄시다가 탁자에서 벨을 떨어뜨리신 거였어요. 그걸 방금 침대 아래에서 찾았구요."

그러자 큰신부가 고함치듯 말했다.

"여자는 당장 이 방에서 나가거라!"

"신부님들 저녁 밥을 지을 시간이네요."

수란은 말을 마친 뒤 바람에 흔들리는 버드나무처럼 우아한 몸짓으로 방에서 걸어나갔다. 큰신부는 그 작은 몸집 안에 격분을 누르지 못한 채 벌떡 일어섰다.

"무릎을 꿇게."

그가 오배논 신부에게 명령했다.

"오배논 신부, 무릎을 꿇고 하느님께 용서를 구하게. 오늘 밤은 이 방문을 잠그고, 내일 식사 전 아침 일곱 시에 정원에서 나를 보세. 이 상황은 그때 얘기를 좀 나눠야겠네. 내가 이렇게 화가 나 있는 지금은 적당하지 않아."

"하지만, 신부님,"

오배논 신부가 간청하듯 말했다.

"전 결백합니다."

큰신부는 시선으로 오베논을 제압했다.

"지금 자네 눈에서 보이는 뭔가가 심히 내 마음에 들지 않네."

그는 단호하게 말했다.

"아주 마음에 안 들어."

큰신부는 이 말과 함께 방을 나가면서 쾅 소리를 내며 문을 닫았다. 오배논 신부는 깊은 한숨을 내쉬며 맨발로 터벅터벅 문까지 걸어가 걸쇠를 잠갔다. 그리고 침대 옆에 무릎을 꿇고 기도를 올리려고 했지만 극도의 피로와 가슴을 파고드는 슬픔 때문에 어느새 혼절하듯 잠 속으로 빠져들었다. 그가 몸을 떨면서 깨어난 건 자정 무렵이었다. 그는 침상으로 기어올라가 다시 새벽까지 잠이 들었다.

* * *

다음 날 정각 7시, 오배논 신부는 정원에 나와 있었다. 깊은 잠도 어떤 해결의 실마리를 던져 주지 못했다. 그는 불현듯 갈등에 휩싸여 잠에서 깼다. 깊은 내면에서, 사제와 남자, 이 두 얼굴이 팽팽히 맞서고 있었다. 아직 승부는 나지 않았다. 심기는 유쾌하지 못하고 지쳐 있었다. 그는 반항심과 회개심 양쪽 감정 사이에서 몸을 일으켰다. 대체 무엇을 회개하란 말인가, 하고 내면 속의 남자가 물었다. 그는 어떤 죄도 저지르지 않았다. 오히려 스스로의 생각에조차 굴복당하지 않았으니, 사제로서 상을 받아 마땅한 일이라고 말할 수도 있을 것 같았다.

그는 아침 기도를 올리고 목욕재계를 한 뒤, 빛바랜 푸른 중국식 리넨으로 만든 깨끗한 신부복으로 갈아입었다. 문을 열자 상쾌한 바람이 밀려들었다. 그는 사제관 밖으로 걸음을 옮겨 정원의 돌 의자에 앉았다. 지난밤의 비 때문에 생긴 얕은 웅덩이에서 개똥지빠귀 한마리가 물을 튀기며 놀고 있었다. 오배논 신부는 큰신부가 도착할 때까지 쥐 죽은 듯 앉아 있었으므로 개똥지빠귀에겐 전혀 방해가 되지 않았다. 그러다가 개똥지빠귀는 휙 하고 날아가 버렸고, 동시에 오배논 신부도 자리에서 벌떡 일어섰다.

큰신부는 오늘 한껏 사제다운 면모를 풍기며 나타났다. 신부복은 아주 깔끔했고 가슴팍에는 십자가가 반짝반짝 빛나고 있었다. 또 손에는 교구를 방문할 때 으레 갖고 다니던 작은 지팡이를 들고 있었다. 오배논 신부는 그 신호가, 오늘 아침 그들의 관계가 '고매하신 큰신부'와 '열등하고 죄 지은 비천한 사제'로서의 관계라는 것을 암시한다는 사실을 깨달았다. 여자가 아무 생각 없이 남자 침대 밑에 들어가 있을 수 있다는 사실을, 믿을 수도 없고 믿으려 들지도 않는 큰신부의 눈에, 어젯밤의 모습은 죄악 그 자체로 비쳤을 것이다.

"오배논,"

큰신부가 위엄있는 목소리로 말했다.

"안녕히 주무셨습니까, 큰신부님."

"우리 걸으면서 얘기하세."

두 사제는 정원의 자갈길을 거닐기 시작했고, 오배논 신부는 적절히 침묵을 지켰다. 그야말로 화창한 아침이었다. 정원은 햇살 속에서 빛나고, 개똥지빠귀는 이제 대나무 숲에서 크게 지저귀고 있었다. 다행히도 수란은 분별 있게 눈에 띄지 않았다.

"우선, 오배논 신부, 여자가 자네 침대 아래에 들어간 게 우연이라는 허무맹랑한 소리는 말게."

오배논 신부는 절망감을 느꼈다. 그리고 곧이어 그 절망은 갑자기 자기변호로 방향을 틀었다. 마침내 그는 스스로가 결백하다고 결론내렸다. 길 잃은 양이 울타리 친 정원으로 들어서듯, 사랑도 그렇게 그의 마음을 급습한 것이다. 그는 사랑을 구하지도, 바라지도 않았다. 오히려 누구도 사랑하고 싶지 않았다. 사제로서 사랑해야 한다고 가르침 받은 보통 죄인들을 빼고 말이다. 확실히 그런 사랑은 그 대상에 의해 타오르지도 사로잡히지도 않았다. 신부는 기꺼이 수란의 이미지를 마음에서 쫓아버리려고 했다.

"그녀가 그런 행동을 한 건, 최소한 제 의도는 아니었습니다."

오배논 신부는 예의에서 벗어날 생각이 추호도 없었건만, 큰신부는 이 말을 듣자마자 불같이 화를 냈다. 그는 손에 쥔 지팡이로 돌을 내리쳤다.

"그렇다면 도대체 왜 그 아이가 거기 있었느냔 말이네. 바로 그게 문제가 아닌가!"

큰신부는 선포하듯 말을 이었다.

"그녀가 거기 있었잖은가, 내 말이 틀린가?"

"예, 거기 있었죠."

오배논 신부가 수긍하며 말을 이었다.

"하지만 그 아이도 말했다시피······."

큰신부는 그의 말을 가로막았다.

"그 아이가 한 말을 곧이곧대로 믿을 정도로 내가 바보처럼 보이는가. 그 아이는 그 시간에 거기 있어야 할 하등의 이유가 없었단 말일세. 자네도 그걸 인정하나?"

"예. 인정합니다."

오배논 신부는 말을 이었다.

"하지만 저 또한 큰신부님 못지않게, 그 아이가 거기 있는 걸 원치 않았습니다. 사실 침대 밑으로 기어들어갈 때는 정말 놀랐습니다."

"놀랐다고?"

큰신부의 되물음에는 조롱기가 섞여 있었다.

"그럼 그 아이가 자네 방을 찾은 이유는 뭔가?"

오배논 신부는 물음에 대답하기 위해 곰곰이 생각에 잠겼다. 그러자 깊은 혼란이 닥쳤다. 수란이 왜 자기 방을 찾게 됐는지 정확히 기억나지 않았던 것이다. 그는 손을 이마에 댄 채 멍한 눈으로 큰신부를 바라보았다.

"주님, 저를 도와주소서."

신부는 무기력하게 중얼거렸다.

"그 아이는 마치 하늘에서 떨어진 것처럼 제 방에 나타났습니다. 문이 열려 있었는지는 잘 기억이 나지 않습니다. 올려다보니 거기엔 이미……"

신부는 어깨를 으쓱하며 허공으로 시선을 던진 채 두 팔을 앞으로 내밀었다. 큰신부는 준엄하게 물었다.

"오배논 신부, 자넨 어째서 사제의 길을 택했나?"

큰신부의 냉랭한 질문은 계속되었다.

"그냥 보통 남자로 살고 싶지 않았나? 자네의 소명은 성직자가 아닌 것 같네!"

"괜찮으시다면, 제 말에도 귀를 기울여 주십시오, 큰신부님."

오배논 신부가 신음하듯 말했다.

"듣고 싶지 않네."

큰신부는 딱 잘라 말했다. 그는 걸으면서 지팡이로 길 위의 자갈을 톡톡 두들겼다.

"상황은 분명해졌고, 이미 결론은 나왔네. 속박을 벗어던지고 사제직을 떠나게."

오배논 신부는 순간 이성을 잃었다. 속박을 벗어던지라고? 그렇다면 그 후는? 이 혼란스러운 외국 땅에서 어떻게 살아갈 것인가? 게다가 그는 지금까지 성직자의 삶을 자족하며 즐겨왔다. 결코 보통 남자는 되고 싶지 않았다. 에덴동산의 아담처럼, 지금 그는 신 앞에서 열렬히 변명거리를 찾고 있었다.

"현재 당면한 문제는, 한 여자가 저를 집요하게 쫓아다닌다는 것뿐입니다."

오배논은 엉겁결에 불쑥 이 말을 내뱉고 말았다.

"큰신부님, 그게 어떤 건지 잘 아시지 않습니까. 때때로 여자들이 신부들에게 헛된 연정을 품는다는 걸 말입니다. 신부님도 분명히 그걸 잘 아실 겁니다. 잘생긴 외모를 가지셨으니까요."

큰신부는 마음을 누그러뜨리지 않으려 애썼지만, 마음을 녹이는 언외의 암시가 묘한 자기만족을 불러 일으켰다.

"여자들이 제멋대로인 건 사실이네."

마침내 큰신부도 수긍했다.

"하지만 우리는, 우리가 더이상 남자가 아니라는 사실을 그들에게 상기시켜야 할 의무가 있다네. 우리의 신성한 사목을 주지시켜야 하는 게야."

"전 그렇게 했습니다."

오배논 신부는 큰신부의 말이 끝나기가 무섭게 응수했다.

"하지만 수란은 계속 저를 바라보며 미소 짓는 것을 멈추지 않았습니다."

"그렇다면 그녀가 자네 안에 있는 욕망을 읽은 거겠지."

큰신부는 가차 없이 반박했다.

"자네가 애초에 그런 욕망을 품지 않았더라면, 그녀도 모든 게 수포로 돌아갈 거라는 사실을 감지했을 걸세. 여자는 남자의 내면에 도사린 욕망을 기가 막히게 알아챈다네!"

"신부님은 그런 여자의 속성을 아셨을지 모르지만, 저는 몰랐습니다."

오배논 신부는 옆에 서 있는 작달막하고 통통한 신부를 내려다보았다. 두 사람의 눈빛이 마주치자, 피치본은 황급히 시선을 피했다.

"내가 아는 게 아니라, 그저 들은 얘기일 뿐이야. 그리고 그런 비유는 자네 스스로에게 하면 고맙겠네. 자넨 그 아이를 멀리 쫓아버려야 옳았어. 이곳에 머물지 못하도록 말이네."

"하지만 이곳엔 요리할 사람이 필요했습니다. 신부님도 제가 요리에는 영 소질이 없다고 말씀하셨죠."

오배논 신부가 상기시켰다.

"그래, 자네 요리 솜씨는 형편없었지."

큰신부도 맞장구를 쳤다. 오배논 신부는 큰신부와의 언쟁에 모종의 쾌감을 느끼기 시작했다. 그는 늘 겸손했지만, 비굴할 정도까지는 아니었다. 또한 의도한 바는 아니었지만 스스로가 다소 의뭉스런 방식으로 큰신부를 방어 태세로 몰고 있음을 어렴풋이 감지했다. 그는 그제야 제대로 정신을 차렸다.

따뜻하고 눈부신 아침이었다. 사제관 앞 정원 잔디를 완벽하게 관리하기 위해 온갖 정성을 바쳤던 활달한 신자들, 잡초 뽑는 나이 든 여인네들의 발길이 끊어진 이래, 잔디 위에는 이제 민들레가 활짝 피어 있었다. 피치본 큰신부는 민들레를 싫어했지만, 오배논은 피치본이라는 '인간' 자체는 분명 민들레를 분명히 좋아할 것이라고 마음속으로 생각했다. 민들레는 대나무 숲에 쪼그리고 앉아 잡초를 캐는 남루하고 늙은 여인들보다 두말할 것 없이 아름다웠다. 심신이 회복된 오배논의 머릿속에 문득 기지가 번득이기 시작했다.

"하지만, 신부님. 제 상황 때문에 신부님마저 혼돈에 빠지시다니 이상하군요."

"내가 혼돈에 빠졌다고? 무슨 말인가?"

큰신부가 엄한 투로 물었다.

"우리 성직자들은 늘, 죄는 미워하되 사람은 미워하지 말라고 가르침 받지 않았던가요?"

오배논 신부가 맞서 물었다.

"맞네. 그런 가르침을 받았지. 하지만 그 가르침을 자기 편의에 맞게 이용해서는 안 되네. 만사는, 사랑이란 말을 어떻게 사용하느냐에 달려 있지. 사실 사랑은 모든 가능성을 내포한 실로 위험한 단어라고 할 수 있네. 주님의 이름으로 죄인을 사랑하는 것과, 이 경우처럼 상대가 여자라서 사랑하는 것과의 차이를 식별해야 하네. 그건 주님을 위한 게 아니라, 자네 자신을 위한 거야."

"잘 알고 있습니다, 큰신부님."

오배논 신부가 대답했다. 큰신부의 이성적인 설명을 듣고 나자 이제야 죄에서 벗어난 기분이었다. 결국 그는 수란에게 굴복당하지 않은 것이다. 지금 수란은 오배논이 자신을 어떻게 느끼는지 알지 못하고 있었다. 신부는 그에 대해서는 말하지 않았을 뿐만 아니라 말하고 싶지도 않았다.

"저를 믿어 주십시오, 큰신부님."

오배논 신부는 간절함을 담아 말했다.

"저는 그 어린 불신자를 온건하게 바꿔놓을 겁니다. 그녀는 지금 그릇된 자신의 모습 속에서, 곧 무엇이 옳은 것인지를 깨닫게 될 겁니다. 그것만이 삐뚤어진 그녀의 영혼을 치료할 수 있는 지름길입니다. 이제 그 아이도 저를 사랑하는 게 죄라는 걸 알게 될 겁니다."

큰신부는 걸음을 멈추고, 훤칠한 젊은 사제를 올려다보았다.

"난 자네가 그런 식으로 말하는 게 마음에 들지 않네."

그는 침착하게 말을 이었다.

"자넨 너무 들떠 있어. 모든 걸 뒤죽박죽 섞고 있는 듯한 느낌이네. 난 죄는 미워하되 사람은 사랑한다는 말이 가진 함정이 두려워. 혼돈이란 쉽게 닥쳐오는 법이지."

"전 정신을 똑바로 차리고 있을 겁니다."

큰신부는 오배논 신부의 단언에도 불구하고 그를 계속해서 뚫어져라 바라보았다.

"고해성사를 드리는 게 낫지 않겠나?"

"저는 그럴 필요를 못 느낍니다."

오배논 신부는 당당히 말했다.

"하지만 난 아직 자네 표정에서 느껴지는 뭔가가 마음에 들질 않아."

큰신부는 자신의 생각을 굽히지 않았다.

"생각이 행실만큼이나 죄악으로 가득 찰 수 있다는 걸 자네도 알고 있겠지?"

"저는 늘 제 생각을 통제하고 있습니다. 하지만……"

신부가 멈칫하자 큰신부가 말을 이었다.

"하지만, 뭔가?"

"당연히 꿈의 문제가 있지요!"

오배논 신부는 못마땅한 듯 말을 이었다.

"꾸는 꿈에 대해서까지 비난을 받아야 하는 걸까요?"

큰신부는 정원 의자에 앉아 생각에 잠겼다.

"그게 문제구만."

그는 다시 깊이 숙고하는 듯했다.

"잠이 든 상황에까지 책임을 물을 수 있는가…… 아주 좋은 질문이구만."

오배논 신부의 얼굴에 갑자기 미소가 떠올랐다. 그는 사제관 울타리 위 파랗게 펼쳐진 하늘로 시선을 옮겼다.

"제 꿈이 해피엔딩으로 끝날 경우,"

신부가 입을 열었다.

"그럴 경우에, 과연 그걸 고민해야 하는 건지 잘 모르겠습니다."

그러자 큰신부는 그 오목하고 동그란 눈을 찌푸렸다.

"그 해피엔딩이란 게 정확히 뭘 의미하는 건가? 그게 결코, 침대 아래에서 여자를 발견하는 일은 아니길 바라네."

오배논 신부가 웃음을 터뜨렸다.

"적어도 수란이 꿈속에 나타나지는 않았습니다, 신부님!"

피치본은 끝까지 엄격한 태도를 누그러뜨리지 않으려고 애썼다.

"만일 내가 꿈속에 나타났다면 그거 행운이구먼. 그것만이 내가 자네 말을 수긍할 수 있는 경우네. 지금 감언이설로 날 꾈 생각일랑은 말게!"

그리고 시선이 마주치는 순간, 갑자기 두 사람은 웃음을 터뜨렸다. 오배논 신부의 영혼에 남아 있던 죄의식은 터져 나온 웃음과 함께 말끔히 씻겨나갔다. 지금 보니 큰신부의 내면에는 오배논이 생각했던 그 이상의 것이 자리하고 있었다. 오배논 신부는 이 같은 생각들을 머릿속에 굴리면서, 다시는 수란과 단둘이 있게 될 일을 만들지 않겠다는 결심을 더욱 굳혔다.

그렇다. 방에 혼자 있을 때 수란이 들어오면, 그 자신이 방을 나가면 되는 것이다. 그녀는 스스로 교훈을 얻어야 하리라. 언젠가 오배논 신부도 몬시뇰, 즉 큰신부가 될 것이다. 큰신부 오배논. 그 성스러운 직함이 혀끝에서 빙빙 맴돌았고, 오배논은 그것을 깊이 음미했다.

수란

Satan Never Sleeps

여름이 가고 초가을이 찾아왔다. 가택 연금 생활이 몰고 온 익숙지 않은 외로움 속에서, 이제 두 사제는 그간 느껴왔던 서로의 차이조차 잊은 듯했다. 오배논 신부는 영혼의 스승인 이 성마르고 작은 몸집의 노인에게 늘 조마조마한 마음을 품고 있었지만, 이제는 그 별난 성격에 대해서도 어느 정도 내성이 생기고 무뎌졌다. 그는 피치본 신부가 풍기는 고결한 분위기가 겸허하고 간소한 생활 방식에서 우러나온다는 것을 깨닫게 되었다. 사실 그는 이전만 해도, 피치본 신부가 사제가 되기 위해 얼마나 큰 희생을 감수했는지를 알지 못했다.

오배논 신부는 아일랜드의 오두막집에서 주로 감자와 양배추로 끼니를 때우며 자라났다. 양고기와 감자와 양파를 섞은 스튜는 거의 식탁에 오르지 않았다. 반면 피치본 신부는 아일랜드 왕족의 자손으로 귀한 신분과 좋은 가문의 혈통을 이어받고 태어났다. 만일 아일랜드에 남았더라면, 아마도 그는 죽은 형의 뒤를 이어 귀족의 신분을 이어갔을 것이다.

이 두 신부가 각자의 추억을 나누는 동안, 오배논 신부의 영혼은 하느님에 대한 사랑뿐만 아니라 큰신부에 대한 존경심을 통해 더욱 강건해졌다. 오배논은 자신의 결의를 확고부동하게 지켜나갔다. 그는 수란이 부엌에 있을 때면 그 안으로 들어가지 않았고, 그릇을 받을 때마다 손이 닿지 않게 주의했다. 그리고 수란도 오배논의 이런 행동이 마음에 상처가 될지언정 결코 내색하지 않았다. 그녀는 매일 아침 일찍 주방에 나타났고, 저녁 식사를 마치고 마지막 정돈을 할 때까지 하루종일 그곳에 머물렀다. 그리고 여인의 손길이 스치고 지나간 사제관은 깔끔하고 질서정연한 모습을 갖추기 시작했다.

이제 그녀가 오배논에게 전하는 유일한 사랑의 표시는, 그의 침대 옆 탁자 위에 놓인 꽃뿐이었다. 매일같이 작은 화병에는 생생한 한 송이 꽃이 새로이 꽂혔다. 고민에 빠진 신부는 꽃을 그만 가져오라고 말해야 할지를 두고 양심과 싸웠다. 연약한 영혼을 상처 입히는 건 죄가 아니란 말인가?

결국 그는 큰신부가 그 꽃을 보지 못하는 이상 그것을 무시하기로 마음먹었다. 밤이 되면, 신부는 꽃병을 탁자 아래로 내려놓았다. 그 시간에는 수란도 그것을 보지 못할 터였다. 오배논은 그 꽃이 자신에게 위안이 되는 것조차 용납하지 않았다. 밤이 되어 자신의 외로운 방으로 돌아올 때면, 꽃은 그의 다정한 벗으로 늘 그 자리에 있었다.

한편 피치본 큰신부에 대해 느낀 그 새로운 감정들은, 그로 하여금 더욱더 사목의 열정을 불태우게 만들었다. 이제 더이상 성당에서는 미사를 올리지 않게 되었다. 수란이 어느 날 아침 그들에게 경고의 귀띔을 들려준 이후부터였다.

어느 일요일 아침, 평소처럼 이른 미사를 위해 신실한 신자들이 모여 들었다. 피치본 큰신부가 미사를 진행하는 도중이었다. 수란이 헐레벌떡 성당 안으로 뛰어 들어오더니, 무릎 꿇고 성찬을 받는 신자들에게 지금 군인들이 몰려오고 있다고 돌아가며 귀띔을 해 주었다. 그러자 모두 제각기 흩어졌고, 성당에는 피치본과 오배논만 남게 되었다. 그러나 수란은 그들에게까지 다가와 말했다.

"여기서 미사를 드리시면 안 돼요. 하느님께서는 어디에도 존재하시잖아요? 그러니 제발 사제관 안에서 안전하게 미사를 드리세요."

그녀는 살뜰한 눈빛으로 오배논 신부에게 간청했다. 그때 그녀는 얼마나 수줍어했으며, 얼마나 간절하게 호소했으며, 얼마나 용감했던가! 순간 그는 한 마디 한 마디를 하는 수란의 깊은 입 속 저 아련한 곳에 모르는 사이 눈길이 갔다. 그러나 그는 바로 시선을 거두었다.

"이 아이 말이 맞습니다. 큰신부님. 스스로를 적의 손에 노출시켜서는 안 됩니다. 또 신자들이 우리 때문에 고통을 받아서도 안됩니다. 우리는 죽음이 아닌 생명을 위해 이곳에 온 겁니다."

큰신부는 평소 듣기 힘든 오배논의 뛰어난 설득에 놀라 군말 없이 바로 성당을 떠났다. 문득 그 뒤를 따르던 오배논 신부는 결코 뒤를 돌아보지 않을 수 없었고, 연이어 제단에 홀로 서 있는 수란을 보았다. 수란은 신부가 자신을 한 번이라도 돌아봐 주길 바라면서 기다리고 있었던 것이다. 오배논은 신부가 뒤를 돌아보자 수란은 기회를 놓치지 않고 미소를 지었다. 신부는 재빨리 고개를 돌리고 가던 길을 갔다. 마음은 고통으로 일그러지고 있었다. 그러나 그 헌신적인 수란의 태도가 결국 그의 사목에 힘이 되리라는 것을 그 누가 알았겠는가.

그 다음 주에 피치본 큰신부가 병이 나 앓아누웠고, 그 때문에 오배논은 큰신부의 자리를 대신하게 되었다. 그날 미사는 논에서 이루어졌다. 신자들은 수란을 통해 두 신부에게, 동틀 녘쯤 모두 논으로 모일 것이라는 전갈을 보내왔다. 높게 자라 있는 벼 포기 속에 무릎을 꿇으면 몸을 숨길 수 있었기 때문이다. 그리고 신자들은 피치본과 오배논에게 그곳에서 자기들을 만나달라고 간청했다. 그들은 수란을 통해 이런 말을 전해왔다.

"두 신부님으로부터 말씀을 전해들은 후로, 저희는 이제 주님과는 떨어져 살 수 없게 됐습니다. 주님 없이는 세상에 홀로 남겨진 기분입니다. 그러니 부디 저희를 만나 주십시오. 시내 서쪽에 있는 논입니다. 불교 사원 너머 말입죠."

수란은 오배논에게 말했다.

"커다란 암석이 있는, 바로 그 옆이에요. 혹여 불교 사원에 있는 수도승들이 볼까 꺼려하실 필요는 없어요. 그들도 이런 시기에는, 국적이나 종교를 떠나 신을 믿는 모두가 서로를 도와야 한다고 말했어요."

그날 밤 수란은 사제관 부지 밖에서 김이 모락모락 나는 저녁 식사를 날라온 차였다. 울타리 너머 공모자의 도움으로 몰래 갖고 들어온 것이다. 문지기도 그녀와 같은 편이 틀림없었다. 그리고 방금 그런 말을 할 때, 그녀는 마치 자기가 하는 말이 별 대수롭지 않다는 듯한 표정이었다. 말을 전해들은 두 사제는 서로의 얼굴을 빤히 바라보았다.

"지혜는 아기 입에서도 나올 수 있는 법이지."

큰신부는 입 속에서 웅얼거렸다.

"수란이 불교도들을 설득해서 그렇게 하도록 만든 겁니다."

오배논 신부가 말했다. 그러나 그들은 수란이 어떻게 그런 일을 할 수 있었는가는 묻지 않았다. 단지 기적이라 믿었고, 이젠 두 사람 모두 수란을 하늘이 보내준 천사로 받아들이기 시작했다. 결국은 큰신부도 수란을 특별한 여인으로 인정하기에 이르렀고 더이상 오배논 신부를 질책하는 일도 일어나지 않았다.

"단 늘 머릿속에 순결한 생각이 머무르도록 힘쓰게. 그 아이 생각이 떠오르면 성모 마리아께 대한 숭고한 정신으로 자네 생각을 고양시켜야 하네."

"알겠습니다, 큰신부님."

오배논 신부가 한숨을 지으며 말했다.

그러던 어느 일요일 아침, 갑자기 큰신부가 병이 나 버린 것이다. 작달막하지만 누구보다도 대담한 이 사제는 비로소 스스로가 감금되어 있는 현실을 느끼기 시작하고 있었다. 무엇보다도 그는 자신의 직무를 수행하지 못하는 데서 오는 고립감 때문에 괴로워했다. 오랜 세월 동안 그는 교구 내에 있는 병자들과 신자들을 찾아다니느라 늘 바빴고, 그런 나날을 행복해 했다. 그는 더이상 젊지도 않았고, 현재 처한 생활의 끝도 알 길이 없었다. 인내심은 그의 덕목이 아니었다. 그는 자신이 변화시킬 수 없는 어쩔 수 없는 상황들에 대해 자신도 모르게 조바심을 내고 있었다.

"난 일어날 수가 없을 것 같네."

오배논 신부가 방에 들어가자 큰신부는 뾰로통해져서 말했다.

"일어나실 수가 없다니요?"

오배논이 놀라 되물었다.

"다리에 힘이 없네. 속이 안 좋아. 지난밤 음식에 무슨 문제가 있는 것 같지는 않았는가?"

"전 못 느꼈습니다."

"그렇다면 이질에 걸린 모양이군."

그는 투덜거리며 말을 이었다.

"자네가 논에 가서 내 자리를 대신해야겠구먼. 나 스스로의 영혼을 위해서도 그토록 고대했던 일이었네만, 할 수 없지."

"혼자서는 미사를 진행해 본 적이 없는데요."

오배논 신부는 자신 없이 말했다.

"그렇다면 기회가 온 걸세. 난 지금 내 한 몸 일으킬 수도 없는 지경이라네."

"그렇다면 저도, 어찌 신부님을 혼자 두고 가겠습니까?"

"난 여기서 홀로 기도를 드릴 걸세. 기도의 응답을 받는 일에 익숙해졌거든."

더이상 지체할 시간이 없었다. 수란이 벌써부터 신부들을 논으로 안내하기 위해 기다리고 있었다. 큰신부는 뚫어질 듯한 시선으로 마지막

한마디를 덧붙였다.

"저 아이와 단둘이 걸어가는 겐가?"

오배논 신부는 이 물음에 다소 화가 났지만 마음을 추스르며 말했다.

"제가 지금 스스로가 그런 생각을 하도록 허용할 것 같습니까? 미사를 드리러 가는 길이 아닙니까?"

피치본은 오배논 신부의 얼굴을 한참동안 탐색하듯 쳐다보았다. 그러자 오배논의 정직한 푸른 눈빛이 곧 그를 안심시켰다.

"용서하게, 베드로."

큰신부는 이렇게 말하곤 고개를 돌렸다.

베드로라니! 그야말로 수년 만에 처음으로 듣는 소년 시절의 호칭이었다. 사실 그는 피치본 신부가 그 세례명을 기억하고 있는지조차 모르고 있었다. 순간 오배논의 눈에 눈물이 한가득 고였다. 그는 무릎을 꿇고 침대 가장자리에 힘없이 늘어진 큰신부의 작은 손에 입을 맞추었다.

"감사합니다, 신부님."

그는 나지막이 속삭인 후 재빨리 자리를 떴다. 밖으로 나가보니 수란이 대나무 숲에서 그를 기다리고 서 있었다. 새벽의 미명 속에서 초록색 웃옷을 입은 그녀의 모습이 희미하게 보였다. 그녀는 신부를 보고도 미소 한 번 짓지 않았다. 대신 손가락을 입술에 갖다댄 후 쫓아오라는 손짓만 했다. 이제껏 어떻게 대문의 감시병들을 따돌리려는 것일까 의아했는데, 이제 그녀의 계획을 알 것 같았다. 그는 수란이 벽 쪽으로 기대 선 대나무를 밟고 울타리 꼭대기까지 올라가는 모습을 눈이

사탄은 잠들지 않는다

휘둥그레져서 바라보았다.

"따라오세요, 신부님."

수란은 소리 죽여 말한 후 울타리 너머로 사뿐히 뛰어내렸다. 신부는 어정쩡한 모습으로 대나무를 서툴게 기어올라간 뒤 역시 울타리 너머로 뛰어내렸다. 울타리 너머 채소밭의 부드러운 흙이 두 사람의 발자국 소리를 숨겨주었다.

신부는 더이상 수란을 경계할 필요가 없었다. 그녀는 예전처럼 그에게 집요하게 매달리거나, 장난을 걸어오지 않았다. 지금 그녀는 신부와 함께 걷는 도중에도 작은 소음이나 바람 소리에도 경계 태세를 게을리 하지 않는 단호하고 대담한 여성의 모습을 보여주고 있었다.

마침내 논에 도착했을 무렵, 동쪽 하늘이 훤히 밝아오기 시작했다. 신자들은 큰 바위 앞에 무릎을 꿇고 앉아 있었다. 누군가 바위 위에 분필로 대강 제단 모양을 그려 넣었고 십자가가 그 위에 올려져 있었다. 그들은 오배논 신부가 나타나자 모두 일어나 침묵 속에서 그를 반겼고, 오배논이 그들 사이를 가로질러 제단을 향해 나아가자 다시금 무릎을 꿇고 로자리오Rosarium(묵주기도) 기도서를 읊기 시작했다. 곧이어 오배논 신부는 낮고 경건한 목소리로 안식의 말씀을 전파했으며, 그 동안 떠오른 태양이 하늘을 온통 황금빛으로 물들였다.

신부는 조급해 하지 않았다. 그는 범접할 수 없는 위엄과 근엄함이 담긴 시선으로 제단을 마주하고 섰으며, 그가 내뱉는 신의 말씀 하나하나가 아침 대기 속으로 선명하게 울려퍼졌다. 사람들은 신부의 뒤쪽에서 물결치는 벼 속에 몸을 숨긴 채 무릎을 꿇고 앉아 있었다. 또

상당한 숫자가 될 때까지 다른 신자들이 끊임없이 그들 속으로 합류했다. 드디어 신부는 성찬예식을 거행할 준비를 마쳤고, 고개를 숙이고 라틴어 미사 경문을 세 번 외웠다.

"도미네 논 숨 디뉴스Domine non sum dignus……"

그러자 신자들이 그에 응답했다. 신부는 마치 성작을 들고 있는 것처럼 양손을 높이 치켜든 채, 사이 사이를 거닐면서 각각의 신자들에게 성체를 건네주는 몸짓을 했다.

저만치 맨 뒤쪽에 수란이 신자들 사이에서 무릎을 꿇고 앉아 있었다. 신부는 그녀 쪽으로 발걸음을 향하면서 잠시 주저했지만, 그 상상의 성체가 마치 영혼의 양식인 양, 다른 신자들에게 그랬듯이 그녀에게도 똑같이 의식을 베풀어 주었다.

* * *

누가 알았겠는가? 논에서 오배논이 수란에게 의식을 베풀어 주었을 때, 그녀의 영혼에 어떤 비전이 스며들었는지.

사실 수란은 신부가 자신에게까지 의식을 베풀어 주리라고는 기대하지 않았다. 그녀는 엄연히 성체 배령자가 아니었지만, 그럼에도 신부는 그녀를 받아들여 당당히 신자로서 인정한 것이다. 그 생각을 할 때마다 수란의 신부에 대한 사랑은 경외심으로 깊어갔다. 또한 그 후에도 그 생각은, 매일 사제관 안에서 일을 할 때나, 두 사제를 돌보기 위해 대문을 빠져 나가거나, 벽을 타 넘을 때에도, 줄곧 수란의 머리에서 떠나지 않았다.

그러던 어느 날 아침, 수란이 사제관 마룻바닥을 닦고 침대를 정돈하고 있을 때였다. 큰신부는 비록 병을 떨치고 침상에서 일어났지만, 예전보다 야위고 허약해져 있었다. 오배논 신부는 거실 아래층에서 그와 함께 있는 참이었다. 수란은 더이상 신부를 쫓아다니지는 않았지만, 여전히 그를 찬미했으며, 굳이 그 감정까지 숨기지는 않았다. 물론 그녀는 오배논 신부가 단순히 남자 이상의 존재라는 사실을 이해하기 시작한 참이었다. 이제 그의 방 먼지를 털고 침상을 정리할 때도, 언제나 오배논 신부가 곁에 가까이 있는 기분이었다. 지난밤, 이 좁은 침대 위에 신부님이 누워 계셨겠지. 신부님의 머리가 이 딱딱한 베개 위에 놓여 있었겠지. 수란은 침대가에 앉아 혼자 미소를 지었다. 신부님도 역시 남자지만, 동시에 순결하고 선량한 하느님의 아들인 것이다. 수란은 오배논 신부도 자신을 사랑하고 있다는 것을 느꼈다. 하지만 그의 사랑은 그토록 인간적인 사랑을 넘어선 배려 깊은 선량함을 띠고 있었다. 수란은 신부를 신처럼 숭배했다. 동정 마리아가 성령에 의해 예수를 잉태할 때 바로 이런 기분을 느끼지 않았을까?

어느새 수란의 얼굴에 미소가 번졌다. 그녀는 상상 속의 오배논 신부에게 손을 뻗었다. 상상 속에서나마 그에게 좀더 가까이 다가가기를 원했다. 사랑을 꿈꾸는 눈매가 금방 촉촉하게 물기를 머금고, 입술은 살짝 벌어졌다. 그녀는 신부가 자신의 안으로 깃드는 광경을 보는 듯했다. 단지 살과 피가 있는 인간이 되어서 말이다.

수란은 사랑의 환상에 지나치게 넋이 빠져있던 나머지, 온몸의 피가 빠르게 약동하고 환희에 들뜬 심박동이 거칠어지는 것을 느꼈다. 예전에는 경험해 보지 못한 감흥이었다. 이것이 바로, 한 처녀가 신의 재림을 기다려 완전한 성령의 감화로 받게 되는 신성한 잉태는 아닐까?

수란은 익히 그 비슷한 이야기들을 들은 적이 있었다. 무슨 수로 그 위대한 남자들을 설명할 수 있단 말인가? 연못에서 목욕을 하던 처녀가 강의 신의 눈에 띄게 된 이야기, 신전에서 기도를 올리는 여인의 몸에 은밀히 재림하는 신의 이야기 등, 어머니가 딸들에게 들려주는 옛날이야기에는 이런 내용들이 많았다. 수란의 어머니도 수란에게 이런 이야기를 들려주곤 했다.

"중국의 옛 황제 시대에 치료의 기적을 일으키는 한 남자가 있었단다. 그런데 그 남자에겐 출생의 비밀이 있었지. 처녀의 몸이었던 그의 어머니가 신성한 오미산 숲속에서 기도를 드리고 있는데, 갑자기 잘생긴 젊은이가 눈앞에 나타났단다. 그러나 사실 그는 처녀를 유혹하기 위해 인간의 몸을 빌려 나타난 신이었지. 그가 말했어 '두려워 말아라. 나는……'"

수란은 그 장면을 떠올리기 위해 눈을 감았다. 그리고는 입가에 미소를 머금은 채 인간의 형상을 한 신, 즉 오배논 신부의 재림을 기다렸다. 바로 그때, 수란의 상상은 가차 없이 깨졌다.

"아, 동지, 여기 있었군!"

커다란 음성이 방 안에 쩌렁쩌렁 울려퍼졌다. 수란은 반사적으로 펄쩍 뛰어올랐고, 감았던 눈을 번쩍 떴다. 얼굴에 머물던 미소는 온데간데없이 사라졌다. 그녀는 겁에 질려 일어섰다.

눈앞에 나타난 건 신이 아니라, 바로 호산이었다! 그는 허리띠에 권총을 차고 모자를 비스듬히 쓴 채 문간에 서 있었다. 술에 취한 게 분명했다. 수란은 광채를 내뿜는 그의 검은 눈동자와 벌겋게 상기된 광대뼈를 보았다.

"동지가 여기 있을 줄 알았소."

그가 소리쳤다.

"동지와 그 신부가……"

수란이 걸음을 떼려고 하자 호산이 그녀를 침대로 내동댕이쳤다. 그녀는 얼굴 위로 술 냄새를 풍기는 뜨겁고 끈적끈적한 숨소리를 느꼈다. 순간 머릿속이 하얗게 표백되는 것 같았다. 눈앞은 캄캄해지고 혼절 직전의 아득한 침묵이 밀려들었다. 수란은 그를 밀치기 위해 갖은 애를 썼지만 도무지 팔을 휘두를 수가 없었다. 수란이 있는 힘을 다해 비명을 지르자, 호산이 그녀의 입을 틀어막았다.

그러나 비명 소리는 곧 사제관에 울려 퍼졌다. 거실에는 성무일도를 바치는 오배논 신부와, 긴 의자 위에 잠들어 있는 큰신부가 있었다. 갑작스럽게 울린 비명 소리에 오배논은 책을 내려놓고 자신의 방이 있는 위층으로 내달리기 시작했다. 그리고 도착하자마자 한눈에 사태를 파악했다. 오배논 신부는 호산에게 달려들었고, 두 사람의 격렬한 몸싸움이 벌어졌다.

"어서 나가라!"

신부가 헐떡거리며 소리쳤다.

"어서 도망쳐!"

그러나 수란이 몸을 움직이기도 전에 호산이 뭐라 뭐라 소리치자, 순식간에 그의 병사들이 방안으로 들이닥쳤다.

"신부를 저 의자에 묶어라!"

호산은 숨을 헉헉 몰아쉬었다.

오배논 신부 홀로 그 많은 병사들을 맞서기에는 역부족이었다. 그들은 신부를 묵직한 중국식 의자에 가죽끈으로 단단히 묶었다. 그리고 입을 열지 못하도록 엉성하게 짠 긴 천으로 입막음을 했다.

호산은 이빨을 드러내며 이 모습을 지켜보고 서 있었다. 침대 위에는 수란이 죽은 것처럼 축 늘어져 있었다. 그녀는 아무것도 보지도 듣지도 못하는 듯 했다.

"이제 모두 나가라!"

호산이 병사들에게 지시했다.

"난 재미 볼 일이 좀 있다."

이 말에 병사들은 한바탕 자지러지게 웃더니 방에서 우르르 빠져나갔다.

* * *

수란은 위층 방의 삐걱거리는 침대 위에서 가까스로 정신이 들었다. 호산은 사라지고 없었다. 도대체 무슨 일이 일어난 걸까? 그녀는 온몸에 둔한 통증을 느꼈다. 옷은 갈기갈기 찢어져 있었고 몸 이곳저곳은 멍투성이였다. 그녀는 마치 우물에서 자신의 몸을 끌어올리듯 간신히 일어나 앉았다. 그러자 입이 틀어 막힌 채 의자에 꽁꽁 묶여 있는 오빠는 신부의 모습이 눈앞에 보였다. 그는 고개를 가슴 앞으로 툭 떨군 채, 얼굴은 꽉 감은 두 눈꺼풀과 더불어 고뇌로 심하게 일그러져 있었다.

그는 입 속으로 무언가를 웅얼거리고 있었다.

"하느님 아버지, 저들을 용서하소서. 저들은 스스로가 저지른 짓을 모르옵니다. 오, 아버지시여, 무슨 이유로 저를 사제의 길로 인도하셨나이까? 오, 아버지시여, 저를 용서해 주시옵소서. 저는 저 자신도 모르는 가련한 영혼이옵니다. 성모 마리아시여……."

수란은 신부에게 아무 말도 건넬 수 없었다. 그저 신부에게 등을 돌린 채 덜덜 떨리는 손으로 옷매무새를 추스른 다음 소매로 눈물을 훔치고 일어섰다. 그리고는 잠시 마음 밑바닥의 용기를 끌어 모으려고 애썼다. 그러나 얼굴이 붉게 달아오르면서 또다시 눈물이 뺨을 타고 흘러내렸다. 그녀는 눈을 내리깐 채 신부를 꽉 동여 맨 가죽끈을 풀기 시작했다. 창백한 수란의 얼굴은 슬픔으로 가득 차 있었다. 신부는 고개를 들어 그녀의 얼굴을 보려 하지도 않았고, 자리에서 일어나지도 않았다. 그저 마치 수란이 그곳에 없는 듯 고개를 떨구고 앉아 입을 꽉 다문 채 마룻바닥만 응시할 뿐이었다. 그런 신부의 모습을 지켜보던 수란이 갑자기 무릎을 꿇고 자신의 머리를 신부의 다리에 기대왔다.

"저의 죄를 사해 주세요, 신부님."

수란은 어깨를 떨며 흐느꼈다.

"제 죄를 씻어 주세요."

"너에겐 죄가 없다."

신부는 비통하게 속삭일 뿐, 차마 수란을 어루만져 주지는 못했다. 도무지 손가락 하나 까딱할 수 없었다.

수란은 쉽사리 멈추지 않을 기세로 계속해서 흐느꼈다.

"저는 신의 재림을 기다리고 있었어요……. 감히 그런 생각을……."

드디어 오배논 신부는 손을 들어 수란의 머리 위에 얹었다. 손바닥 아래 험하게 뒤엉킨 머리칼의 감촉이 와 닿았다. 신부는 온힘을 다해 하느님께 힘과 지혜를 달라고 기도했다.

"인간을 용서하는 건 하느님이시란다."

오배논 신부는 부드럽게 말했다.

"이제 집으로 가거라, 아가야."

그리고 그는 자리에서 일어나, 수란을 문 쪽으로 데리고 갔다.

* * *

"동지는 여자와 놀아났소."

호산이 단언했다.

시간은 자정을 가리키고 있었다. 오배논 신부와 피치본 큰신부는 홍위병 본부 안에 놓인 일인용 나무 의자에 나란히 앉아 있었다. 그들은 정오부터 지금까지 줄곧 이곳에 잡혀 있었다. 12시간 전, 병사들이 사제관 정원으로 들이닥쳤다. 오배논 신부는 거실 소파에 누워 있는 큰신부의 옆에 무릎 꿇고 앉아 있다가 군화 소리에 화들짝 놀라 고개를 들었다. 성난 젊은이들이 무리를 지어 문 안으로 들어서고 있었다.

"동지를 체포하겠소."

병사 하나가 거들먹거리며 앞으로 걸어나와 선포하듯 말했다.

"지금 내가 모시는 큰신부님께서 편찮으시오. 게다가 감옥에 가시기에는 너무 연로하셨소. 그리고 보다시피 지금 큰신부님께서는 주무시고 계시오."

"당장 깨우시오!"

병사는 조롱하듯 호통을 쳤다. 그 기세에 잠에서 깨어난 피치본 큰신부는 재빨리 정신을 차렸다. 결국 병사들은 노신부를 억지로 일으켜 세운 뒤 양손을 뒤로 묶었다. 오배논 신부도 꽁꽁 묶인 손과 족쇄 채워진 발로 그들의 뒤를 따랐다.

그리고 지금, 두 사제는 석탄용 화로 하나만 달랑 놓인 썰렁한 방에서 의자에 손발이 묶인 채 몇 시간째 앉아 있는 중이었다. 오배논은 커튼 열린 창문 너머로 짙은 안개 속에 처연하게 내리는 겨울비를 바라보았다. 두 사제는 천을 덧댄 겨울용 신부복조차 입고 있지 않았다. 오배논 신부는 걱정 가득한 눈길로 피치본 큰신부를 돌아보았다. 늙고 약한 사제는 으스스한 한기에 어쩔 수 없이 온몸을 바들바들 떨고 있었다.

"호산! 자네 옛 스승을 한번 보게나! 자넨 주님의 가르침은 물론이고, 공자의 가르침까지 깡그리 잊어버린 건가? 공자는 스승을 부모처럼 생각하라고 했네!"

호산의 모양 좋은 입술 양 끝이 축 처지며 일그러졌다.

"난 공자를 모르오. 그리고 내게는 당신이 부르는 그런 주님 따윈 없소."

이때 갑자기 큰신부가 끼어들었다.

"호산, 넌 분명히 이 둘 모두를 알고 있을 게다. 단지 부정하고 있을 뿐이야."

평소 강하다 못해 오만하게까지 느껴졌던 큰신부의 음성은 이제 힘을 잃고 가냘프기 그지없었다. 오배논 신부는 연로한 큰신부만큼은 취조에서 제외시켜 달라고 여러번 간청했다. 그러나 책상 뒤에 앉아 있던 호산은 몇 시간 동안이나, 줄기차게 수백 번도 넘는 끔찍한 비난을 쏟아부었을 뿐이다.

"호산, 간청하네. 제발 누구한테든 큰신부님의 입술에 따뜻한 차 한 잔만 대 달라고 시켜 주게!"

오배논 신부의 재촉에 호산은 대답은커녕 신부를 매섭게 쏘아볼 뿐이었다. 그러자 오배논의 재촉도 강도를 더해갔다.

"이대로 가다가는 큰신부님은 고문이 끝나기도 전에 돌아가시고 말게야. 그러고 나면 자네에게 무슨 영광이 돌아가겠나? 물고기는 잡았는데, 알고 보니 죽어있는 것과 마찬가지 아니겠나."

이 말에 호산의 짙은 눈썹이 꿈틀 하고 움직였다. 곧이어 그가 큰 소리로 명령을 내리자, 병사 하나가 탁자 위에 놓인 찻주전자를 들어 찻잔에 차를 따라 피치본 신부의 입술에 대 주었다. 노쇠한 큰신부는 간신히 그것을 마시기 시작했다.

그 동안 호산은 자리에서 일어나 앞뒤로 서성거렸다. 그러다가 갑자기 멈춰 서서는 두 사제를 똑바로 노려보더니 집게손가락으로 그들의 머리 위쪽 허공을 마구 찔러대며 소리쳤다.

"동지들! 어서 첩자라고 자백하시오!"

"우린 첩자가 아니다!"

분개한 큰신부가 소리쳤다. 그는 현재 당면한 위기와 시련, 그리고 방금 마신 따스한 차 덕에 평소의 기운을 되찾은 듯, 작고 파란 눈도 다시금 생기를 되찾았다. 그때였다. 호산이 두 사제 뒤에 서 있던 총검으로 무장한 병사 여섯에게 명령을 내렸다.

"이 신부를 찔러라!"

순간 큰신부는 신부복을 관통해서 파고드는 총검의 날카로운 감촉을 느꼈다. 그는 몸을 주춤하더니 이내 눈을 감았다. 곧이어 피가 그의 등을 타고 흘러내렸고, 한기 도는 방에서 그 핏줄기는 얼어붙은 그의 살갗에 불타는 듯 달라붙었다.

"이 살인자!"

오배논 신부가 외마디 소리를 질렀다.

잠깐 되찾았던 기운이 다시금 큰신부의 몸에서 빠져나가고 있었다. 그의 고개가 가슴팍으로 툭 떨어졌다.

"난…… 이 모든 걸 견디기에는 너무 늙었네, 베드로."

피치본 큰신부가 입 속에서 웅얼거렸다.

오배논 신부는 큰신부의 중얼거림을 듣기 위해 몸을 구부렸다. 그러자 손목을 묶은 밧줄이 더욱 아프게 조여왔다. 오배논은 노신부에게 속삭였다.

"제발 견디어 내십시오, 신부님. 그토록 강건하신 분이 아니셨습니까. 제가 가진 용기는 모두 신부님으로부터 배운 겁니다. 늘 저희 곁에 계신 주님께서, 저희를 구제할 방도를 계획하고 계실 겁니다. 하지만 그건 결코 저를 위한 것이 아닙니다. 주님께서는 큰신부님이 그간 펼쳐오신 충실한 사목의 세월을 전부 다 기억하고 계실 겁니다."

이 말에 큰신부는 고개를 들더니, 예전처럼 성마른 기색을 보였다.

"물론 주님께서는 나를 아일랜드로 안전하게 보내 주실 계획을 세워놓고 계셨다네. 기억하는가? 그런데 자네가 하루나 늦게 도착하는 바람에 모든 게 엉망이 된 게야."

"부디 절 용서해 주십시오."

오배논 신부는 고개를 조아리며 말했다. 그러나 큰신부의 대답이 떨어지기도 전에 다시 호산이 끼어들어 소리쳤다.

"외국어를 쓰지 마시오!"

순간 오배논 신부도 등에 날카로운 총검을 느꼈다.

"세상에, 제 등에서 피가 나고 있어요. 큰신부님도 그렇습니까?"

신부가 낮게 중얼거렸다.

"그렇다네."

"성도의 피는 값진 것이죠."

오배논 신부는 스스로에게 들려주듯 나지막이 말했다. 그러나 곧 두 사람은 다시 침묵 속에 잠겼고, 호산은 계속해서 방 안을 왔다 갔다 오가고 있었다. 방에는 책상 하나, 나무 의자 하나, 그리고 신부들이 앉아 있는 일인용 의자 두 개 외에는 텅 비어 있었다. 하얗게 회칠한 벽에는 강렬한 색채로 그려진 포스터 한 장이 걸려 있었는데, 포스터에는 전장에서 죽은 서양 남자의 모습이 그려져 있고, 그 아래 제목으로 '한국'이라는 글자가 쓰여 있었다.

호산은 그 바로 아래 걸음을 멈추더니 특유의 이글이글 불타는 듯한 눈매로 두 사제를 쏘아보았다. 험악하게 일그러진 짙은 눈썹 아래 검은 눈동자가 사납게 빛나고 있었다.

"사제 동지들!"

호산이 고함을 쳤다.

"동지들이 고통을 받는 건 엄연히 동지들 잘못 때문이오! 동지들에게 고통을 주는 건 내가 아니란 말이오! 그건 동지들 자신이오. 자, 이제 순순히 자백하시오! 동지들이 첩자라고 자백만 하면, 동지들은 자유의 몸이 될 거요. 동지들의 나라로 보내 주겠소."

큰신부는 상체를 곧추 세운 뒤, 등을 타고 흐르는 피를 멎게 하기 위해 벽에 기댔다. 그리고는 호산의 눈을 빤히 응시했다.

"한때는 호산, 네가 내 학생들 중에 가장 총명한 아이라고 자부했었지. 하지만 지금에 와서야 내가 틀렸다는 걸 깨달았어. 내가 거짓말하는 걸 본 적이 있느냐? 또한 네가 거짓말하는 걸 방관한 적이 있었더냐? 네가 사제관 남쪽 울타리 너머에 열린 배를 따먹고는, 배나무 주인에게 배를 딴 건 문지기의 아들이라고 거짓말을 했던 때를 기억하느냐? 난 창문을 통해서 그걸 다 보고 있었다. 그래서 그 배나무 가지로 너를 매질하며, 다시는 거짓말을 하지 말라고 가르치지 않았더냐. 그걸 전부 잊었단 말이냐?"

"그렇소!"

호산이 고래고래 소리쳤다.

"난 전부 잊었소! 당신도, 심지어 당신 이름까지도 깡그리 잊었단 말이오!"

"그렇다면 네가 꼭 기억해야 될 한 가지만 말해 주도록 하지. 넌 우리를 거짓말쟁이로 만들 수 없다. 그 사실을 모르다니, 넌 어리석은 게야."

호산은 책상으로 성큼성큼 걸어가 의자에 앉았다. 그리곤 책상 위에 놓인 종이를 탁 하고 내리쳤다.

"이건 거짓말이 아니오! 여기 증거 자료들이 있단 말이오. 이건 군 상부로부터 내려온 것이오. 모택동 주석 동지의 도장까지 찍혀 있소! '모든 성직자들은 미국의 첩자들이다.' 자 여기 공문에 이렇게 씌어 있소. 홍위병의 공문에는 거짓이 있을 수 없소. 또한……"

큰신부는 호산의 말을 잘랐다.

"넌 해마다 나와 함께 공부를 하지 않았느냐? 내가 한 번이라도, 네게 첩자가 되라고 가르친 적이 있었느냐? 저녁 미사를 마친 밤이면, 네가 방으로 돌아가는 척 안녕히 주무시라고 인사하고 난 뒤 사제관을 몰래 빠져나가는 걸 알면서도, 내가 널 불러 세워 다그친 적이 있었더냐?"

"동지는 내게 강요했을 거요."

호산이 반박했다.

"내가 이 혁명의 빛을 발견하지 못했다면, 동지는 내게 마지막 서약

사탄은 잠들지 않는다 129

을 강요했을 거요. 만일 내가 그랬다면 동지의 손아귀에 꼼짝없이 잡혔겠지…… 그게 바로 동지가 내게 원했던 바요…… 그 죄를 부인할 수 있겠소?"

그러자 큰신부는 어느 때보다 유창한 중국어로 답했다.

"거짓말을 하는 건 내가 아니라 호산 너라는 사실을, 너 스스로가 더 잘 알고 있을 게다. 난 네 마음속을 훤히 꿰뚫고 있다, 호산. 네가 두려운 게 없다면, 내가 모르는 것에 대해서는 너 자신을 기만해도 되지만, 나를 속일 순 없다. 네가 거짓될 순 있지만 나까지 거짓되게 만들 수는 없어. 왜냐하면 난 너를 포함해서 어느 누구도 두려워하지 않기 때문이다."

호산의 얼굴이 점점 자줏빛으로 달아오르기 시작했다. 그는 무언가 말을 하려 애썼지만 목소리가 나오지 않았고, 너무 화가 치밀어 오른 나머지 입가에는 거품이 일었다.

불안해진 오배논 신부는 의자에 앉은 채로 몸을 비틀었다.

"우리 좀더 부드럽게 이야기를 나누는 게 어떻겠습니까. 서로에게 예의를 갖추면서 말입니다. 분노는 모두에게 도움이 안 돼요."

호산은 손등으로 입가를 훔쳤다. 그는 찻주전자를 들어 찻잔에 차를 부은 뒤 두 모금을 마시고 나서야 입을 열었다.

"난 부드럽게 대하려고 했소."

그의 거만한 말투가 이어졌다.

"난 예절을 지키는 사람이오. 야만인처럼 구는 건 당신네 외국인 사제들이오. 우린 당신네 교회를 존중하라고 지시받았소. 이건 소련의 명령이오. 하지만 이렇게 야만적인 인간들이 모인 단체를 무슨 수로 존중할 수가 있겠소?"

호산은 오배논 신부를 보며 입술을 오므렸다.

"당신 방에서 당신이 무슨 짓을 했는지, 오배논 신부! 당신이 더 잘 알 것이오. 그날 여자의 비명 소리를 들었소. 나는 그날의 해당 보고서를 들고 대문 쪽으로 가다가 걸음을 멈추었지. 그리고 또 다시 비명 소리가 들렸소. 당신 방문을 부수고 들어가 보니…… 당신은 침대 위에서 여자를 강제로 겁탈하고 있었지. 당신이……"

오배논 신부는 혼비백산할 지경이었다. 그는 애타는 심정으로 큰신부를 바라보았다. 큰신부는 과연 이 해괴망측한 이야기를 믿을까? 예전의 의심이 악몽처럼 되살아나는 건 아닐까? 이 끔찍한 위기의 순간 두 사람의 사이마저 갈라놓게 될 그런 악몽 말이다.

큰신부는 다시금 원기를 끌어 모았다.

"하! 그런 실없는 소리를 지껄이다니. 네 거짓말의 끝은 대체 어디란 말이냐? 허허허."

큰신부가 갑자기 요란스럽게 웃기 시작했다.

오배논 신부의 눈가에는 어느새 그렁그렁 눈물이 맺혔다.

"주님, 이 진실한 벗에게 축복을 내려 주시옵소서."

그는 작게 중얼거렸다.

호산은 서 있던 자리 그대로 얼어붙었다. 두 눈은 분노로 이글이글 타올랐다. 그는 고함 치듯 명령을 내렸다.

"이 저주받은 사제들을 당장 감옥에 처넣어라! 진작 그랬어야 했던 것을, 내가 그동안 지나치게 인정을 베풀었다!"

그가 두 사제에게 등을 돌리자, 병사들이 다가와 그들을 끌고 방에서 나갔다. 그렇게 하루가 지났다. 그러나 또 다른 하루가 그들을 기다리고 있었다.

* * *

오배논 신부는 피치본 큰신부를 근심에 찬 시선으로 바라보았다. 이 왜소하고 연로한 사제가 얼마나 더 이 고통을 견뎌낼 수 있을까?

큰신부의 눈은 감긴 채였다. 처음에는 검푸르죽죽한 빛이었던 얼굴이 이젠 누렇게 떠 있었고, 피가 잘 돌지 않는 양손도 수북하게 부어올랐다.

오배논 신부가 작은 목소리로 불렀다.

"큰신부님, 제 말이 들리세요?"

피치본 신부는 고개를 끄덕였다. 그러다가 꽉 다문 입술이 벌어지더니 긴 한숨이 새어나왔다.

"기도를 할 수가 없군."

"제가 큰신부님과 저를 위해 기도를 올리겠습니다."

오배논 신부는 조용히 기도하기 시작했다.

"성모님이시여……."

밧줄 고문은 실로 잔인했다. 두 사람 다 이전에 이에 대해 들은 적이 있었다. 오배논 신부는 문득, 신자 하나가 밧줄 고문이 얼마나 고통스러운지를 말하는 걸 유심히 들었던 기억을 떠올렸다. 이 밧줄 고문을 당하면 극심한 고통 속에서 죽어간다고 했다. 그리고 두 시간 전, 두 사람은 이 비탄의 방에 갇혔고, 이제 신부는 앞으로 무슨 일이 일어날지 잘 알고 있었다.

"큰신부님. 그들이 신부님 몸을 묶을 때 몸에 한껏 힘을 줘서 부풀리세요."

그가 큰신부를 향해 속삭였다.

"그런 뒤 몸을 움츠리면, 밧줄의 고통이 한결 덜할 겁니다. 묶인 부분을 자꾸 움직이시면 안 되고요."

큰신부는 아무 응답이 없었다. 의심할 여지없이 지금 그는 오배논의 말을 듣고 있지 않았다. 아니, 그것이 무슨 말인지 이해조차 못하는 듯했다. 애석하게도 큰신부는 계속해서 밧줄에 격렬히 저항하며 몸을 비틀고 있었다.

호산은 매순간 두 사람의 일거수일투족을 철저히 감시했다. 그가 부하들에게 짤막한 명령을 내리면, 그들이 또다시 감시병들에게 호산의 명령을 반복했다.

"꽉 잡아매라. 더 꽉, 더!"

호산이 말하자, 그의 부관 충런이 메아리를 울리듯 소리쳤다.

"꽉 잡아매라. 더 꽉, 더!"

"이 살인자!"

오배논 신부가 고통 속에서 소리쳤다.

"우릴 죽일 거라면 어서 방아쇠를 당겨라!"

사탄은 잠들지 않는다

호산이 이빨을 보이며 씩 웃었다.

"그건 너무 비인간적이지 않소. 상부로부터 늘 친절하게 대하라는 지시를 받았소. 꽉 잡아맬수록 더 빨리 끝날 것이오. 이제 목에서 매듭을 지어라! 끝을 잡아당겨!"

병사들은 호산의 명령을 즉각 따랐고, 결국 두 사제는 구이용 닭처럼 양팔이 몸통에 꽁꽁 묶인 채 온몸이 단단히 조여졌다. 감시병들은 두 사제의 머리 위로 밧줄 고리를 내던지고 난 다음 등 뒤에서 매듭을 지었다. 그러자 밧줄의 끝이 팔뚝을 팽팽하게 휘감았고, 병사들은 팔꿈치가 등 뒤에 닿을 때까지 밧줄을 바짝 당겼다. 그때 큰신부가 특히 극심한 고통을 느꼈다. 요 몇 주간 성직자답게 홀쭉했던 그의 배는 더욱더 납작해졌고, 살이 뼈에서 아예 떨어져나간 것처럼 거의 해골 같은 모습이었다. 쉴 새 없이 땀방울이 그의 창백한 뺨 위로 흘러내려 옷깃을 흠뻑 적셨다. 수북하게 부어오른 양손이 역시 부어오른 오른팔 아래 무기력하게 매달려 있었다.

"몸을 비틀거나 돌리지 마십시오, 큰신부님."

오배논 신부가 나지막이 속삭였다. 그러나 큰신부는 아까와 마찬가지로 오배논의 말을 듣지도 않았고, 왜 그래야 하는지 이해하지도 못했다. 그는 밧줄에 저항해 몸을 비틀었고, 그럴 때마다 밧줄 고리가 팽팽하게 당겨지면서 숨막히게 목을 조여왔다. 곧 목마른 개처럼 벌어진 입술 밖으로 혀가 튀어나왔다. 입술은 점점 거무스름해지고, 고개는 가슴 앞으로 툭 떨궈졌다.

"난 이제…… 거의 끝났네……."

큰신부는 숨을 헐떡거렸다.

"호산!"

오배논 신부가 소리쳤다.

"큰신부님 목의 밧줄을 느슨하게 풀어 드리게! 큰신부님께서 돌아가시면 자네도 비난을 피해갈 수 없을 게야!"

"난 비난 받을 일이 없소. 모두가 본인 스스로 자초한 것이오."

호산이 퉁명스럽게 답했다.

"큰신부님은 머리가 돌아버리시고 말 게야."

신부는 거의 흐느끼듯 말했다. 지금 신부 자신이 겪고 있는 고문은 십자가를 상징하는 것이었다. 어쨌든 이 모든 것을 견뎌내야만 했다.

"그렇게 되면 그건 뭘 입증하겠는가, 호산?"

호산은 충런을 향해 고개를 끄덕이며 말했다.

"저들에게 알약을 갖다 줘라. 진실을 자백하게 만드는 '말하는 약' 말이다."

충런이 약 병을 열어 알약 두 개를 꺼내 오배논 신부의 입술에 갖다 댔다. 그러자 오배논은 놀라서 숨을 헐떡거리며 고개를 홱 돌렸다.

"이, 이 무슨 망측한 생각이냐, 호산? 선함의 자비와 진리에 대해…… 그토록…… 가르침을…… 가르침을…… 주었건만…… 그리고도 진정…… 네가…… 스스로를 존중할 수 있단 말이냐? 만일 네 상관이 이런…… 사악한 짓을 시키는 사람들이라면 과연…… 그들을 공경할 수 있겠느냐? 하느님께서 널…… 불쌍히…… 여기실 거다, 호산."

그러자 큰신부의 입에서 신음하는 듯한 소리가 새어나왔다.

"신의 자비에도…… 한계가 있는 법이야. 신의 자비…… 조차도."

"어찌 그런 말씀을 하십니까, 큰신부님. 신의 자비에 한계가 있다면, 더이상 우리 인간에게는 희망이 없습니다."

오배논은 기도를 올리기 위해 눈을 감았다.

"하늘에 계신 하느님 아버지시여, 이 젊은이를, 당신의 아들, 호산을 용서하소서. 그리고 그가 이끄는 무지한 자들을 용서하소서. 주님, 주님이 겟세마네 동산에서 겪으신 일처럼 저들은 자신들이 저지르는 죄를 모르옵니다."

"저들은 알고 있어…… 저 악마들은…… 다 알고 있네."

큰신부가 중얼거렸다.

"아닙니다. 자신들이 저지르고 있는 죄를 알고 있다면, 차마 이런 짓은 못할 겁니다. 저들은 악마가 아니라 인간일 뿐입니다."

"자넨 어찌…… 늘 그렇게…… 온건한가."

큰신부가 낮은 소리로 투덜거렸다.

"온건한 게 아닙니다…… 신부님……. 저는 모든 이들이 용서받는 것을…… 보기 원하는 것뿐이에요. 종국에 가서는 저 자신까지 포함해서 말입니다. 단지 그것뿐입니다."

충런이 그들 사이에 끼어 들었다.

"더 꽉 잡아당겨라!"

그가 병사들에게 명령했다.

"아직까지도 입을 놀리고 있다!"

명령에 복종하기 위해 두 병사가 앞으로 걸어 나오자, 호산이 벽력

같이 소리를 질렀다.

"충런! 어찌 감히 네가 명령을 내리나! 명령을 내릴 수 있는 사람은 나뿐이다!"

충런은 움찔 놀라 뒤로 물러났다.

"밧줄을 조이는 걸 바라지 않으십니까?"

충런이 반문하듯 묻자, 호산은 잠시 침묵하더니 시선을 아래로 떨구었다.

"아니. 지금으로 충분하다."

그는 깊은 생각에 젖은 채 앉아 있다가 이내 주먹으로 책상을 힘껏 내리쳤다.

"밧줄을 풀어줘라. 그리고 다시 감옥으로 끌고 가!"

밧줄이 풀리자 두 사제는 자유로운 몸으로 서 있을 수 있었다. 아니, 정확히 말하면 서 있는 것조차 불가능했다. 피치본 신부는 바닥으로 맥없이 무너졌고, 오배논 신부 역시 벽에 몸을 기대고 눈을 감았다. 호흡은 가빠왔고 뼈는 으스러진 기분이었다. 또 살갗은 벗겨진 듯 쓰라렸다. 잠시 벽에 기대어 서 있던 오배논 신부는 불현듯 큰신부가 떠오르자 눈을 부릅떴다.

큰신부는 벽돌 바닥 위에 상처를 입은 아이처럼 온몸을 뒤튼 채 쓰러져 있었다. 오배논 신부는 큰신부를 안아들기 위해 상체를 구부렸다. 큰신부의 몸은 가볍기 그지없었지만, 혹독한 고문을 견디고 난 지금 같은 상태로는 그조차 감당하기에도 역부족이었다. 그는 큰신부를 팔에 안고 비틀거리며 걷기 시작했다. 그때 호산이 그를 붙잡지 않았다면, 그 역시 맥없이 쓰러졌을 것이다.

"저 늙은 사제를 운반해라."

호산이 명령하자, 촌사람 티가 역력한 구릿빛 얼굴의 남자가 큰신부를 번쩍 들어올렸다. 그리고는 마치 아무것도 들지 않은 것처럼 가벼운 걸음걸이로 성큼성큼 앞서 걸었다. 호산이 앞장서서 감옥으로 향했고, 병사가 그 뒤를 따르고, 이어서 오배논 신부가 뒤를 따랐다. 큰신부의 감옥 문 앞에 다다르자, 오배논은 말했다.

"호산, 큰신부님과 함께 있을 수 있도록 자비를 베풀어 주게나."

호산은 잠시 망설이더니 곧 고개를 끄덕였고, 두 사람은 같은 감옥으로 들어갔다. 병사가 나무 침대 위에 큰신부를 내려놓자, 오배논 신부도 그 옆에 무릎을 꿇고 앉았다. 곧 무거운 자물쇠가 철커덕하고 잠기는 소리가 들렸다. 두 사람은 다시 죄수가 되었다.

오배논 신부는 늙은 피치본 옆에서 밤을 꼬박 새웠다. 큰신부는 그에게, 자신을 낮춰 사랑하는 법을 가르쳐준 스승이었다. 신부는 계속해서 기도를 올렸지만 묵주가 없어 불편함을 느끼고 있었다. 요 며칠 전에 한 젊은 병사가 신부의 목에 걸린 묵주를 홱 잡아당겨 그것을 마치 면류관처럼 자신의 먼지투성이 머리 위에 얹어버린 것이다. 오배논 신부는 가슴이 저미는 듯했다. 그 묵주는 아일랜드를 떠나올 때 어머니께서 주신 이별 선물이었다. 게다가 기도를 할 때마다 길잡이 역할을 해 주었기 때문에 더욱더 큰 애착을 느껴왔다. 묵주 없이는 기도도 방향을 잃어버리는 느낌이었고, 그 기도가 신께 전해질지도 확신이 서지 않았다. 널빤지 세 개를 붙여 만든 큰신부의 침대 옆 축축한 흙바닥에 무릎 꿇고 앉아 있는 지금, 이제 그는 손가락을 묵주처럼 사용할 수밖에 없었다.

반쯤 의식이 돌아온 피치본 신부가 곁눈질로 손가락을 세고 있는 오배논을 바라보았다. 이제 그는 오배논의 그런 모습에 핀잔을 줄 정도로 기운이 회복되어 있었다.

"그 다음엔 엄지를 핥을 심산인가. 두 손으로 뭘 그리 세고 있나? 손가락을 잃어버리기도 했나?"

오배논 신부는 짜증 섞인 큰신부의 음성을 듣고 행복에 겨워 어쩔 줄 몰라 했다.

"오, 세상에, 하느님 아버지!"

신부가 탄성을 내질렀다.

"전 신부님이 돌아가신 줄로만 알았습니다."

"무슨 소리! 몇 분 뒤면 일어나 앉을 수 있을 게야."

그러나 시간은 계속 흘러만 갔다. 오배논 신부는 큰신부의 초췌한 얼굴에 시선을 고정시키고 그가 일어나 앉기만을 걱정 가득한 얼굴로 기다렸다.

"내 다시 생각해 보니,"

마침내 큰신부가 희미하게 말을 이었다.

"일어나 앉는 건 내일로 미뤄야겠네."

그의 목소리는 점차 희미해지다가 결국 오배논 신부가 알아듣지 못할 말을 입속에서 중얼거리기 시작했다. 신부는 침대로 바짝 다가가 무릎을 꿇고 앉았다.

"큰신부님, 다시 말씀해 주십시오. 제가 깜빡 놓쳤습니다. 죄송하지만, 청력이 예전 같지를 않아서요."

오배논 신부는 큰신부의 입술 쪽으로 귀를 가져갔고, 이어서 작은 중얼거림 속에 열망과 동경이 뒤섞인 어떤 외침 비슷한 것을 포착했다.

"얘기해 주게…… 아일랜드가 그리워. 아일랜드가……."

놀란 오배논 신부는 쭈그리고 앉은 채 상체를 뒤로 젖혔다.

큰신부가 이 고통 한가운데 찾고 있는 곳은 하늘나라가 아니라, 바로 아일랜드였다! 피치본 신부는 고개를 돌려 눈을 뜨고는 오배논 신부를 바라보았다. 그리고는 입가에 희미한 미소를 머금었다. 유령처럼 애달프고 아스라한 미소였다. 앙상한 얼굴에는 오로지 고른 치열만 해골처럼 두드러졌다.

"카운티 위클로에 대해 얘기해 주게. 내가 소년 시절을 보냈던 곳이지. 더블린으로 보내지기 전까지 말일세."

"저, 그런데……."

오배논 신부는 목청을 가다듬었다.

"신부님도 아시다시피, 저는 으리으리한 성에서의 생활에 대해서는 아는 바가 없습니다. 신부님께서 보내셨던 차원의 삶은 사실 저로서는 생소하기 그지없지요. 제 부모님께서는 작은 농장이 딸린 허름한 뗏장 집에서 생활하셨습니다. 돼지 몇 마리와 닭 두 마리, 소 한 마리를 키우면서요. 소를 먹이기 위해 건초용 목초를 기르고, 저희가 먹을 양식으로는 감자를 재배했습니다. 신부님 보시기에는 가난한 생활처럼 느껴질지 모르지만, 제 기억 속에는 아주 행복한 시절로 남아 있습니다. 하루 일과가 끝나면 맨발로 어둑어둑한 언덕을 뛰어 올라가 작은 호수에서 헤엄을 치고는 했지요. 물이 너무 차가워서 뼛속까지 씻어내는 느낌이었습니다. 노을이 골짜기를 빨갛게 물들이고 나면, 이 땅에서 볼 수 있는 가장 큰 별들이 하나둘씩 뜨기 시작했습니다. 저는 제 접시에 담긴 빵과 우유를 먹고 난 뒤 부엌 위 다락방으로 기어올라갔습니다. 그리고는 은은한 짚 냄새가 풍기는 형들의 침대 위로 올라가 그 사이를 비집고 눕곤 했어요……."

신부는 여기서 말을 멈추고는 갑자기 키득키득 웃다가 다시 말을 이었다.

"어느 날 밤이었습니다. 아마도 새벽 무렵이었을 겁니다. 문간에서 돼지가 쉬지 않고 꿀꿀거리며 울기 시작했습니다. 무척 추운 날씨였던지라, 아버지가 자리에서 일어나셔서는 돼지를 안으로 들이려고 하셨지요. 그런데 어머니께선 돼지 새끼를 집 안으로 들일 순 없다면서 길길이 성화셨습니다. 그때 아버지께서는 어머니를 달래시면서 이렇게 말씀하셨어요. '물론 그렇소, 나도 당신 마음을 충분히 이해하오. 언젠가 잡아먹힐 미천한 짐승이지만…… 그렇지만 여보, 살아있는 동안만이라도 작은 안식을 베푸는 게 어떻겠소…….'"

큰신부는 어느새 잠이 들어 있었다. 오배논 신부도 바닥에 몸을 눕히고 잠을 청했다.

* * *

두 사제에게는 시계가 없었다. 좁고 네모난 햇살이 감옥 서쪽 창문에서 비쳐들면 날이 밝은 것이고, 어둠이 찾아오면 밤이 된 것이다. 증조부 때부터 가보로 전해 내려온 큰신부의 금시계는 한 병사의 허리띠 속으로 들어갔고, 가족들이 오배논에게 이별 선물로 주었던 은제 손목시계도, 읽지도 쓰지도 못하는 것은 물론 그게 뭔지도 잘 모르는 한 사내아이의 손목에 채워졌다.

큰신부는 거의 잠으로 하루를 보냈지만, 오배논 신부는 무엇보다 배가 고파 일찍 잠에서 깨고는 했다. 키가 커서인지 영양가가 풍부한 음식을 보다 많이 필요로 했다. 감옥에서 나오는 식사는 하루에 쌀죽 두 공기가 전부였던 것이다. 신부는 자꾸 허기지다는 생각에 빠져들지 않기 위해 줄기차게 기도를 했다. 그러나 역시 힘든 일이었다. 맛있는 음식을 생각할 때마다 수란이 생각났고, 오배논은 또다시 그녀를 떠올리지 않기 위해서라도 다른 생각에 관심을 돌려보려고 무던히도 애를 썼다.

하지만 신부도 사람이었다. 진정한 하느님의 자녀가 되기 위해 피나는 노력을 했지만, 수란의 마지막 모습이 그의 가슴속을 한없이 깊게 파고들었다. 그 사랑스럽고 작은 얼굴이 눈물로 흥건해진 채 비참한 고통 속에서 바들바들 떨고 있던 순간, 오배논이 그녀를 위해 해 줄 수 있는 것은 아무것도 없었다. 수란은 어디 있는 걸까? 신부는 수란의 행방조차 알지 못했다.

"어머니한테 가거라."

홍위병 병사들의 손에 끌려 사제관을 나오면서 신부는 이렇게 말했다. 그러나 과연 수란이 도망칠 수 있었을까?

　자신이 던진 질문에 스스로도 답하지 못한다는 건 실로 고문이었다. 그것은 호산이 준 고문의 고통보다 참혹했다. 그것은 바로 마음과 영혼의 고문이었다. 신부는 거기서 단 한 발짝도 도망치지 못하고 그 죄의 무게를 스스로에게 짐 지울 뿐이었다. 그렇다. 그녀를 생각하는 것은 사제로서 죄를 짓는 것과 같았다. 또한 사제라면 마땅히 지녀야 할 측은지심이라는 가벼운 변명으로 자신을 포함해 신까지 모독할 수는 없었다. 그렇다고 큰신부에게 고해할 수도 없는 노릇이었다. 이미 자신의 일부가 되어버린 존재를 어떻게 회개한단 말인가.

　낮과 밤이 끝도 없이 돌고 돌았고, 그러던 어느 날 아침 그들은 다시 본부로 호출되었다. 텅 빈 방에 들어선 두 사람은 중국식 사각 책상 뒤에 호산이 아닌 충런이 앉아 있는 것을 보았다. 오배논 신부는 망연자실했다. 저 충런이라는 자는 자비라고는 눈곱만큼도 찾아볼 수 없는 인간이었다.

　그의 좁다란 얼굴과 얇은 입술에서는 잔인한 분위기가 확연하게 풍겼다. 유년 시절부터 사랑을 받지 못하고 자란 충런은 선량함이 무엇인지에 대해서도 배운 적이 없었다. 그저 굶주림과 도적질에 길들여진 거지의 아들로서 영악함과 교활함을 발판으로 이 자리에까지 올라서게 된 것이다. 큰신부는 그런 충런을 잘 알고 있었다. 그가 소년이었을 때 그를 구제하기 위해 수차례 노력을 기울였다가 번번이 두 손을 들고 말았다. 그를 사제관으로 데리고 와서 따뜻한 음식을 먹이고 목욕을 시켜 깨끗한 옷을 입히며 오랫동안 공을 들였음에도 충런은 거리를 활개치며 범죄를 저지르는 것을 더 즐겼다. 드물게 큰신부와 며칠을 함께 지내다가도, 어떤 숙제를 내 주거나 소소한 심부름을 시키는 날이면, 그 걸음으로 다시 사제관을 빠져나갔다.

"지금 호산은 어디 있소?"

오배논 신부가 물었다.

"그는 지금 앓아 누웠소."

충련은 읽고 있던 서류에서 눈을 떼지 않은 채 차갑게 말했다.

두 사제는 각각 일인용 의자에 앉았고, 병사들이 총검을 든 채 그 뒤에 정렬했다. 충련은 이들의 존재조차 잊은 듯 골똘히 뭔가를 쓰는 데 몰두했고, 그것을 다 쓰고 나자 펜을 내려놓고 혼자 그 보고서를 읽었다. 그리고는 만족스러운 듯 미소를 짓고, 그것을 접어 봉투에 넣은 후 병사에게 건네주었다.

"본부에 있는 군 사령관께 전해 드려라."

병사가 서류를 받아들고 사라지자, 이윽고 그는 두 사제를 매서운 눈초리로 노려보기 시작했다. 늘 그래왔듯 큰신부는, 다시금 저항하지 않을 수 없었다. 더군다나 그는 며칠 휴식을 취한 터라 어느 정도 예전의 기운을 회복한 상태였다.

"호산이 아프다니 좋은 소식이로군."

큰신부는 엄격한 말투로 단언했다.

"난 호산이 회개할 때까지 스스로 고통스럽길 바라네……. 혹시 병세가 심각하다 한들, 난 오히려 그렇게 되길 바라지. 지독한 고통 속에 앓아봐야 본래 가졌던 바른 마음으로 돌아올 수 있을 게야. 아, 그걸 생각하니 힘이 솟는구먼. 정말이지, 여기서 들은 이야기들 중에 처음으로 유쾌한 소식이군."

충련은 얇은 미소를 흘렸다.

"그의 병세는 아주 심각하오. 이제껏 그것을 우리한테까지 숨겨왔던 거요…… 간이 상했소……. 그러다가 지난 밤에 피까지 토하는 바람에 더이상 숨길 수 없게 되었지만."

오배논 신부는 이 말을 듣고 걱정에 휩싸였다.

"나를 호산에게 데려다 주게. 그를 살펴봐야겠네."

"당신이 무슨 명목으로 그를 본다는 거요?"

충련이 조롱 섞인 말투로 질문을 이었다.

"지금 당신들 처지에 그에게 뭘 해 줄 수가 있겠소?"

"두 눈으로 상태를 확인하고 나면, 도울 방법이 생각날 걸세."

오배논 신부가 굽히지 않고 말했다. 이때 문이 열리고 어린 소년이 들어섰다. 홍위병 군대의 견습생이자 심부름꾼 역할을 하는 아이들 중 하나였다. 그는 헝겊 조각을 덧댄 색 바래고 낡은 푸른색 면 제복을 입고 있었다. 옷이 너무 커서 헐렁거렸지만 그런 것에는 전혀 개의치 않는 자부심 넘치는 모습이었다. 그는 충련에게 깍듯이 경례를 했다.

"호산 대장 동지가 보내서 왔습니다. 외국 사제들을 방으로 불러오라는 명령입니다."

오배논 신부는 내심 희망에 차서 피치본 큰신부를 돌아보았다.

"알 수 없는 일이군요, 큰신부님."

신부가 작은 소리로 소곤거리자, 충련이 날카롭게 쏘아붙였다.

"지금 무슨 말을 하고 있는 거요?"

"자넨 영어를 모르는군?"

물론 피치본 신부는 충련이 영어를 할 줄 모른다는 사실을 잘 알고 있었다.

"난 외국어를 배워야 할 필요성을 느끼지 않소."

충련이 오만하게 답했다.

"그렇다면 자네를 위해 굳이 통역해 줄 이유도 없는 것 아닌가."

큰신부가 딱 잘라 말했다.

충련은 잠시 위축되었다. 내심 부아가 치밀었고, 두 사제가 방을 나가도록 허락하고 싶지 않았다. 그러나 호산은 엄연히 그의 상관이었고 따라서 명령을 거스를 수는 없었다. 마침내 그가 나가라는 손짓을 하자 두 사제는 자리에서 일어나 소년을 따라갔다.

그들이 호산의 방에 들어갔을 때 호산은 듣던 대로 심하게 앓고 있었다. 그는 감옥이나 다름없는 텅 빈 방에 놓인 침대 위에 누워 있었는데, 볼에는 붉은 반점들이 솟아 있었고 커다란 눈은 움푹 꺼진 모습이었다.

오배논 신부는 서둘러 걸어가 호산 옆에 무릎을 꿇고 앉았다.

"왜 진작 부르지 않았는가?"

신부의 물음에, 뒤이어 큰신부가 분개하며 말했다.

"어째서 우리를 불렀느냐? 네 사기를 북돋아 달라고?"

"난 당신이 말하는 그런 보살핌 따위는 필요 없는 사람이오. 특히 당신 같은 늙은 여우한테는 말이오!"

호산이 날카롭게 쏘아붙이자, 오배논 신부는 재빨리 분위기를 부드럽게 만들기 위해 말했다.

"호산, 큰신부님은 자네 마음을 상하게 하시려는 것이 아니라네. 큰신부님은, 화를 내신다고 비난을 퍼부어서는 안 되는 분이라는 걸 명심해야 하네. 지금 큰신부님이 이 연세에 어떤 고통을 받고 계신지 자네도 한번 생각해볼 필요가 있어. 자네도 큰신부님이 친절하고 자애로운 분이라는 걸 잘 알지 않나. 그리고 한때 자네를 극진히 돌봐주셨던 분이고."

이때 큰신부가 말했다.

"나는 마지막 종부성사Last Sacrament를 집전할 준비가 됐다!"

호산은 오배논 신부에게 고개를 돌렸다.

"혹시 충런이 내 간에 문제가 있다고 말했소?"

"그렇게 말했네. 정말로 유감이야."

오배논 신부의 말에 호산은 화를 분출했다.

"그는 지금 거짓말을 하고 있소. 알고 보니 내 숨겨진 정적政敵이었소. 그는 군당국에 내가 교회와 외국 사제들 편을 들고 있다고 보고했소. 내 정신이 이미 당신네 가르침 속에서 부패되었다고 말이오."

그러자 신부가 부드럽게 말했다.

"자네가 아픈 건 사실이지 않은가. 자넨 지금 심하게 앓고 있네, 친구."

사탄은 잠들지 않는다 147

"난 폐렴에 걸렸소."

말을 마친 호산의 입에서 이내 심한 기침이 터져 나왔다. 그는 황급히 손수건을 입으로 가져갔다. 그리고는 잠시 후 핏자국이 선연하게 남은 손수건을 덮고 있던 군용 담요 아래 숨겼다. 호산은 으레 중국어를 썼지만, 지금은 영어를 사용하고 있었다. 물론 큰신부가 가르쳐준 것이었다.

"페니실린만 있으면,"

호산이 힘겹게 말을 이었다.

"내 병은 치료될 수 있소. 당신들, 그걸 갖고 있지 않소?"

"그렇다면 네 녀석이 좋아하는 그 말하는 약 같은 걸 한번 먹어보지 그러느냐!"

큰신부가 따끔하게 비꼬았다.

"그러면 기분도 한결 나아질 게다. 네 녀석 부하들이 나를 질질 끌고 다시 감옥에 처넣었던 엿새 전, 내가 그랬던 것처럼 말이야."

호산은 다시 중국어를 쓰기 시작했다.

"이런 악마 같은 외국 사제…… 다시 그 입을 놀리면, 총알을 박아 버리겠소!"

호산은 오배논 신부를 보며 위협하듯 말했다.

"페니실린을 가져다주시오. 안 그러면 당신들을 독방에 가둘 것이오!"

오배논 신부는 큰신부를 쳐다보았다.

"우리한테 페니실린이 남아 있습니까?"

"그게 다 어디로 사라졌는지 자네도 잘 알지 않나? 이 녀석이 데려온 병사들이 저장고에 있던 걸 모조리 박살내 버렸지 않나. 종교적 마법에 관련된 물건이라면서 말일세. 이들은 좋은 거라면 무조건 죄다 파괴시킬 때까지 소란을 피울 인간들이야. 이제 네게 정의의 칼날이 돌아간 셈이다, 호산."

하지만 호산은 아무 말도 듣지 못했다. 기침이 또다시 시작되었기 때문이다. 뼈까지 뒤흔드는 마른 기침이 발작처럼 무시무시하게 터져 나왔다. 호산은 오배논 신부를 절망적인 눈빛으로 바라보았다.

"병이 심각한 지경에 이르렀소."

호산은 숨을 헐떡거렸다.

"난 이제 죽을 것 같소."

그러자 큰신부가 단호하게 말했다.

"이게 다 네가 자초한 일이다! 신은 공평하시지. 구하라, 그러면 얻을 것이다……!"

"닥치시오."

호산이 으르렁대며 말을 막았다.

"닥치시오, 이……"

"첩자라고 말할 셈이냐?"

큰신부가 물었다.

"이 사제를 다시 감옥으로 끌고 가라!"

호산이 감시병에게 지시했다. 그리곤 오배논 신부에게 덧붙였다.

"동지는 여기 남으시오."

사탄은 잠들지 않는다

그러나 오배논 신부는 감시병을 저지하며 호산에게 말했다.

"내게 좋은 생각이 하나 있네. 퉁안同安* 선교단이 페니실린을 갖고 있네. 만일 내가 그 약을 가져올 경우, 피치본 신부님을 방면시켜 드릴 수 있겠나? 보다시피 큰신부님은 많이 연로하셨네. 고국에서 여생을 보내시다가 그 땅에서 선조들과 함께 묻히길 바라신다네. 부디 자비를 베풀게나. 자네가 신으로부터 자비를 구하듯이 말이야!"

호산은 중국인이었기 때문에, 선조들과 한자리에 묻히고 싶어하는 심정을 누구보다 잘 이해했다. 그는 신부의 말에 귀를 기울이더니 잠시 망설였지만, 곧 자신이 공산당원이라는 사실을 떠올렸다.

"선조들은 이미 죽었소. 그들은 내겐 아무 의미 없는 존재들이오."

"어떻게 그런 말을 할 수 있는가, 호산?"

오배논 신부가 소리쳤다.

"이젠 좋은 이교도가 되는 것조차 포기한 것인가! 이런 세상에!"

"신은 없소. 나 자신을 구원할 수 있는 건 오직 나뿐이오!"

호산은 반박했다. 그는 키 큰 오배논을 잠시 의심스런 눈빛으로 올려다보더니 다시 말을 이었다.

"퉁안은 여기서 남쪽으로 300여 킬로미터나 떨어진 곳이오. 반면 국경과는 가까운 곳이지. 만일 동지를 거기로 보낼 경우 다시 돌아오리라는 보장이 없지 않소?"

"신의 이름을 걸고 내 맹세하네."

---

*중국 남동부 타이완 해협에 면하는 푸젠 성福建省 북쪽에 위치한 현縣

오배논 신부는 진지한 눈빛으로 말했다.

"자네도 알다시피, 호산, 난 반드시 약속을 지킬 게야."

이때 피치본 큰신부가 끼어들며 호산을 조롱했다.

"저 아이는 자신이 해댄 거짓말에 익숙해져 있는 게야……."

그러나 오배논 신부가 큰신부의 말을 재빨리 잘랐다.

"내 맹세에 자네 목숨이 달렸지 않나, 호산."

"그리고 자네의 무가치한 목숨은 저 아이의 명령에 달려 있고. 허, 참으로 기괴한 일이로군!"

호산은 눈을 감고, 미동 없이 잠시 생각에 잠겨 있다가 입을 열었다.

"외국인 사제, 오배논! 당신의 제안을 받아들이겠소. 즉시 출발하시오. 당국의 이름으로 징발해 온 차를 사용하시오. 단, 시간은 이틀뿐이오. 만일 당신이 돌아오지 않을 경우, 피치본 신부의 목숨은 우리 것이오. 내 분명히 일러뒀소. 두 사람 다 내 말이 허튼 소리가 아니라는 걸 명심하시오."

호산은 벽 쪽으로 고개를 돌렸고, 두 사제는 이윽고 방에서 물러났다.

한 시간 뒤, 오배논 신부는 울퉁불퉁한 길을 달리고 있었다. 떠날 채비를 하라고 주어진 한 시간 중에 절반은 피치본 신부와 간곡한 권고를 주고받는 데 썼다.

"큰신부님, 가능한 한 많이 주무십시오. 그래야 제가 돌아올 때까지 더디 가는 시간을 견디실 수 있을 겁니다."

"잠을 자라고!"

피치본은 어이없다는 듯 말했다.

"자네와 그 고물 차가 돌아오게 해달라고 계속 기도할 생각이네! 내 목숨은 자네 손에 달렸다는 걸 명심하게. 난 지금 죽을 위험에 처해 있는 게야!"

오배논 신부는 돌연 침착해졌다. 교도관의 심한 조롱과 위협에 익숙해진 탓에 호산의 말 속에 숨겨진 위협의 느낌을 제대로 포착하지 못했던 것이다. 비로소 신부는 큰신부의 귀중한 생명이 자신의 손에, 그 투박하고 큼지막한 손에 달려 있다는 것을 깨닫고 자신도 모르게 몸을 떨었다.

"적어도, 토머스를 몰고 가지는 않으니까요."

신부는 말을 이었다.

"또한 주님께 끊임없이 기도를 올릴 겁니다. 정신 바짝 차리고 다녀오겠습니다."

둘은 헤어지는 순간, 결의에 찬 힘찬 악수를 나누었다. 눈가에 고인 눈물을 황급히 훔친 오배논 신부는 곧바로 구식 자동차에 몸을 싣고 시동을 걸었다. 놀랍게도 즉각 시동이 걸렸다.

그리고 몇 분 후, 그는 도시를 뒤로 하고 자갈 깔린 시골길을 내달리고 있었다.

신부는 어느새 봄이 성큼 다가온 상쾌한 아침을 한껏 만끽하고 있는 스스로를 발견하고, 문득 수치심을 느꼈다. 아직 겨울은 끝나지 않았지만 날씨는 따뜻했고 어디선가 남풍이 불어오고 있었다. 지빠귀의 한 종류인 검은 깃털을 가진 새들이 연신 겨울 밀밭 위를 날아 다녔고, 하늘은 솜털처럼 아스라한 푸른빛을 발산하고 있었다.

이 오래된 자동차는 놀랄 만큼 민첩했고, 운전석도 이미 손을 봐둔 상태인 듯했다. 확실히 예전에 비해 더 편안한 느낌이었다. 그는 자리에 앉아 스스로를 질책하듯 중얼거렸다.

"베드로 오배논, 창피한 줄 알아라! 지금 그렇게 기분을 낼 때더냐! 지금 감옥에 갇혀 있는 네 형제를 생각해 보거라. 이제 그의 목숨은, 만에 하나 네가 손에 넣지 못할 수도 있는 그 페니실린을, 네가 가져오느냐, 못하느냐에 달려 있다!"

그는 짐짓 슬픈 모습으로 입 꼬리를 늘어뜨리고 엄숙해지려고 애썼다. 더 솔직히 말하자면, 그를 이토록 신나게 만든 건 비단 눈부신 아침 때문만은 아니었다. 오배논은 지금 자신이 피치본 신부와 함께 있지 않다는 사실에 안도감을 느끼고 있음을 알았고, 때문에 내심 양심의 가책을 느꼈다. 하루가 다르게 피치본 신부의 성격은 견딜 수 없을 정도로 성마르게 변하고 있었다.

오배논은 아침 나절 호산의 방에서 마주쳤던 난감한 순간을 떠올렸다. 호산과 큰신부와의 대화를 돌이켜볼 때, 심지어 상식선에서는 그도 호산의 편이 되었을지 모르는 일이었다. 그는 구식 자동차를 험한 자갈길 사이로 요령 있게 운전하며, 지난 몇 주간 호산의 행동에 대해 곰곰이 돌이켜보았다. 무언가 주목할 만한 변화가 생긴 것이 틀림없었다. 실제로 근래 들어 호산은 몹시 당황하거나, 가끔은 부드러워 보이기까지 했다. 그의 내면 어딘가에 선善의 잔재가 남아 있는 것이다. 만일 타락의 길로 잘못 인도되지만 않았다면, 그는 분명히 훌륭한 사제가 되었을 것이다.

"어쨌든 선한 기미가 보였으니까."

오배논 신부는 혼자 중얼거렸다. 요즘은 혼잣말이 습관이 되어 버렸다. 그 외에는 오로지 큰신부의 잔소리를 듣는 것뿐이었다.

이런저런 생각에 깊이 빠져있던 신부는, 미처 뒷좌석에 몰래 숨어든 승객이 한 명 더 있다는 사실조차 알아차리지 못했다. 그러나 그 순간, 수세기 동안 여행을 하면서 자갈에 닳고 닳은 차바퀴가 뒷좌석의 승객을 공중으로 붕 뜨게 만들었다.

수란이었다!

그녀의 예쁘장한 얼굴이 뒷좌석에서 붕 떠올랐다가 신부가 미처 포착하기도 전에 다시 풀썩 떨어졌다. 그러고 나서 그 얼굴은 다시 한 번 공중으로 떠올랐다. 그 순간, 수란은 모습을 드러내고 싶다는 유혹을 참을 수 없었다. 그녀는 차가 출발하기 전, 차 아래에 몸을 숨기고 있다가 뒷좌석으로 살며시 기어올라 한쪽 구석으로 숨어든 것이다. 수란은 더이상 참을 수 없었다.

"신부님!"

수란은 신부가 충분히 목소리를 들을 수 있을 정도로 크게 외쳤다. 그러자 갑자기 고물 차는 속력을 내더니 이내 옆의 돌길로 벗어났다. 차는 멈춰 섰다. 신부는 앞 쪽을 두리번댔다. 목소리가 들려온 곳이 어딘지 알 수 없었기 때문이다.

"내가 꿈을 꾸고 있나."

신부는 낮게 중얼거렸다.

"저 여기 있어요, 신부님."

드디어 신부는 목소리가 들려오는 곳으로 고개를 돌렸다. 그곳에 거짓말처럼 수란이 앉아 있었다.

"아니, 수란, 네가 맞구나!"

신부는 믿기지 않는 듯 소리쳤다.

"근데, 왜 이렇게 달라 보이는 것이냐?"

"왜죠? 제 모습이 추한가요?"

수란이 기어들어가는 듯한 목소리로 물었다.

"아니, 아니다. 넌 늘 어여쁜 아이다. 그런데 뭐랄까, 얼굴이 그늘져 보이는 것이…… 네가 이렇게 슬퍼 보이는 걸 한 번도 본 적이 없어서 말이다……."

신부는 돌연 말을 멈추었다. 수란이 자신에게 집요한 구애 작전을 펼쳤던 지난 일들이 갑자기 머릿속에 떠올랐다. 얼굴이 순식간에 엄숙해지고 목소리도 딱딱해졌다.

"하지만 넌 또 이렇게 잘못을 저질렀구나! 이제 내가 뭘 어떻게 해야겠느냐? 또 다시 모든 게 엉망이 되었구나."

수란은 입술을 파르르 떨며 눈물을 글썽거렸다.

"여기 신부님께 음식을 가져왔어요."

그녀는 몸을 숙이고 바닥에서 작은 바구니를 들어올렸다.

"제가 직접 요리한 거예요. 면회는 불가능할 것 같아서 감시병에게 돈을 좀 쥐어주면 될 거라고 생각했어요. 아니면 이 바구니를 신부님께 전해달라고 부탁하든지요. 하지만 둘 다 좋은 생각은 아니었어요. 돈은 돈대로 취하고 음식도 그가 먹어치울 수 있으니까요."

수란의 목소리는 거의 들릴 듯 말 듯 잦아들었다.

그녀는 소맷자락으로 눈가를 훔쳤다. 그리고 홀연하게 마음을 끌어당기는 애잔한 시선으로 신부를 올려다보았다.

신부는 한숨을 내쉴 수밖에 없었다.

"네가 의도한 바는 항상 최선이었다만……".

신부는 고개를 가로저으며 다시 한숨을 내쉬었다.

"그런데 어떻게 차에 올랐느냐?"

수란은 대답 대신 서운하다는 듯 물었다.

"왜 그렇게 출발을 서두르셨던 거죠? 그들이 말해줘서야 신부님이 차를 타러 가셨다는 걸 알았어요. 이 차가 다행히 감옥 정문 근처에 있었기 때문에 살금살금 기어가다시피 올라탔죠."

"똑똑하구나."

신부는 대견하다는 듯 말하고는 이내 되물었다.

"하지만 이 차에 탄 사람이 내가 아니라 불한당 같은 놈이었다면 어찌할 뻔했느냐?"

"호산이 아프다는 걸 알고 있었어요."

"그게 내가 이 여정에 오른 이유란다. 약을 가져오기 위해서 말이다."

수란은 오배논 쪽으로 몸을 숙이며 분노를 내뿜었다.

"그냥 죽게 놔두세요. 죽게 내버려 두시라구요! 그런 악당 같은 놈은!"

"그럴 순 없다."

오배논 신부는 번민에 빠져 말했다.

"큰신부님의 목숨이 호산의 목숨에 달려 있어. 하지만, 수란아, 설령 큰신부님의 목숨이 걸려 있지 않더라도, 난 호산을 죽게 내버려 두지 않을 거란다. 한 생명의 무게란, 내 영혼이 감당하기에는 너무 버거운 것 아니겠느냐."

"호산이 죽었으면 좋겠어요."

수란은 끝까지 단호하게 말했다. 신부의 눈시울이 붉어졌다. 그는 위로의 손길을 뻗어 수란을 어루만져 주고 싶었지만 차마 그러지 못했다.

"내가 어찌 네 마음을 비난할 수 있겠느냐. 그래, 나는 비록 여자는 아니지만, 내가 너였다 해도 똑같은 심정이었을 게야……."

신부는 푸른 하늘을 올려다보며 성호를 그었다.

"성모 마리아시여, 그 높으신 곳에서 때마침 여기 있는 저희를 발견하셨다면, 이건 우연일 뿐이며 제가 의도한 상황이 아니라는 걸 헤아려 주시옵소서. 또한 수란이 겪은 시련을 살피시어 부디 그녀를 용서해 주옵소서."

신부는 기도를 올리며 다시금 사제로서의 신분을 상기했다.

"수란, 내가 어머니께 돌아가라고 이르지 않았더냐. 그 말을 듣지 않았느냐?"

"네, 신부님."

수란은 뒷좌석에 두 발을 모으고 손을 포갠 채 앉아 있었다. 바람이 그녀의 목덜미와 관자놀이에 닿은 머리칼을 사뿐히 들어올려 부드럽게 헝클어뜨렸다.

신부는 시선을 피하며, 가능한 한 엄격하게 물었다.

"왜 그랬느냐?"

"어머니는 제게 호산과 결혼하라고 하셨어요."

수란은 조용히 흐느끼기 시작했다. 오배논 신부는 어금니를 꽉 물었다. 언젠가 피치본 큰신부로부터, 여자의 눈물은 사탄이 가진 최고의 무기라는 설교를 한차례 들은 바 있었다.

"호산을 처음 알게 된 경위가 무엇이냐? 호산이 네게 사제관 출입을 허가했다고 말했던 것 같은데?"

수란은 울음을 멈추고 신부를 똑바로 바라보았다.

"그건 거짓말이었어요."

"오, 이렇게 나를 궁지에 빠뜨리다니! 이제껏 네가 저지른 일 중, 가장 나쁜 짓이다. 네가 사제인 나와 함께 여기 있는 이유를, 내가 무슨 수로 해명할 수 있겠느냐? 이렇게 여자와 동행하고 있다는 걸 말이다!"

"다시 숨을게요."

수란은 비통한 표정으로 말했다. 곧이어 그녀는 좌석 뒤에서 다시 몸을 웅크렸다. 그러자 신부가 손을 뻗어 수란을 저지했다.

"아무리 피해도, 하느님의 눈으로부터 숨을 곳은 없단다."

신부는 사제답기 그지없는 투로 말을 이었다.

"그러니 차라리 이 조수석에 앉는 편이 더 바람직한 것 같구나. 그러면 우리가 함께 여행하는 근거를 만들 수 있지. 네 영혼을 위한 거라고 말이다. 수란아, 넌 거짓말을 했고, 의심할 여지없이 호산은 그걸 알았다. 그래서 두 배의 격노가 떨어진 거였어. 자신의 분노를 가장 잔인하게 말이다……. 이런, 내게 가까이 붙지 말았으면 좋겠구나."

수란은 조금도 지체하지 않고 신부가 말하는 틈을 타 앞좌석으로 기어들었다. 곧이어 오배논 신부가 다시 차를 출발시켰다. 그로부터 수 킬로미터를 달리는 동안, 두 사람은 아무 말도 주고받지 않았다. 신부는 수란 역시 하느님의 자녀지만, 이 순간 그녀는 죄가 될 만한 생각을 품고 있는 죄인이라는 사실을 스스로에게 계속 주지시키고 있었다. 대체 언제부터 그녀의 영혼을 구원하는 일을 시작해야 할까?

수란은 신부를 슬쩍슬쩍 훔쳐보았지만, 신부는 고개조차 돌리지 않았다. 그의 옆모습은 엄격했고, 시종일관 시선은 길 위에 꽂혀 있었다. 하지만 수란은 여자 특유의 육감으로 신부의 내면에서 시작된 갈등을 감지하며 행복해 했다.

신부는 수란이 옆에 있다는 것을 의식하지 않을 수 없었다. 그녀는 의심할 여지없이 옆 자리에 있었고, 결국 오배논은 마음의 고개까지 돌릴 수는 없었다.

수란의 몸과 영혼은 기분 좋은 평화 속으로 젖어들었다. 지난 수주일간 그녀는 깊은 절망 속을 허우적댔다. 어머니의 품으로는 다시 돌아갈 수 없었기 때문에, 사제관에 몸을 숨기고 홀로 지냈다. 그녀가 그곳에 있다는 것을 아는 사람은 선한 문지기뿐이었다. 그는 밤이면 몰

사탄은 잠들지 않는다 159

래 그녀에게 음식을 가져다주었다. 이제껏 경험해 보지 못한 외로운 나날들이었다. 그녀는 오배논 신부의 방에서조차 안식을 얻지 못했다. 끔찍한 기억이 떠올랐기 때문이다. 물론 그 오랜 침묵의 시간 가운데 어떤 깨달음이 문득문득 찾아오기도 했다. 호산을 생각할 때면 처음엔 공포와 분노의 감정만 치밀어 올랐으나, 그 후 돌연 연민의 감정이 느껴졌다. 호산은 마귀의 조종을 당한 것이 틀림없었다. 어느 날 수란은 오배논 신부에게 배운 기도를 똑같이 되풀이하고 있는 자신을 발견하게 되었다.

"아버지 하느님, 그들을 용서해 주옵소서. 저들은 자신들이 저지른 죄를 모르옵니다."

그리고 나서 수란은 그 기도의 대상만 교체했다.

"아버지 하느님, 호산을 용서해 주옵소서."

그리고 이제야 다시, 오배논 신부를 곁에 둘 수 있는 축복 가득한 안식의 시간이 찾아온 것이다! 수란은 한없이 편안한 마음이었고, 잠시 후엔 반쯤 잠이 들기까지 했다. 한편, 구식 자동차는 울퉁불퉁한 길 위에서 이리 저리 흔들리며 전속력으로 질주했다. 잠에 빠진 수란의 몸이 차의 요동 때문에 신부 쪽으로 기울었다.

"몸을 문 쪽으로 가누거라."

신부가 거듭 엄하게 말했다.

"멀리 떨어지라니까."

잠에 취한 수란은 비몽사몽에도 신부의 지시를 따랐다. 그녀는 똑바로 앉기 위해 잠을 물리치려고 무던히 애를 썼다. 수란의 갑작스런 등장 이후, 15킬로미터 가량을 더 온 것 같았다. 신부는 더이상 말이 없었다. 수란은 곁눈질로 신부를 흘긋 쳐다보았다. 창백한 옆얼굴이 창 너머 푸른 하늘과 선명한 대비를 이루고 있었다.

"신부님과 저와의 관계는 결백하지 않나요?"

수란은 하소연하듯 물었다.

"우리는, 우린 늘 결백했다. 적어도 내가 알고 있는 한은."

오배논 신부는 냉담한 말투로 조심스럽게 말했다.

"그렇죠,"

수란은 슬픈 표정으로 말을 이었다.

"우리가 결백할 수 있었던 건 순전히 신부님 때문일 거예요."

"하느님께서 나를 도우신 게지."

오배논 신부는 단언했다.

"너 또한 신의 도움을 받을 수 있을 게야. 네가 그걸 간구한다면."

"왜 제가 그런 도움을 간구해야 하는 거죠?"

수란은 짐짓 놀란 듯 물었다. 오배논은 수란이 이 짓궂은 질문을 너무 순진하게 묻는 바람에, 그녀를 나무라기 위해 자신도 모르게 그녀 쪽으로 몸을 돌렸다. 그러나 시선이 마주치자 황급히 다시 길 쪽으로 시선을 돌렸다.

"그런 식으로 시작하지 말거라."

"제가 뭘 시작했다는 거죠?"

수란이 사랑스러울 정도로 천진난만하게 물었다.

"제가 뭘 잘못했는지 전 모르겠는 걸요."

"됐다. 그만 하자."

신부는 딱 잘라 말했다.

"네가 벌이는 일에 대해, 누구보다 네 스스로가 더 잘 알고 있을 게야. 그게 내 생각이다."

"그럼, 전 한마디도 말아야 하나요?"

수란은 뾰로통해졌다. 그녀의 속눈썹이 까만 눈동자 위에서 파르르 떨렸다.

"그렇다. 한마디도 말거라."

"제게 말을 하도록 만드는 건 제 음성이 아니라, 제 심장이에요."

수란은 못 참겠다는 듯 말을 이었다.

"어떻게 심장에 반하는 행동을 할 수 있겠어요?"

"네 죄를 기억하거라."

이 말에 수란은 대꾸를 포기하고 두 손으로 얼굴을 가리고 낮게 흐느꼈다.

"어떻게 이렇게 잔인하실 수 있으세요!"

수란을 흘끔 바라본 신부는 흠칫 놀라며 말했다.

"무엇이 잔인하다는 게냐? 난 너의 사제로서, 고해 신부로서 이야기하는 게다."

"죄에 대해 말씀하셨잖아요. 저를 나쁜 여자로 취급하시는 거죠."

수란은 계속 서럽게 흐느꼈다.

"아니야, 그렇지 않다."

신부는 황급히 답했다.

"아니에요. 신부님은 그렇게 생각하시고 계신 게 틀림없어요. 그리고 그래야만 하구요. 전 나쁜 여자니까요. 무엇도 저를 다시 깨끗했던 상태로 되돌릴 수는 없어요. 전 더럽혀지고 망가졌어요. 신부님이 저를 멸시하신다고 해도, 제가 어떻게 신부님을 비난할 수 있겠어요? 신부님이 저를 혐오하시는 건 당연해요! 저도 제 자신을 혐오하고 있어요!"

급기야 신부는 정지 페달을 밟았고, 차는 급정차했다.

"난 너를 혐오하지 않는단다."

신부는 간절한 어조로 말했다.

"나한테 너는 순결하고, 상냥하고, 그리고 좋은…… 그래, 좋은 사람이란다!"

수란은 비로소 얼굴에서 두 손을 떼었다. 속눈썹 끝에 눈물이 이슬처럼 맺혀 있었지만, 얼굴엔 어느새 엷은 미소가 떠올랐다.

"오, 제발."

수란은 말을 이었다.

"계속요, 신부님. 저를 위로해 주세요. 제발요!"

오배논 신부는 기어를 당겼다.

"내 말뜻을 앞서 해석하지 말거라……. 말의 본래 뜻을 왜곡하는 건 좋지 않단다."

"그럼, 그 말씀은 진심이 아니란 뜻인가요?"

"진심이란다. 하지만 네가 받아들이는 식으로는 아니다."

신부는 다소 날카롭게 말했다.

"넌 지금 어리석은 척하고 있지만, 사실은 그렇지 않지. 난 너무도 잘 알고 있단다. 네가 내 말을 네 목적에 맞게 왜곡해서 해석하는 걸 말이다. 늘 끝은 똑같지!"

"신부님은 너무 멋진 남자이신 걸요!"

수란이 작은 목소리로 속삭였다. 신부는 이 유혹에 기겁을 했다. 그는 두 팔을 마주 팔짱끼고, 멀리 여물지 않은 초록색 밀밭을 응시했다.

"나를 남자로 생각해서는 안 된다."

신부는 엄하게 타일렀다.

"하지만 신부님은 남자인 걸요. 그리고 제가 신부님을 볼 때……."

"나를 보지 말거라."

신부가 명령했다.

"제가 신부님을 생각할 때,"

수란은 다시 말을 시작했다.

"나를 생각하지 말거라."

신부가 다시 명령조로 말을 이었다.

"만일 나를 생각한다면, 하느님께 봉헌된 사제로서만 생각하거라."

"하지만 신부님도 늘 사랑에 대해 설교하셨잖아요."

"그건 사사로운 사랑이 아니야."

신부는 단호하게 말했다.

"신에 대한 사랑, 인간에 대한 사랑……."

"그럼, 여자를 향한 사랑은 없는 건가요?"

"단연코 없다! 동정 마리아를 빼고는."

수란은 침묵했다. 그러나 잠시 후 밝은 표정으로 말했다.

"저를 동정녀라고 생각하실 수는 없으세요?"

"아니, 그럴 수는 없다."

이 말에 수란은 잠시 조용하더니, 잦아드는 소리로 중얼거렸다.

"그럼, 대체 제가 할 수 있는 건 뭐죠?"

"나도 모르겠구나."

신부는 다시 차를 몰기 시작했다. 수란은 열린 차창에 몸을 바짝 붙여, 될 수 있는 한 신부로부터 멀리 떨어져 앉았다. 다시금 볼에 눈물이 흘러내렸고, 수란은 그 눈물을 소매로 닦았다. 신부는 그녀가 울고 있는 것을 모르는 듯했다.

"무슨 생각을 하세요, 신부님?"

마침내 수란이 입을 열었다. 겸허한 말투였다.

"호산에 대해."

"그 사람 생각은 마세요, 신부님!"

"아니, 그래야만 한다. 난 호산이 전적으로 나쁜 사람은 아니라는 걸 깨닫기 시작했다. 그래, 넌 여자라 잘 모르겠지만…… 하긴 남자에 대해서, 네게 어떻게 설명할 수 있겠느냐?"

수란은 신부의 말을 전력으로 가로막으려 했다.

"호산이 얼마나 좋은 사람인지 해명하려고 그렇게 애쓰실 필요 없어요. 애만 쓰다가 끝나겠죠."

수란은 다시 눈물을 터뜨렸다. 신부는 운전을 계속하며 말을 이었다.

"내가 말하려는 것은 말이다. 선량한 남자도 어떤 유혹 앞에서는…… 그러니까……."

"전 호산을 유혹한 적이 없어요!"

수란은 신부를 향해 소리쳤다.

"정작 너 자신도 느끼지 못하는 사이, 남자를 유혹할 수도 있는 거란다. 선량한 남자도 한순간 악마로 변할 때는 가장 나쁜 남자가 될 수 있지. 하지만 결국에는 그 내면의 선한 본성이 다시 제자리로 돌아오게 된단다. 난 호산에게도 이런 일이 벌어졌다고 믿는 게야. 그래서……."

신부는 수란에게 생각할 시간을 주기 위해 한동안 말을 멈추었다.

"그래서 말씀하시려는 게 뭐죠?"

"난 네가 호산과 결혼을 했으면 한다."

오배논 신부의 돌연한 한마디에, 수란은 거의 비명을 내질렀다.

"말도 안 되는 소리! 생각만으로도 끔찍해요!"

"그걸 가능성 중의 하나로 생각해 보거라. 그게 문제를 해결해 줄 수 있을 게야. 너처럼 착한 여인에게 좋은 영향을 받고, 또 누구도 알 수 없는 하느님의 오묘하신 역사하심으로, 너의 그 눈빛과 그 얼굴로……. 난 네가 좋은 여자라고 믿는다. 너의 말하는 모습이나 외모, 모든 게 너의 책임은 아니지."

"전 그럴 수 없어요."

수란은 더듬거리며 말했다.

"차라리 결혼을 않겠어요. 전 언제까지나 신부님 곁에 있고 싶어요. 설령 신부님께 단 한마디도 건넬 수 없다 해도, 그저 가끔씩 바라볼 수만 있다면 그것으로 만족할 거예요. 어떤 결혼보다도 행복할 거예요."

"이런, 가여운 아이 같으니!"

신부는 측은한 듯 중얼댔다. 차를 세우고 싶었지만 그래서는 안 되었다. 차가 멈추면 자신도 모르게 두 팔로 수란을 감싸안을 것만 같았다. 연민의 수준에서 사랑을 지켜내지 못할 것 같았다.

"기도와 금식."

신부는 혼잣말 하듯 중얼거렸다.

"기도와 금식으로만……"

"뭐라고 하셨어요, 신부님?"

"아, 혼잣말을 한 것뿐이다."

신부가 딱딱하게 말했다. 수란은 작은 손을 서로 비틀며 앉아 있었다. 그러다 불쑥 이런 얘기를 꺼냈다.

"전 수녀가 될 수도 있어요, 신부님, 그렇죠? 그렇게 되면 신부님 곁에 살 수 있겠죠. 저는 고아들을 돌보고, 신부님은 그들에게 교리를 가르치고요. 그 아이들이 신부님과 제 아이는 아니겠지만, 최소한 꿈을 꿀 수는 있는 거겠죠. 그렇죠?"

"그런 식의 꿈을 꾸어서는 안 된단다…… 그리고 그런 이유로 수녀가 되어서는 더더욱 안 되고……. 수녀가 되고자 하는 이유는 주님 가까이 머물기 위해서지, 남자 근처에 머물기 위해서가 아니다. 그것도 네 눈에는 이미 사제가 아닌 한 남자에 불과한 사람에게 말이다."

"눈으로 볼 수 없는 신을 사랑하는 건 어려운 일이죠."

수란은 한숨을 내쉬며 말을 이었다.

"하지만 제가 신부님을 사랑하는 게 용인된다면, 그 후에는 신부님의 신까지 사랑할 수 있을 것 같아요."

"그럴 수는 없다."

신부는 잠시 후 이 세 마디를 덧붙였다.

"감히, 그렇게는, 안 된다."

그러나 이 세 마디는 신부의 의도와는 다르게, 수란이 비로소 신부의 마음을 알아차리게 된 결정적인 단서가 되었다.

신부 역시 수란에게 연정을 품고 있었던 것이다. 단지 사목을 다하기 위해 그 감정에 굴복하지 않으려고 애쓸 뿐이었다. 수란은 여자라면 누구를 막론하고 무조건 밀어내기 위해 애쓰는 신부를 도저히 이해할 수 없었지만, 한편으로는 그가 가진 내면의 힘, 평생을 신께 바치기로 한 확고한 결심을 느낄 수 있었다. 또한 자신의 약한 부분을 잘 알고 있는 남자, 그래서 스스로에게 굴복당하지 않으려고 고군분투하는 한 남자에게 맞설 만한 무기가 자신에게는 없다는 것을 알았다. 신부는 그녀에게도, 사랑에도 굴복할 수 없는 것이다! 수란은 자신이 졌다는 것을 알고 있었다. 그녀는 신부에게 질문 하나를 던졌다.

"만일 성직자가 되지 않았다면, 신부님은 저를 사랑하셨을까요?"

신부는 마음 깊이 동요하며 이 질문에 대해 곰곰이 생각했다. 수란은 신부가 스스로 답을 찾을 때까지 기다렸다. 이윽고 신부가 입을 열었다.

"내가 무엇이든, 또는 내가 무엇이었든, 난 절대 변하지 않는다. 난 항상 지금처럼 너를 생각했을 게다."

수란은 이 말을 선물처럼 받아들였다. 비록 바라던 선물은 아니었지만, 신부의 이 말은 사실 다른 어느 여자에게도 하지 않았을 법한 것이었기에 어쨌든 특별한 선물임이 틀림없었다.

"이제 좀 휴식을 취해도 될까요, 신부님?"

수란이 묻자 신부가 자애롭게 답했다.

"물론, 언제든지."

* * *

이틀이 지나자 오배논 신부는 지금까지 느껴보지 못했던 새로운 힘이 육체와 영혼에 스며들고 있음을 깨달았다. 마치 스스로가 다른 사람처럼 느껴졌다. 비록 휘청한 몸은 예전처럼 볼품없었고, 얼굴도 여전했지만 말이다. 그러나 아니었다. 사실 얼굴이 예전과 꼭 같지만은 않았다.

통안에 도착한 날 밤, 그는 세수를 한 뒤 병원 실험실의 양철 세면대 위에 달린 사각 거울을 보았지만, 어떤 변화도 감지하지 못했다. 그러나 변화는 그의 입 근처에서 일어나고 있었다. 주름진 입술은 예전보다 더 단호하게 닫혀 있었고, 눈에는 한 줌의 광채가 빛나고 있었다. 스스로도 느낄 만큼 강직한 인상이었다.

'이제야 내 스스로의 영혼을 정복하게 되었구나.'

신부는 승리감에 가득 차서 생각했지만, 곧 다시 겸허한 자세로 돌아왔다. 그의 기도가 응답을 받은 것이다. 그는 하루종일 육신을 통제할 수 있는 힘을 달라고 신께 간구했다. 그리고 조용하면서도 강하게, 조수가 바다로부터 밀려들 듯, 어떤 힘이 자신의 영혼 속으로 흘러들면서 육신의 욕망이 사라지는 것을 느꼈다.

그리고 그날 오후 나절의 어느 순간, 드디어 오배논은 저 뒷좌석에 앉은 작은 영혼을 구제할 시간이 되었다는 걸 깨달았다.

몇 시간 전에 수란은 다시 뒷좌석으로 돌아가 앉았고, 신부는 그녀에게 말을 걸지 않았다. 조수석에서 신부로부터 멀찌감치 앉아 있던 수란은 신부를 흘끔 바라보았지만, 신부는 굳건하게 앞만 바라볼 뿐이었다. 오배논은 험한 도로 위를 줄기차게 달려, 정오를 넘어 한 시간이 다 되도록 속력을 냈다. 그러다가 간단한 휴식과 요기를 위해 잠시 멈춰 섰다.

"저기 여자들이 앉아 있는 식탁으로 가거라."

신부는 수란에게 말한 뒤 수란의 바구니에서 음식을 나눠 들고는 남자들이 모여 음식을 먹고 있는 식탁으로 가버렸다. 같은 식탁의 남자들은 신부에게 말을 걸지 않았고, 신부가 음식 앞에서 성호를 긋고 기도를 하자, 호기심에 찬 눈으로 신부를 뚫어져라 쳐다보았다. 다른 편에 앉아 있던 여자들은 이내 수란에게 말을 걸었다.

"동지는 저 외국인 악마의 첩이오?"

"아니에요. 저 분은 신부님이세요."

그들은 불교 사원에서처럼 수도승들은 아내나 첩을 들일 수 없다는 것을 잘 알고 있었다. 그러나 그들은 전형적인 촌부들답게 수란을 우스갯거리로 만들면서, 손으로 입을 가리고 낄낄 웃어댔다.

"동지는 아주 젊고, 예쁘게 생겼네."

"전 사제님과 종교가 같습니다. 퉁안에 있는 제 고향집을 방문하기 위해 차를 얻어 타고 있죠."

물론 거짓말이었다. 수란의 집은 퉁안이 아니었다. 그러나 이 거짓말은 그런대로 쓸모가 있었다. 식사를 마치고 수란은 조수석이 아닌 뒷좌석에 올라탔다. 신부는 아무 말도 하지 않았다.

퉁안에 도착한 저녁, 신부는 수란에게 병원 간호사 역할을 맡겼다. 그리고 또 하나 새로운 거짓말을 미리 일러두었다. 대강은 이러했다. 수란이 집으로 가기 위해 동네 길을 걸어가다가 불한당에게 겁탈을 당할 뻔했는데, 그것을 외국인 사제가 구해주었고, 그 사제가 내일 그녀를 집으로 안전하게 데려다줄 거라는 이야기였다. 이 거짓말도 적절히 도움이 되었다.

밤은 금방 지나갔다. 오배논 신부는 이른 아침에 일어나 식사를 하고 수란에게 갈 채비를 서두르라고 일렀다. 그리고 페니실린을 안전하게 챙긴 뒤 차를 출발시켰다. 수란은 차 뒷좌석에 앉았고 신부는 한참 동안 내달렸다. 그러나 오늘만큼은 수란을 대하는 신부의 태도에는 친절함이 넘쳤다. 편히 잘 쉬었는지도 수차례 물어왔다. 가령, "목이 마르진 않느냐?"라든가, "이 길이 네겐 너무 험하지? 하지만 다른 길이 없어서 말이다……." 등의 말을 건네며 틈틈이 수란을 배려해 주었다.

이 모든 배려와 따뜻한 질문들에, 수란은 그저 고개만 가로저을 뿐이었다. 그것은 여자를 향한 남자의 애정이 아니라, 자식을 향한 아버지의 자애로움같은 것이었다. 수란은 그 차이를 충분히 느끼고 있었다. 땅거미가 질 무렵 수란은 소맷자락 속에 얼굴을 감추고 소리 죽여 울었다.

빛과 그림자

Satan Never Sleeps

그들은 자정 무렵이 되어서야 도착했다. 오배논 신부는 사제관의 뒷담 옆에 차를 세웠다. 수란이 대나무를 밟고 담을 타넘기에 안성맞춤인 곳이었다. 신부는 수란에게 거듭 어머니에게 돌아가라고 설득했지만 그녀는 끝내 고집을 부렸다.

"사제관에 혼자 숨어 지내다니, 그건 네가 할 만한 일이 못 된다."

신부는 단언했다.

"수 킬로미터를 혼자 걸어서 어머니에게 가는 건 어떻고요."

"토머스를 타고 가면 되잖니."

"그 나귀는 여자는 태우려 들지 않는다는 걸 잘 아시잖아요."

그건 사실이었다. 하지만 신부는 어떻게든 수란을 돌려보내고, 서둘러 홍위병 본부로 돌아가야 했다. 피치본 큰신부의 목숨이 자신의 손에 달려 있다는 걸 한시도 잊을 수 없었다.

호산은 나무 베개 위에서 고개를 쳐들고, 놀란 듯 말했다.

"돌아왔군!"

"내가 그럴 거라 하지 않았나."

오배논 신부는 호산의 침대 옆에 앉은 다음, 바닥 위에 가방을 내려놓았다.

"난 믿지 않았었소. 진작 알았어야 했는데…… 당신 두 사제는 마치 꽉 쥔 두 손처럼 떨어질래야 떨어질 수 없는 관계라는 걸 몰랐소."

"큰신부님 걱정을 한시도 놓은 적이 없었네만, 설령 큰신부님이 여기 안 계셨더라도 난 돌아왔을 게야."

"누구를 위해?"

호산의 물음에 신부가 답했다.

"자네를 위해서지."

호산은 믿지 못하겠다는 듯 입을 삐죽거렸다.

"그 위선을 지금 나보고 믿으라는 거요?"

"자네가 믿든 안 믿든, 그건 어디까지나 진실이네. 자, 여기 페니실린을 가져왔네."

"동지의 그럴듯한 연기를 따라갈 자는 아무도 없을 거요."

호산의 말에 신부는 대꾸 없이 주사기를 챙겼다. 평소 그의 큼지막한 손은 벌벌 떨거나 뭔가를 떨어뜨리는 등 실수를 저지르기 일쑤였지만, 수술 도구들을 다룰 때만큼은 더없이 침착했고 용의주도했다. 수년 전 풋내기 사제 시절, 그는 의사회에 들어가고 싶다는 꿈을 가졌다. 그러나 피치본 신부가 그것을 막아섰다.

"자네는 무얼 하는 사람인가, 오배논? 외과 의사인가? 말도 안 되네! 그건 머리를 써야 하는 일이네. 자네에게 머리가 없다는 건 자네 잘못이 아니네만, 명심하게! 하느님께서 자네에겐 머리를 주시지 않으셨네."

"알겠습니다. 신부님."

신부는 고개를 떨구고 그 커다란 두 손을 비비 꼬며 서 있었다. 그러나 그에게는, 큰신부의 독설을 마음에 담아 두지 않을 만큼 완고한 의지가 있었다. 그는 여가 시간마다 병원의 자원 봉사자로 일하면서 수술실을 청소하고 잡다한 심부름을 했다. 언젠가 한 젊은 외과 의사가 신부에게 이렇게 말한 적도 있었다.

"이쪽에 타고난 감각이 있는 것 같군요."

그러자 젊은 오배논의 눈이 순식간에 축축하게 젖어들었다. 의사는 그 모습에 마음이 동했고, 이렇게 말했다.

"얼마간 내가 수술을 집도할 때 참관해도 좋아요."

의사는 무심히 말한 후 시선을 아래쪽으로 향했다. 그러자 오배논의 우스울 정도로 큰 발이 눈에 들어왔다.

"신부복이 그 투박한 신발에 닿을 정도로 너무 길다는 생각 안 듭니까?"

의사는 실없이 크게 웃으며 말했다.

"하긴 신발이 자꾸 옷을 밟게 되네요."

오배논 신부는 기어들어가는 목소리로 웅얼거린 뒤 뒷걸음질 쳐서 수술실을 나왔다. 쉽사리 마음에 상처를 입곤 하던 그였지만, 그래도 포기하지 않고 계속해서 수술실을 찾았다. 그리고 아일랜드를 떠나 중국 남부의 광동성을 찾게 되었을 때, 그를 가장 흥분시켰던 것은 바로 이곳에 작은 진료소를 열고 사람들을 무료로 진찰하고 싶다는 계획이었다. 물론 그건 어디까지나 일상적인 질병들에 대한 진료를 의미했다. 그리고 만일 피치본 큰신부의 엄한 눈초리가 떠나지 않았다면, 실상 시도도 해 보지 못한 채 꿈을 접었어야 했을 것이다.

이제 신부는 청주를 소독약 삼아 호산의 팔을 닦아냈다. 그리고 주사 바늘을 찔렀다.

"내가 회복될 거라고 장담할 수 있소?"

호산이 요구하듯 물어왔다. 오배논 신부는 주사 바늘을 살짝 빼고 그곳을 다시 청주로 닦아냈다.

"나도 장담할 수 없네. 신의 뜻이 그렇다면 회복이 될 걸세."

신부는 다시 대나무 의자에 앉았다. 그리고 자신의 환자를 지켜보는 동안, 묵주를 돌리며 기도를 하기 시작했다. 약이 효능을 발휘하려면 얼마간 시간이 걸릴 것이다. 신부는 호산이 이 주사약의 힘을 믿게 해 달라고, 그 믿음으로 치유를 일으키게 해 달라고 기도했다. 하지만 호산은 침대 위에서 연신 뒤척였다. 팔을 가만히 못 두고, 이리저리 온몸을 돌려 누웠다. 그리곤 불평을 쏟아냈다.

"몸이 불덩이요. 약은 아무런 효과도 없소."

"안절부절못하는 조급함 때문에 그런 걸세."

오배논 신부는 이 말과 함께 자리에서 일어나 차가운 물을 대야에 부었다. 그리고 작은 수건을 적셔 호산의 얼굴과 손을 닦아주었다.

"나를 증오하면서, 어찌 이런 선의를 베푸는 거요?"

호산이 못마땅한 듯 물었다. 그는 신부의 선의를 물리치고 싶었지만, 뜨거운 몸에 닿는 차가운 수건의 감촉이 너무 좋아서 결국 아무 말도 하지 않았다.

"난 자네를 증오하지 않네."

오배논 신부는 온화하게 말했다.

"오히려, 난 자네를 깊은 형제애 안에서 사랑하고 있네."

호산은 쓸쓸한 미소를 지었다.

"사랑, 사랑, 사랑, 당신네 교인들은 늘 사랑 타령이군!"

"자네가 지금도 하느님을 믿는다면,"

오배논 신부는 호산의 뜨거운 이마를 수건으로 닦아주면서 말했다.

"자넨 내가 말한 형제애가 뭘 뜻하는지 잘 알겠지. 그건 마음에서 증오를 없애 준다네. 왜냐하면 사랑이 마음을 점령하고 있기 때문이네."

"내게 사랑 따윈 필요 없소."

호산은 딱 잘라 말했다.

"내겐 국가를 위해 충성을 바쳐야 한다는 사명만 있을 뿐이오."

오배논 신부는 다시 차가운 물에 수건을 담갔다가 비틀어 짠 후 호산의 뜨거운 얼굴과 관자놀이, 손목, 그리고 바짝바짝 타들어가는 손바닥을 닦아주었다.

"대체 국가라는 게 뭔가?"

신부는 자문자답했다.

"그건 사실 아무것도 아니라네. 어리석고 무자비한 하나의 개념이

자 허상일 뿐이지. 그걸 만든 우리 인간들보다 하등 나을 게 없는 하나의 조직이란 말일세. 신을 기억할 수 없다면, 자네 부모님을 한번 떠올려보게. 자네가 어린아이였을 때 그들이 얼마나 자네를 사랑했는지 말이야."

"나를 사랑했다고 말했소? 그들은 나를 먼지 이는 길바닥에 버린 치들이오."

호산은 눈을 감고 쓰라린 기억이 떠오른 듯 얼굴을 한껏 찡그렸다. 기억 저편에서 길 잃은 어린 소년의 모습이 나타났다. 소년은 낯선 사람들 틈에서 이리저리 치이며 애타게 부모를 찾으며 울고 있지만, 누구 하나 소년에게 주의를 기울이지 않는다.

그때는 너무 어려서 지금 생각하면 길을 잃었다는 공포감 외에는 아무것도 기억나지 않지만, 그 충격만큼은 좀처럼 희미해지지 않았다. 그리고 그로부터 몇 년 후에야 호산은 피치본 신부를 통해 늙은 농부 내외를 만나게 되었다. 바로 자신의 부모라고 했다. 호산은 그들이 그를 얼싸안고 울도록 내버려 두었지만, 그의 마음은 길가에 버려진 그날의 괴로운 기억으로 이미 싸늘하게 식어 있었다.

"자네를 일부러 버린 것은 아니었을 게야."

오배논 신부가 입을 열었다.

"아마도 잃어버렸다는 말이 맞을 걸세. 피난민들로 아우성치던 때가 아니었나? 아니면 배고픔과 공포로 정신을 깜빡 잃었다가 자네를 놓쳤을 수도 있지. 큰신부님이 자네를 발견한 건 의심할 여지없이 하느님의 섭리였네. 그래서 결국 자네 부모님도 자네를 찾을 수 있지 않았나."

호산은 말없이 듣고만 있었다. 그는 그 농부 내외가 어떻게 자신을 버리게 됐는지에 대해 왈가왈부하고 싶지 않았다. 분명한 건, 그들이 정말 아들을 사랑했다면, 잃어버린 그 아들을 미친 듯이 찾아다녀야 옳았다는 생각이었다.

그들이 굶주렸다면, 그들의 자식은 오죽 했겠는가?

호산은 여전히 마음의 안식을 거부했다. 그는 배고픈 사람들이 자식을 고의로 버리고, '잃어버렸다' 고 말하는 경우를 익히 알고 있었다. 그렇게 되면 굶주린 입 하나가 줄어드니 논에서 수확한 곡식 몇 톨을 더 아낄 수 있거나, 그것을 불교 신전에 시주로 바칠 수 있었다. 호산은 선善을 표방하는 모든 것을 부정했다. 시주조차도 사실은 그 자신이 극락계에 들어가고 싶어 바치는 것 아닌가. 비록 그 극락계나 천국이라는 것도, 결국은 미신에 불과하지만 말이다.

오배논 신부는 호산의 반응에 개의치 않고 말을 이었다.

"그리고 사랑에는 또 다른 종류가 있지. 언젠가 자네와 결혼할 여자, 그 여자를 향한 사랑 말이네. 자식도 낳게 되겠지. 그러면 자넨 그들을 사랑할 거고, 그들도 자네를 사랑할 게야. 그땐 자네도 사랑이 뭔지 이해하게 될 걸세. 사랑 없이는 삶의 아름다움도 없다는 걸 말이야."

신부는 순간 마음이 벅차오르는 것을 느꼈다. 더이상 말을 이을 수가 없었다. 정작 본인 자신은 실현할 수 없는 그 사랑을, 지금 호산에게 설교하고 있었던 것이다. 기도를 올리고 싶다는 마음이 그를 사로잡았다. 그는 대야와 수건을 옆으로 치우고 호산의 이마를 짚었다. 열은 한결 내려 있었다. 호산은 여태까지 신부의 이야기를 듣고 있지 않은 듯 눈을 반쯤 감고 있었다.

"큰신부님께 가봐야겠네. 이제 푹 자도록 하게. 잠에서 깨면 내가 말한 걸 곰곰이 생각해 보길 바라네, 나의 친구, 나의 형제, 호산."

신부는 호산을 내려다보며 성호를 긋고는 신부복 옷자락을 말아 쥐고 방을 나왔다.

* * *

오배논이 피치본 신부가 갇힌 감옥을 찾았을 때, 피치본 신부는 혼자가 아니었다.

15분 전, 피치본 신부는 신부복 속에 숨겨온 성무일도서를 읽고 있었다. 그때 갑자기 수란이 들어왔다. 손에는 뜨거운 고기와 야채 스튜 두 그릇이 담긴 뚜껑 덮인 바구니를 들고 있었다. 그녀는 짐짓 태도를 삼가면서 얌전하게 큰신부에게 인사를 건넨 후, 탁자 위에 그릇들을 가지런히 놓았다.

피치본 신부는 그 음식이 불러일으키는 기쁨을 굳이 감추지 않았다. 고통과 절망 속에 지내면서 몸무게는 많이 줄었지만, 식욕만큼은 아직 건재했다. 감옥에서 먹는 형편없는 식사와 뜨거운 물 때문에 뱃속은 늘 꾸룩꾸룩 소리를 내며 부대끼곤 했다.

"선량하고 충실한 시종아,"

그는 수란이 들어오자 큰 소리로 불렀다.

"성모 마리아의 축복과 구원이 네게 임할 것이니라, 아가야. 거기 뭘 가지고 왔느냐? 아니, 말하지 말거라. 내가 냄새를 맡아보마! 흠…… 이건 내가 좋아하는 음식인 것 같구나…… 닭고기와 돼지고기가 아니더냐. 포도주와 양배추, 그리고 두부도 있고. 내 계산이 맞다면 오늘은 목요일일 텐데, 하느님께 감사를 드려야겠다. 만일 틀렸다고 해도 어쩔 수 없구나. 이 홍위병들은 달력 같은 건 가지고 있지 않으니까."

수란은 큰 사발 두 개를 바구니에서 꺼내 탁자에 놓으면서 시종일관 미소만 지었다. 빈 그릇 두 개와 젓가락 두 벌, 그리고 작은 공기 두 개와 찻주전자를 놓았다.

"오배논이 올 때까지 기다리는 건 어려울 것 같구나."

큰신부는 고기 냄새를 맡으며 선포하듯 말했다.

"따스한 음식을 식게 두다니, 그건 옳은 일이 아니지."

곧 큰신부는 젓가락을 들고 음식을 향해 돌진했다. 눈 깜짝할 사이 그릇이 말끔히 비었다. 이어서 피치본은 오배논 신부의 사발에 들어있는 음식을 탐하듯 바라보았다. 그 순간, 수란은 바로 지금이 그녀가 이곳에 온 이유를 말할 적시라고 생각했다. 그녀는 큰신부 앞에 서서 조신한 몸짓으로 소맷자락을 들어 눈가를 닦았다.

"큰신부님."

수란은 주저했다. 그러자 피치본 신부는 수란을 바라보았다.

"할 말이 있느냐?"

"고해할 게 있습니다."

수란은 고개를 떨군 채 두 팔로 자신의 허리를 감싸안고, 기어들어가는 목소리로 말했다. 사제 앞에 이렇게 서 있는 그녀의 모습에서는 천상 여자다운 부드러움이 묻어났다. 동그스름한 볼은 홍조를 띠었고 속눈썹은 다소곳이 아래를 향했고 호리호리한 몸매는 깔끔한 푸른색 면바지와 웃옷 속에서 한껏 매력을 뿜어냈다. 피치본 신부는 이미 오래 전 여자에 대해 마음을 혹독히 단련한 상태였다. 그런 그가 여자에게 유혹을 느낀다는 것은 불가능했다. 대신 그는 문득 부성애에서 비롯된 관심으로 한껏 자애로워졌다. 눈앞에 있는 이 아이가 비록 여자의 육체 안에 감금되어 있다 한들 더없이 귀중한 영혼이 아닌가.

"고해해 보거라, 아가야. 내 죄 사함을 줄 것이니라. 저런 맛있는 음식을 먹고 어찌 배은망덕할 수 있겠느냐."

"아니에요. 큰신부님. 고해를 해도 죄 사함을 받을 일이 아니에요."

수란은 슬프게 말했다.

"네가 회개하기만 하면, 죄 사함은 완전하게 이루어지는 것이니라."

"전 회개할 것이 없어요, 큰신부님."

피치본은 어리둥절해졌다.

"죄 안에 거한 것이 아니더냐?"

"아니에요, 큰신부님. 제 몸 안에 행복이 거하고 있을 뿐입니다."

만일 그가 사제가 아니었다면, 중국 여인에게서 중국어로 이런 말을 들었을 때 그것이 무엇을 의미하는지 알아챘을 것이다. 그러나 언제나 사제의 직분 안에 머물러 있던 그의 마음은, 언제나 인간의 일 대신 그 직분에 초점을 맞추고 있었다.

"어찌 네 안에, 행복을 품고 있는 동시에 고해할 일을 가질 수 있다는 말이냐?"

큰신부는 이어 몇 마디를 덧붙였다.

"인간은 선함을 가질 때만이 행복해질 수 있단다."

수란은 속눈썹을 들고 큰신부를 바라보았다.

"성모님께서도 그녀 안에 행복이 거한다고 말씀하지 않으셨던가요?"

그리고 그녀는 동정녀의 기쁨에 관한 대목을 인용하기 시작했다.

"내 영혼이 주님을 찬양하는도다……."

수란에게 귀를 기울이고 있던 피치본 주교는 대경실색했다.

"당장 멈추거라!"

그는 매섭게 말했다.

"어찌 감히 너를 성모님과……"

"하지만 저도 같은 처지입니다."

수란은 굽히지 않고 말했다.

"그건…… 그 말은 네가……"

피치본 신부는 말을 더듬기 시작했다.

"맞아요. 저도 아이를 잉태했습니다."

수란은 다소곳이 말했다. 큰신부의 순백한 심장을 뒤흔든 충격이 이내 신음 소리로 터져나왔다. 그는 손으로 이마를 받치고 눈을 감았다. 아이를 가졌다니! 대체 누구의 소행인가.

바로 이때, 짓궂은 운명의 장난처럼 오배논 신부가 문을 열고 들어왔다. 신부의 모습은 그 어느 때보다도 인자해 보였다. 호산을 예전의 모습으로 되돌리고 말겠다는 결의에 고취된 신부의 마음은 한없는 선량함과 순결함으로 벅차올랐다.

피치본 신부가 벌떡 일어섰다.

"오배논 신부!"

큰신부의 고함에 젊은 사제는 깜짝 놀랐다.

"아주 딱 맞춰 들어왔구먼!"

큰신부는 여전히 큰 소리로 호통을 쳤다.

"정말 잘도 맞췄어!"

"왜 수란이 여기 있는 겁니까?"

오배논 신부의 물음에 큰신부가 직설적인 투로 답했다.

"아주 나쁜 소식을 전하러 왔네."

"무슨 일입니까?"

오배논 신부가 조심스럽게 묻자, 큰신부는 격분해서 소리쳤다.

"아하! 걱정이 된다 이건가! 놀랐단 말이지!"

그들은 영어로 말하고 있었다. 곧이어 오배논은 수란을 돌아보며 중국어로 물었다.

"큰신부님께 무슨 말을 하였느냐, 수란? 대체 무슨 소식을 전했느냐?"

"전 단지 동정 마리아가 그러셨듯, 저도 제 안에 행복이 거한다고 말씀드렸는데, 저렇게 화를 내십니다."

중국의 촌락들을 두루 다니며 사목을 펼쳐온 오배논 신부는 중국 속담에도 익숙해져 있었으므로 수란의 말이 무엇을 의미하는지 단번에 알아차렸다. 중국에서 아이는 늘 환영받을 만한 존재였기 때문에, 그들은 아이를 가졌을 때 그것을 '행복' 또는 '경사'라고 표현했다.

"세상에 이럴 수가!"

신부는 탄식을 내질렀다.

"이젠 뭘 어떻게 해야 한단 말이냐?"

오배논의 말투엔 깊은 연민과 고통이 어려 있었고, 그를 지켜보던 큰신부는 노발대발하며 고함쳤다.

"뭘 어떻게 해야 할지를 이 아이에게 묻고 있느냐! 그걸 고민해야 할 사람은 바로 자네 아닌가, 이 타락한 사제 같으니!"

오배논 신부는 결백했기 때문에, 아직도 큰신부의 마음속에 어떤 생각이 굴러가고 있는지 눈치채지 못했다. 하지만 수란은 여성 특유의 순발력으로 이 두 사제 사이의 혼란을 포착하고는, 차라리 얘기를 꾸며볼까 하는 강한 유혹을 느꼈다.

얼마 전 수란은 사제관에서 외로운 시간을 보내면서 통안으로 가는 신부의 차에 몰래 탈 생각에 골몰해 있었다. 충실한 문지기로부터 수감된 두 신부의 이야기를 꾸준히 전해 들었고, 그 와중 오배논 신부가 병든 호산에게 페니실린을 가져오기로 약조했다는 정보까지 듣게 되었다.

처음에는 매우 분개했다. 신부님이 호산의 생명을 구해주려 하시다니! 호산은 죽어 마땅한 인물이 아닌가. 수란은 오배논 신부를 찾아갈 방법에만 몰두한 채 안절부절못하며 반나절을 보냈다. 그를 찾아가

사탄은 잠들지 않는다

호산을 그냥 운명의 손아귀 안에 내버려 두라고 설득할 참이었다. 하지만 이 젊은 사제의 가슴에는 선한 마음이 너무 강하게 자리잡고 있기 때문에, 결국 자신의 말도 아무 힘을 발휘할 수 없다는 사실을 그녀는 알고 있었다. 그렇다면 방법은 하나였다. 오배논으로 하여금 자신을 여자로 느끼게 만든 뒤 그가 유혹에 약해졌을 때 호산을 죽게 내버려 두라고 교묘히 설득하는 것이었다. 그래서 수란은 신부의 차에 타기로 결정했다.

하지만 수란은 가장 중대한 사실 하나를 망각했다. 정작 본인의 약점은 간파하지 못한 것이다. 신부와 단둘이 있게 되자, 마음속에 다시금 그를 향한 사랑이 주체할 수 없이 샘솟았고, 더불어 호산에 대한 증오도 어느새 눈 녹듯 사라졌다. 그녀의 마음속은 오로지 사랑만으로 가득 차올라, 만일 신부를 유혹한다 한들 그건 순전히 그녀 스스로의 본능일 뿐이었다. 그리고 수란은 분명하고 확실하게, 오배논 신부의 내면에 또 다른 남자가 살아 숨쉬고 있음을 느꼈다. 그러나 신부는 그녀의 뜻대로 호락호락 움직여주지 않았다. 결국 그녀는 보기 좋게 실패했고, 또한 언제나 실패할 수밖에 없다는 뼈저린 진실과 마침내 대면하게 되었다. 비록 신부 안에 남자로서의 존재가 숨쉬고 있다 한들, 어디까지나 '사제'라는 존재가 굳건히 그 주인 자리를 꿰차고 있었다.

결국 수란은 백기를 들고, 스스로의 패배를 자인했다. 그러자 사랑은 그녀에게 또다른 얼굴을 보여주었다. 그녀는 엄연히 거절당했다. 그렇다. 아무리 그녀를 자상하고 살뜰히 대한다 한들, 어쨌든 오배논 신부는 수란을 거부했다. 그녀는 다시 외톨이가 된 것이다.

수란은 자신이 거부당했다는 이유로 더욱더 필사적으로 신부에게 집착했다. 신부님도 지금 내가 느끼는 고통을 똑같이 느껴야 하리라, 똑같이 상처를 입어야 하리라는 생각에서였다. 수란은 오배논을 그가 거하는 그 평온한 천국에서 끌어내려 이 아귀다툼 가득한 지상으로 내몰고 싶었다. 그가 사제든 아니든, 사실 어떤 남자도 신부가 지금 자신에게 보이고 있는 가식적인 모습만큼 잔인하게 행동할 수 없으리라 믿었다.

그렇다. 수란의 생각에 그것은 가식이었다! 바로 그 한 마디로 모든 것을 해명할 수 있었다. 지금 신부는 수란이 마음에 들지 않았고, 그 때문에 애꿎게도 '신부'라는 변명으로 가득한 허울을 내세우고 있는 것이다. 그녀는 신부에게 너무 평범한 여자였던 것이다. 그녀는 아일랜드 여인이 아니었다. 어쩌면 신부는 까만 머리칼과 까만 눈동자를 싫어할 지도 모른다. 일단 이렇게 생각하자 나머지 모든 것들이 신부가 그녀를 좋아할 수 없는 이유들로 여겨졌고, 장점처럼 느껴지는 것은 하나도 없었다. 수란은 신부가 미웠다. 그렇다. 수란은 자신이 신부를 미워하고 있다고 스스로 최면을 걸었다. 그녀는 신부를 증오했다!

이처럼 분노에 한껏 부추김을 당한 수란은, 신부가 두려워하는 유일한 사람인 피치본 큰신부를 통해 오배논 신부에게 상처를 줄 방법을 고심하기 시작했다. 그녀는 큰신부가 뛰어난 미식가라는 점을 상기했고, 오늘 아침 가지고 있던 돈의 반을 털어 문지기에게 고기와 신선한 야채를 구해 달라고 부탁했다. 그런 뒤 수란은 요리를 끝내고 감옥으로 향해, 귀한 동전을 감시병에게 뇌물로 건네며 안으로 들어가게 해 달라고 부탁했다. 결국 그녀는 지금 여기까지 와 있었다. 드디어 기다리던 순간이 온 것이다. 오배논 신부는 이제 그녀의 손아귀 안에 있었다.

그러나 수란은 신부의 훤칠하고 젊음이 넘치는 육체와 진실된 얼굴을 보자 마음속에 다시금 사랑이 물결치는 것을 느끼며 가슴을 쳤다. 그녀는 신부에게 잔인한 방법으로 상처를 주고 싶었다. 그를 속속들이 파괴하고 싶었다. 어떤 대가를 치르더라도 온전히 그를 소유하고 싶었다. 만일 그녀가 큰신부의 의혹을 사실인 양 모른 체만 한다면, 과연 그녀가 사랑하는 이 훤칠한 젊은 사제도 마침내 신부복을 벗어던지고 다시 남자로 돌아와 그녀와의 결혼을 결심할 수 있지 않을까? 수많은 생각들이 수란의 마음을 뒤흔들었다. 하지만 그녀는 침묵을 지키며 다소곳이 포개놓은 자신의 양손만 내려다보고 있었다.

"내가 그렇게 일러두었건만,"

큰신부는 오배논 신부에게 눈을 부라리며 말했다.

"자신의 양심을 배반하면서까지 그런 끔찍한 죄를 저지르다니! 자넨 금욕의 맹세를 저버렸어!"

"그만 하십시오, 큰신부님!"

오배논 신부도 참다 못해 소리쳤다. 그는 소름끼치는 전율을 느끼며 큰신부의 얼굴을 정면으로 바라보았다.

"어떻게 그런 생각을……."

오배논 신부는 더듬거리며 말을 이었다.

"어떻게 그런…… 그런 터무니 없는 말을 믿으실 수 있습니까, 큰신부님?"

"그럼 그 말고 어떤 다른 걸 믿으란 말인가?"

큰신부가 반박했다.

"정말이지,"

심기가 흔들린 오배논 신부는 계속 말을 더듬었다.

"정말……지금 제 영혼은 충격을……이렇게 끔찍한 일이……."

"자네가 그토록 끔찍해 할 이유라도 있는가?"

큰신부는 가차없이 말을 이었다.

"여자와 놀아나면 어떤 일이 벌어지는지 자네도 잘 알지 않나! 자네가 주님의 소명을 준비하는 동안, 내 얼마나 자주 자네에게 경고했었나?"

오배논 신부는 큰신부의 비난에 딱딱한 석상처럼 그 자리에 굳어버렸다. 조용한 것보다는 활기찬 것을 좋아하는 단순한 기질의 오배논 신부는 주로 바깥에서 움직이는 것을 즐겼다. 그 때문에 그는 자주 홀로 하는 묵상에 어려움을 느꼈다. 그래서 기도조차 짧게 하는 편이었다. 때문에 그는 봇물 터지듯 길고 열렬하게 기도를 올리는 큰신부를 존경해왔다. 그는 큰신부가 책을 읽으며, 혹은 성당에서 무릎을 꿇고 앉아 묵상을 드릴 때면, 한없는 존경심으로 가슴이 벅차오르곤 했다. 사실 오배논 신부는 무릎을 꿇고 앉아 있자면 고작 몇 분만 흘러도 벌써부터 앙상한 무릎이 쑤시고 아파오기 일쑤였다. 사제로서는 그리 바람직하지 않은 모습이었다.

 그리고 지금, 신부는 또다른 유혹과 마주치게 되었다.

 호산이 사제관에서 그를 의자에 꽁꽁 묶어버렸던 날, 신부는 바로 코 앞에서 목격했던 그 장면을 아직 어느 누구에게도 말하지 않았다. 그것은 병사들이 그에게 퍼부었던 그 어떤 고문보다 훨씬 참혹했던 그날의 고통을 견디기 위해서였다. 그것을 입밖에 냄으로써 그 고통을 또다시 느끼고 싶지 않았던 것이다. 그런데 이 순간 오배논은, 그 또한 죄가 될 수 있다는 것을 깨달았다.

 만일 마음속에 수란을 사랑하는 감정이 없었다면, 과연 그 사실을 큰신부에게 숨겼을까? 그것은 엄연히 죄악이었고, 따라서 지금 상황도 응당 달게 받아야 할 체벌이었다. 이제 그는 자신이 죄를 지었다고 굳게 믿고 있는 피치본 신부로 인해 커다란 위험에 처하게 되었다. 그 위험이란, 다름 아닌 남자와 사제 둘 중에 하나를 골라야 하는 선택의 기로였다. 그리고 그 선택은 그의 마음을 산산히 부숴버리고 말 것이다. 아, 여자를 향한 사랑의 뿌리는 얼마나 깊이 남자의 가슴에 파고들어 가지를 뻗어나가는 것일까! 이 뿌리를 허용하는 한, 그는 일개 남자에 불과한 것이다. 되어서도 안 되고, 되지도 말아야 하는 그 '남자'.

 신부는 수란 쪽으로 고개를 돌렸다. 의도한 바가 아니었건만 목소리가 거칠게 갈라져 튀어나왔다.

 "더이상 너를 보호해 줄 수가 없구나…… 이제 나 자신을 변호하기 위해서라도 진실을 말해야겠다……. 아니, 나 자신뿐만이 아니라…… 나의 소명을 위해서도 말이다."

말을 마친 신부는 피치본 큰신부에게 고개를 돌렸다.

"아직 태어나지 않은 이 아이의 아버지는…… 바로 호산입니다."

그리고 오배논은 두 달 전쯤 그의 방에서 일어났던 비극을, 심장의 피가 얼어붙는 듯한 느낌을 애써 견디며 비통하게 전했다.

신부가 말하는 동안, 수란은 숨죽인 채 흐느끼고 있었다. 마음속에는 어느새 분노도 물러가고 격정도 사그라들었다. 남은 건 오로지 사랑뿐이었다. 그것은 슬프고 외로운 사랑이었으며, 확실히 비극적인 것이었다. 그녀는 다시 패배한 것이다. 그녀는 결코 신부를 이길 수 없었다. 그는 수란의 공격에 굴복하지 않았다. 그리고 앞으로도 절대로 굴복하지 않을 것이다.

이제 오배논 신부의 말을 믿지 않는다는 건 단연코 불가능했다. 피치본은 진솔한 파란 눈동자를 가진 그의 소박한 얼굴에서 시선을 떼지 않은 채 그 떨리는 음성에 귀를 기울였다. 그리고 그 모든 얘기들을 믿음 속에서 받아들였다. 피치본 신부는 통통한 손을 들어올리며 말했다.

"그만하면 됐네! 더 들을 필요는 없을 것 같네. 이 호산이란 놈은 사탄이야……. 내가 그 녀석에게 가서 말하겠네. 제 자식을 구원하기 위해서라도 이 아이와 결혼을 하라고 말이야."

이 말에 수란은 갑자기 울음을 뚝 그쳤다. 눈물은 어느새 자취를 감췄고, 이제 그녀는 스스로를 구하기 위해서라도 정신을 차려야 했다. 사랑하는 남자는 가질 수 없다 해도, 최소한 증오하는 남자에게 스스로를 인도할 수는 없었다.

사탄은 잠들지 않는다

"뭐라고 하셨죠?"

그녀는 거의 비명처럼 외쳤다.

"호산과 결혼을 하라는 말씀이세요? 싫어요! 싫다구요! 내가 왜 호산의 영혼을 구원해야 하죠? 그의 영혼이 구원을 받든 말든 내가 상관할 바가 있나요? 지옥에나 떨어지라죠! 두 분 다 늘 지옥에 대해 말씀하셨잖아요!"

수란은 갑자기 큰 소리로 울부짖으며 감옥을 뛰쳐나갔다. 두 사제는 서로의 얼굴을 마주 바라보았다.

"두가지 악惡 중에 하나를 선택하는 수밖에 없습니다."

오배논이 말을 이었다.

"아이를 사생아로 낳거나, 아니면 저 아이를 공산당 마귀와 결혼시키는 것, 둘 중에 뭘 선택해야 합니까? …… 전 모르겠습니다. 만일 호산이 정말 악마 같은 놈이라면……."

"물론 그 놈은 악마야. 악마처럼 행동하고 말하는 걸로 봐서는 말이지."

큰신부가 단호하게 말했다.

"그렇게 말씀하시면 안 됩니다, 큰신부님. 사제로서, 모든 영혼에는 선한 면이 깃들어 있다는 사실을 항상 기억해야 합니다. 아무리 타락했다 한들 분명 호산의 영혼에도 그런 면이 존재할 테니까요."

"그렇더라도 난 그놈에게 가서 내 생각을 전해야겠네."

"그럼, 저는 수란에게 가서 이 뜻을 전하겠습니다. 두 사람의 결혼, 만일 이것이 운명이라면 수란도 결국 그 뜻에 따를 겁니다."

두 사제는 마치 사업을 논의하듯 이야기를 이끌어갔다. 진실로 이것은 그들의 중대한 사업 중 하나가 틀림없었다. 바로 인간의 영혼을 구원하는 일이 아닌가. 그러나 합의점에 이르고 오배논 신부가 수란에 대해 이야기하고 있는 와중, 문득 피치본 큰신부는 오배논 신부에 대해 모종의 의무감을 느꼈다. 그는 까치발을 들어 그 짧은 키를 있는 힘껏 꼿꼿하게 세웠다. 그러자 원래 키보다 30센티미터나 커 보였다.

"이 비극이 자네에게 평생 교훈이 되었으면 하네. 오배논 신부."

그는 짐짓 엄격한 투로 말했다.

"자네가 저 아이와 말을 주고받는 것을 진작 그만뒀더라면…… 사제로서 가지는 한 영혼과의 영적 교제를 넘어서는, 그 인간적인 차원의 대화 말이네. 자네가 그걸 철저히 차단했더라면, 이 모든 일들은 애초에 일어나지도 않았을 게야. 그 아이가 자네에게 남자에 대한 희망만 품지 않았더라면, 그렇게 자네를 쫓아다니지도 않았을 걸세. 그 아이는 자네 안에 꿈틀거리는 죄의 냄새를 맡았던 게야, 오배논. 남자의 본능을 감지하는 여자의 후각은 사냥개보다도 예민하지. 이 모든 게 바로 자네가 뿌린 죄악의 씨에서 비롯되었다네. 난 자네에게 죄 사함을 주지 않을 걸세, 오배논. 충분한 참회가 없었으니 말이네. 하지만 언젠가 그렇게 되겠지. 내 말을 명심하게!"

"알겠습니다, 큰신부님."

오배논 신부는 슬픔에 젖어 조아렸다. 자리에 앉은 피치본 신부는 돌연 앞으로 처리해야 할 이 모든 일에 대해 시작도 하기 전에 지쳐버린 듯했다. 그는 한숨을 내쉬더니 낡은 신부복 소맷자락으로 얼굴을 훔쳤다.

"자, 그럼,"

그의 어조는 평소 때의 성마른 말투로 돌아왔다.

"자네와 호산은 그럭저럭 통하는 사이 아닌가. 자네는 마음대로 거기를 들락날락할 수 있는 것 같으니, 우리가 찾아가서 얘기를 전할 수 있도록 한번 힘써 보게나. 끔찍한 일이네만…… 어쨌든 반드시 해내야만 하는 일이네."

"알겠습니다, 큰신부님. 하지만 신부님께서도 당장이라도 이곳을 나가실 수 있습니다. 문이 잠겨 있지 않더군요. 아마도 감시병들이 우리가 도망치기 위해 그들에게 슬쩍 찔러 넣어 줄 동전 하나 없다는 걸 알고 있는 것 같습니다."

"난 나가지 않겠네."

큰신부는 위엄을 갖추고 말했다.

"난 어디까지나 감옥에 갇힌 죄수이니, 떳떳하게 풀려날 때까지는 죄수로서의 법을 따르겠네. 신에 대해서뿐만 아니라 인간 세상에 대한 의무까지 다해야 하는 게 내 본분일세. 카이사르의 것은 카이사르에게 돌려줘라.* 자, 이제 그만 나가보게."

"예, 신부님."

오배논 신부는 작은 몸집의 이 완고한 사제에 대한 애정을 느끼고

---

* '카이사르의 것은 카이사르에게 돌리고 하느님의 것은 하느님에게 돌려라'라는 마가복음 12 : 15~17의 구절

는, 슬며시 미소를 지으면서 방을 빠져나왔다.

* * *

피치본 신부가 호산의 방에 들어섰을 때, 호산은 깊은 잠에 빠져 있었다. 그는 빠르게 회복되고 있었다. 주사한 약이 감염된 피를 훌륭하게 정화시키고 있었다. 하루나 이틀쯤 지나면 거뜬히 자리를 박차고 일어날 수 있을 것 같았다. 그날 아침, 호산은 뜨거운 숭늉을 세 사발이나 들이키고, 삶은 오리알도 세 개나 먹은 뒤 깊은 잠에 빠져들었다. 그러나 얼마 후, 호산은 자신의 이름을 부르는 벽력같은 소리에 화들짝 잠이 깨고 말았다.

"호산!"

눈을 뜨자마자 호산의 눈에 처음 들어온 건 침대 곁에 서 있는 큰신부였다.

"감시병의 허가 없이 어떻게 감옥을 나온 거요?"

"자물쇠가 전부 고장이다. 너도 알다시피 이곳엔 제대로 된 게 하나도 없어. 어디까지나 내가 규칙을 어긴 건 아니다."

"하지만 항상 감시병의 감시하에 있어야 한다고 내가 명령하지 않았소?"

호산은 일어나 앉으려고 애썼지만, 아직 잠에서 덜 깬 상태라 정신이 몽롱했다.

"사람이란 본래 명령에는 고개를 조아리지 않는 법이다. 게다가 나한테는 감시병 따위는 필요없어. 이 우스꽝스러운 감옥에서 정정당당하게 걸어나갈 때까지는 그 규칙을 잘 따를 것이니 걱정일랑 마라. 어디를 둘러봐도 타락하지 않은 곳은 한 군데도 없구나. 하지만 지금 내가 여기 온 건 바로 호산, 너의 타락 때문이다."

피치본 신부는 대나무 의자를 침대 옆으로 끌고 와 앉았다.

"호산, 난 너의 사제로서 온 것이다."

호산은 코웃음을 쳤다.

"내게 사제 따윈 없소. 내겐 아무것도 필요 없소."

"하느님이 너를 병들게 하여 침상에 눕히셨다. 내가 널 훈계할 수 있도록 말이다."

피치본 신부는 단호하게 말했다.

"난 일어나야겠소."

호산은 듣기 싫다는 투로 답하고 두 발로 일어서려 했지만, 아직 회복되지 않은 허약한 몸은 다시 침상 위로 맥없이 무너졌다.

"그것 봐라. 넌 아직 일어날 수 없다."

피치본은 의기양양하게 말했다.

"그러니 내 말을 잘 듣거라. 호산, 넌 나의 제자이자, 영적 아들이다."

"영적 아비 따윈 필요 없소."

호산은 무뚝뚝하게 말했다.

"아무리 그래도 난 이 자리에 있을 게야."

큰신부의 집요한 고집에 호산은 더는 참을 수 없다는 듯 말했다.

"동지를 당장 끌고 나가라고 명해야 말을 듣겠소?"

방금 전 이 방에 들어와 이 순간까지, 피치본 신부는 존경스러울 만큼 통제력을 발휘하고 있었다. 비록 속은 부글부글 끓었지만 시종일관 침착한 표정과 절제된 음성을 잃지 않았다. 그러나 방금 호산의 말에 갑자기 그는 지금껏 가졌던 통제력을 잃고 말았다. 비록 의로운 사제였지만, 사실 그는 어디까지나 아일랜드 기질을 물려받은 아일랜드 사람이었다. 화산에서 솟아오르는 용암처럼 격한 말들이 그의 입에서 쏟아져 나왔다.

"이 사탄의 자식 같으니!"

피치본은 벽력처럼 고함을 질렀다.

"이단자, 저열하고 더러운 아담의 자식 같으니! 호산, 네가 지은 죄를 잘 알렷다! 넌……넌…… 넌…… 여자를 겁탈했다!"

호산은 이 말을 듣고 눈이 휘둥그레졌다. 그리곤 침대에 벌렁 누워 사나운 기세로 웃음을 터뜨렸다.

"지금 질투하는 거요? 내 입장이 못 되었던 게 못내 아쉽소?"

"내 가르침을 받은 네가,"

피치본은 계속 고함을 질렀다.

"한때 사제의 영혼을 가졌던 네가…… 믿기 어렵지만 그 영혼은 지금은 온데간데없이 사라졌다. 넌 지금 죄의식조차 없구나!"

"지금 죄라고 했소!"

호산이 비아냥거리며 말했다.

"죄 같은 건 애당초 없소. 그건 당신네 같은 사제들의 상상 속에만 존재하는 거요. 아! 사제 양반, 당신은 죄를 사모하는 것이오! 당신에게 죄는 일종의 호구지책인 모양이지."

이때 문 두드리는 소리가 들렸다. 아니, 지금에야 들렸을 뿐, 그 소리는 그들이 말다툼을 벌이는 내내 계속되고 있었다. 피치본 신부가 자리에서 일어나 문을 열자, 당번병이 거기에 서 있었다. 그는 안으로 들어와 호산에게 경례를 했다.

"대장 동지, 존경하옵는 대장 동지의 부모님께서 동지가 아프다는 소식을 듣고 고향집에서 찾아오셨습니다. 대장 동지의 기운을 북돋게 하려고 방금 낳은 달걀 한 꾸러미와 집에서 키운 토종닭 백숙을 가지고 오셨습니다."

호산은 거부의 손짓을 취했다.

"돌려보내라. 내게 부모 따윈 없다. 내가 국가의 충실한 종이 되면서, 그들과의 부모 자식 간 인연도 끝났다. 그들도 그것을 알고 있다. 그런데 왜 이제 와서 나를 괴롭히는지 모르겠군. 그들에게 다신 날 찾지 말라고 전해라."

당번병은 잠시 우물쭈물 했다.

"내 말을 듣고 있나?"

호산이 소리를 질렀다. 그는 병사를 향해 눈을 부릅뜨고 눈썹을 아래로 일그러뜨리며 사나운 표정을 지었다. 순간 우쭐한 느낌과 함께 한결 기분이 나아지고 있었다. 그는 누구보다도 피치본 큰신부에게 강한 인상을 심어 줄 심산이었다.

"예, 대장 동지."

당번병은 작은 소리로 마지못해 답했다. 그는 다시 경례를 붙인 후 뒤돌아서 성큼성큼 걸어나갔다.

피치본 신부는 침대가로 다가왔다. 분노는 이미 사라졌고 그 자리에 슬픔이 자리잡았다. 그는 자리에 앉은 채로 호산을 마치 어린 아이 보듯 측은하게 바라보았다.

"이게 가당키나 한 일이냐, 호산? 네 부모를 버리다니! 십계명 중에 다섯 번째 계명을 잊은 것이냐? 네가 한때 성스러운 사제가 되기 위해 공부했던 그 모든 걸 정녕 잊었단 말이냐?"

호산은 모진 눈빛으로 늙은 사제를 바라보았다.

"소련의 스탈린도 그랬소!"

그는 이 말과 함께 벽 쪽으로 고개를 돌려버렸다.

* * *

"마음에 신부님을 품고 어떻게 호산과 결혼할 수 있겠어요?"

수란이 오배논 신부에게 던진 질문이었다.

신부는 어느덧 감옥으로 들어온 수란이, 문간에 서 있는 감시병의 의아한 눈초리를 받으며 자신의 좁은 침대 위에 앉아 있는 것을 발견했다. 신부는 들어와 문을 닫았다. 그리고 그녀 옆에 일정한 거리를 두고 앉았다. 그는 수란에게 뱃속 아이의 아버지인 호산과 결혼하라고 간청했다. 그녀는 묵묵히 신부의 말을 들었다. 그리고 이 신랄한 질문을 던진 것이다. 신부는 적절한 답을 찾아 헤매기 시작했다.

"넌 나를 사랑하는 게 아니란다…… 그건……."

수란은 신부의 말허리를 잘랐다.

"오, 저는 신부님을 사랑해요. 사랑한다구요. 아무 희망없는 짓인 줄 알지만, 그래도 사랑하는 걸 어떻게 합니까."

수란은 이 말을 하면서 예전처럼 교태를 보이지 않았다. 심지어 이 순간 그녀의 얼굴은 덜 예뻐보이기까지 했다. 핏기 하나 없이 고통에 휩싸인 얼굴과 제멋대로 헝클어진 머리칼, 그리고 오랫동안 울어서인지 수북하게 부어오른 눈꺼풀 등, 그녀는 지금 있는 그대로의 자신을 내보이고 있었다.

오배논 신부는 일말의 동요도 하지 않았고, 가슴 속에는 한없이 투명하고 강한 심지만이 불타올랐지만, 동시에 여심女心에 대한 연민이 함께 고개를 들었다. 더블린에서 초기 수사 생활을 할 때였다. 언젠가 인간적인 사랑을 어떻게 다룰 것인가에 대해 나이 지긋한 지혜로운 사제의 설교를 들은 적이 있었다.

"사랑이라 불리는 감정조차,"

연륜 깊은 사제는 열심히 경청하는 젊은 사제들을 향해 말했다.

"하느님의 영광을 위해 사용될 수 있습니다. 사랑은 여자의 마음을 일깨워 사랑에 대한 인식을 촉발시키고, 정신을 유연하게 하고 감수성 풍부한 상태로 만듭니다. 그때 사제들이 해야 할 일은 그 감정을 자애롭게 인도하면서 자신은 뒤로 물러나는 것입니다. 우리 주님을 상기시키면서 한낱 미약한 인간과는 감히 비교가 되지 않는 주님의 아름다움과 주님의 인자하심을 강조해야 합니다. 미미한 사랑에서 보다 큰 사랑으로, 낮은 곳에서 높은 곳으로 이끌어야 합니다. 이것이 사제의 소명입니다."

오배논 신부는 이 훌륭한 설교를 기억하고 있었다. 그러나 이 가르침을 어떤 식으로 수란에게 적용시켜야 할까? 신부는 한숨부터 나왔다. 그 지혜로운 사제는 사랑에 빠진 여자가 얼마나 집요해질 수 있는지는 간과한 것이 아닐까? 신부는 다시 한번 수란을 설득시키려고 애썼다.

"네가 현재 나를 통해 보고 있는 사람은, 진정한 내가 아니란다. 네가 사랑한다고 생각하는 그 실체는, 내가 아니라 바로 내가 마음에 그리고 있는 그분이시지. 바로 주님 말이다. 잔인함과 이기, 폭력이 난무하는 시대 속에서 넌 어디에서도 진정한 사랑을 찾을 수 없었던 게야. 그리고 하느님께서는 이토록 자질 없는 나를 단지 사제라는 이유로 도우셔서 네게로 이끄신 거란다. 하지만 내가 잔인하고 이기적이고 폭력적이라면 어떻겠느냐? 나는 사제가 되지 않았다면, 필경 그런 남자가 되었을 거다. 한 남자로서 보면, 나는 다른 남자들과 다를 바가 없단다. 내가 만일 호산이었다면, 난 그보다 더 못된 짓을 했을 게다. 난 호산의 내면에서 밖으로 나오기 위해 몸부림치는 선의善意를 느꼈단다. 그렇지 않고서야 그가 어찌 그토록 매사에 모질게 굴고 화를 분출하겠느냐? 그는 자신과의 싸움을 벌이고 있는 게야. 만일 네가 그의 아내가 된다면, 수란, 그는 자신 안에 꿈틀대는 그 선량함 앞에 무릎을 꿇게 될 게다. 네가 찾고 있는 사랑은, 바로 그런 것이란다. 또한 그것은 아마 호산이 찾고 있는 사랑이기도 할 게다."

수란은 이 말에 수긍하려 들지 않았다. 흐느낌은 다시 시작되었다. 이번엔 애끓는 듯한 아주 깊은 흐느낌이었다.

"그가 어떤 사람이든 저한테 무슨 상관이죠?"

그녀는 흐느낌 속에서 말을 이었다.

"제 머릿속엔 오로지 신부님밖에 없어요. 신부님이 어떤 사람이든, 신부님은 저의 전부라구요."

이 말 속엔 어떤 책략도, 목적도 없었다. 수란은 젖은 눈으로 신부를 바라보았다. 신부는 결연한 의지를 품은 듯 자리에서 벌떡 일어섰다.

"수란!"

신부의 말투는 단호했다.

"내게 다시 사랑이란 말을 쓰면, 다시는 사제로서도 널 보지 않겠다. 이제 결심을 하거라. 난 네게 사제일 뿐, 그 외에 아무것도 아니다."

수란은 이것이 허튼 소리가 아니라는 것을 알고 있었다. 신부는 사제로서만 그녀를 상대했다. 따라서 그녀도 오직 사제로서만 그를 생각해야 했다. 그리고 사제로서의 그의 충고를 경청해야 했다.

수란은 신부가 자신을 위로하고자 한다는 것을 알고 있었지만, 도저히 위로가 되지 않았다. 더욱더 혼자라는 생각만 커져갔다. 이제 그녀에게는 자기 자신, 그리고 뱃속에 있는 아기가 전부였다. 그렇다. 아기에게도 단지 그녀밖에 없는 것이다. 순간 수란은 뱃속 아이에 대한 강한 애정을 느꼈다. 비로소 진정한 여자가 된 듯했다. 그녀의 쾌활함, 타고난 익살이나 장난기는 이 순간, 비로소 눈 뜬 여자로서의 정체성에 그 자리를 내주고 있었다. 이제 수란은 오배논 신부를 새로운 인식 속에서 바라볼 수 있었다. 그녀는 더없이 확고하고 사려 깊었고, 더이상 격정의 기운은 포착되지 않았다.

"호산을 생각하거라."

신부가 말을 이었다.

"그는 젊고 잘생기고 강인한 청년이지. 그가 나쁜 길로 빠져들었다면, 이제 그를 다시 돌려놓기 위해서라도 사랑의 힘을 무시해선 안 된단다. 누구나 사랑의 힘 앞에서는 무릎을 꿇을 수밖에 없는 게야."

수란은 양손을 서로 꼬고 있었다. 그리곤 아랫입술을 지그시 깨물더니 이윽고 마지못해 입을 열었다.

"한번 노력해 볼게요. 정말 노력해 볼게요, 신부님!"

"그래, 넌 반드시 해낼 수 있을 게다."

오배논 신부의 목소리는 더없이 자애로웠다. 그는 곧이어 고개를 떨군 수란의 머리 위에 손을 얹고 신의 가호를 빌었다.

* * *

몇 달이 흘렀다. 겨울과 봄이 지나고, 이젠 여름이 한창이었다. 두 사제는 사제관으로 돌아와 병사들의 감시 아래 생활하고 있었다. 그들은 툭하면 본부로 불려가 심문을 받곤 했는데, 호산은 병세가 완전히 회복되자 전보다 더 잔인해진 듯했다.

"어째서 호산이 날이 갈수록 심해지는지 이유를 모르겠군."

피치본 큰신부는 한숨을 내쉬었다. 심한 종교적 박해를 받은 요 몇 달 사이 그는 몰라보게 늙었지만, 본래 가졌던 정신만은 여전히 올곧게 그 자리에서 빛나고 있었다.

그들은 불안 속에서 하루하루를 보냈다. 오늘 날씨는 바람 한 점 없이 뜨거웠다. 태양은 열기로 하얗게 달아오른 하늘에서 작열했고, 두 사제는 곧 닥쳐올 소환 명령을 기다리고 있었다.

"충런 부관이 호산의 상태를 더 악화시키고 있는 것 같습니다."

오배논 신부가 말했다.

"충 부관은 호산이 죽기만을 바라는 사람입니다. 호산의 자리를 탐하고 있기 때문입니다. 이제 호산이 회복되었으니, 그는 다시 아래로 돌아간 거죠. 그는 호시탐탐 호산을 궁지로 몰아넣을 궁리만 하는 자입니다."

"왠지 지금 자네, 배신자 호산을 두둔하는 것 같구먼."

피치본 신부는 못마땅한 듯 투덜거렸다.

"누가 들으면, 자네를 공산당으로 알겠네."

그는 종려나무 잎사귀 부채로 사정없이 부채질을 했다. 오배논 신부가 이 말에 응수하기도 전에, 촌티가 묻어나는 푸른 면 웃옷과 바지를 입은 노부인 한 명이 문간에서 몇 차례 헛기침을 한 후 방으로 들어왔다.

"저, 괜찮으시다면,"

다름 아닌 수란의 어머니였다. 그녀는 딸의 출산이 임박하자 이곳을 찾아 함께 지내고 있었다. 두 사제는 몇 달 동안 수란을 보지 못했다.

큰신부는 수란이 사제관 부지 내 동쪽에 위치한 숙소에 거하도록 해주었고, 수란의 어머니는 딸과 함께 지내면서 사제들을 위해 청소와 요리를 도맡고 있었다.

"무슨 일이시오?"

그녀가 머뭇거리자, 큰신부가 물었다.

"제 딸년이 아들을 낳았습니다."

그녀는 미소를 지으며 말했다.

"언제 말입니까?"

큰신부가 놀란 듯 큰 소리로 물었다.

"여드레 전입니다요. 저희 중국인은 아기를 낳으면, 여드레가 지날 때까지는 알리지 않는 풍습이 있답니다."

그녀는 붉은 손수건으로 감싼 꾸러미 하나를 가져왔다. 매듭을 풀자 화려한 붉은색으로 염색한 계란 네 개가 나왔다.

"두 사제님께 드리는 선물입니다. 사내아이의 탄생을 기념하는 의미에서요. 계란은 귀한 음식이니까요."

오배논 신부는 계란을 받아 들며 말했다.

"저희도 축하드립니다. 더불어 부와 행복을 기원합니다."

그리고 나서 신부는 다음과 같이 덧붙였다.

"여기 아기를 위해 준비한 선물을 받아 주십시오."

신부는 오래 전 미리 얼마 남지 않은 금고에서 1달러 짜리 은화 두 닢을 꺼내 선물로 준비해 둔 차였다. 그는 호주머니에서 은화를 꺼내 붉은 종이에 싸서 수란의 어머니에게 건네 주었다. 그러자 늙은 여인은 웃음을 지으며 말했다.

"외국인 사제님들이 중국인들의 관습을 퍽도 잘 알고 계십니다요. 제가 딸년에게 전해 줍죠. 아마 고마워할 거예요."

그녀는 은화 두 닢을 받아든 후, 오배논 신부 쪽으로 몸을 기울이며 낮은 목소리로 말했다.

"수란이가 신부님께서 아이를 보러 와 주셨으면 합디다."

오배논 신부는 큰신부를 돌아보았다.

"허락해 주시겠습니까, 신부님?"

그러자 피치본 신부는 즉각 이 충실한 사제에게 완벽한 신뢰를 보이며 말했다.

"그야 물론이네."

그는 달걀 껍질을 벗기며 말을 이었다.

"아기도 당연히 세례를 받아야지."

큰신부의 허락이 떨어지자 오배논 신부는 곧바로 수란의 모친을 따라 마당을 가로질렀고, 이어서 수란이 아기를 안고 있는 작은 방으로 들어섰다.

수란은 정갈한 차림으로 신부의 방문을 기다리고 있었다. 붉은 면 웃옷과 바지 차림에, 윤기나는 까만 머리칼은 깔끔하게 땋아서 머리 꼭대기에 방모사로 묶은 모습이었다. 수란의 얼굴에는 스스로도 의식하지 못하는 사이 자랑스럽고 행복한 표정이 어려 있었다. 그렇다. 이 아이는 거의 완벽하게 그녀 스스로 빚어낸 작품이었다. 그녀 역시 동정녀인 셈이었다. 그녀의 아이는, 이 세상의 아버지 없이 낳은 존재였다.

어린 아이들이라면 유난히 살뜰한 애정을 느끼곤 했던 오배논 신부는 마음껏 기뻐할 준비를 하고 까치발을 한 채 살금살금 방 안으로 들어섰다. 그리고 찬미로 가득한 눈빛으로 아기의 동그스름하고 앙증맞은 얼굴을 내려다보았다.

"아, 정말 천사 같구나."

신부는 속삭이듯 말했다.

"아주 통통하고 건강해 보이는구나. 아기들은 보통 다 이런 것이냐?"

"그렇지는 않아요."

수란이 대답했다.

"신부님은 이 아이에게 영혼의 아버지나 다름없으세요. 그래서 신부님이 오셔서 이 아이를 보셨으면 했어요. 이 아이는 보통 아이들과는 달라요. 어머니께서는 이 아이가 제 또래보다 무려 세 달이나 더 커 보인다고 말씀하셨죠."

"네, 제가 그랬습죠."

수란의 어머니가 맞장구를 쳤다. 그녀는 아기의 탄생에 대해 영광과 기쁨으로 가득 찬 모습으로 서 있었다. 수란은 오배논 신부를 보며 수줍게 미소 지었다.

"이게 다 신부님 덕이에요. 신부님 몫의 음식을 줄곧 제게 보내 주셨잖아요. 정작 신부님 자신은 굶주리시면서요."

오배논 신부는 이 말을 못 들은 척 말했다.

"아기 눈을 보렴. 아주 크고 맑지 않느냐. 훌륭한 유전자를 물려받은 게지. 그건 수란이 너뿐만이 아닌……."

그때 갑자기 감시병이 불쑥 들이닥쳐 무례한 손짓으로 신부의 팔을 낚아챘다. 놀란 수란이 자리에서 벌떡 일어섰다. 그리곤 아이를 어머니에게 건네 준 뒤 감시병을 똑바로 노려보았다.

"어찌 감히 내 집에 함부로 들어오는 거요? 당신이 산적과 다를 게 뭐란 말이오?"

수란이 소리쳤다. 그러나 감시병은 쉰 목소리로 웃음을 터뜨리고 아이의 턱 아래에 손가락을 갖다대더니 그 조그마한 얼굴을 가만히 들여다보았다.

"내 이 눈을 어떤 남자의 얼굴에서 본 적이 있지."

그는 확신에 차서 말한 후, 오배논 신부 쪽으로 몸을 돌렸다.

"불러오라는 명령이오, 신부."

그는 거칠게 말을 이었다.

"호산 대장 동지께서 신부를 즉시 본부로 데려오라 명하셨소."

"이제 가 봐야겠구나. 다시 와서 세례를 해 주마."

오배논 신부는 수란에게 말했다.

"신부님은 늘 다른 사람들 걱정뿐이시죠."

수란은 고민에 휩싸여 중얼거렸다. 하지만 오배논 신부는 등에 겨눈 날카로운 총검에 밀려 서둘러 그곳을 빠져 나올 수밖에 없었다.

* * *

호산은 네모난 책상 뒤에 앉아 험악한 표정으로 신부의 반응을 기다렸다. 호산의 왼편에는 충련 부관이 있었고, 오배논 신부는 이 두 사람 앞에 나무 의자에 두 팔을 뒤로 묶인 채 앉아 있었다. 얼굴 위로 끊임없이 땀방울이 흘러내렸다. 신부 뒤로는 총검을 든 병사 두 명이 서 있었다. 그간 오배논은 한동안 포박 없이 이 자리에 앉곤 했다. 그리고 그는 오늘 본부에 들어서자마자 호산이 적의로 가득 차 신경이 날카로워져 있다는 것을 느꼈다. 오배논 신부는 큰신부가 지금 벌어지는 상황을 모르고, 이곳에 자기 혼자 있다는 사실을 다행스럽게 여기며 코 앞에 닥친 고문에 대해 마음의 준비를 단단히 했다.

"자백하시오!"

호산은 신부에게 고함을 질렀다.

"어서 당신이 첩자라는 사실을 자백하시오!"

닳아빠질 대로 닳아빠진 해묵은 거짓 죄명이 다시금 신부를 압박해왔다.

"수만 번도 더 자백을 강요하는군."

오배논 신부는 평온하게 대답했다.

"그리고 난 수만 번도 더 진실이 아닌 것에 대해선 자백할 수가 없다고 말했네. 난 첩자가 아닐세."

호산은 테이블에 놓인 찻주전자를 들고는 주전자 주둥이로 물을 벌컥벌컥 들이켰다.

"총검으로 찔러라."

호산이 명령을 내리자 병사 두 사람이 오배논 신부의 신부복 안으로 총검을 쑤셔 넣었다. 신부는 고통에 대한 준비를 했지만 놀랍게도 통증을 느끼지 못했다. 너무 약하게 찌르는 바람에 총검 끝이 미처 살갗에 닿지 않은 것이다. 신부는 놀라는 한편 감사했다. 그러나 죄어오는 밧줄만큼은 견디기 힘들었다. 그는 손가락 하나 까딱할 엄두조차 내지 못했다. 조금만 몸을 비틀어도 목이 조여 제대로 숨을 쉬기가 힘들어진다는 것을 알았기 때문이다. 그는 단 1센티미터라도 움직이고 싶다는 바람에 사로잡혔다.

호산은 헛기침을 하며 목청을 가다듬었다. 그리고 다시 입을 열자 의외로 부드러운 말투가 흘러나왔다.

"첩자라는 걸 인정하시오. 우리는 당신들 미국인 사제들이 모두 미국 정부를 위해 일하고 있다는 증거를 입수했소. 자백하지 않는다면, 내 뜻과는 반하게 당신을 고문할 수밖에 없소. 내겐 선택의 여지가 없소. 이건 어디까지나 내 의무일 뿐이오."

"난 첩자가 아니네."

오배논 신부는 똑같은 질문에 지쳐가는 것을 느끼며 대답했다.

"단지 자네의 그 의무를 다하기 위해서, 나한테 거짓말을 종용하는 것인가?"

호산 역시 지친 듯 크게 한숨을 내쉬더니 단호하게 명령했다.

"밧줄을 조여라."

두 병사가 밧줄을 팽팽히 당기기 위해 앞으로 걸어나왔다.

"정신을 차리려면 매질이 필요합니다."

충 부관이 단언했다.

"밧줄 고문이 효과를 보는지 우선 기다려 볼 생각이다."
"대장 동지는 늘 지나치게 온건하신 것 같습니다."
충련이 못마땅하게 말하자, 호산이 응수했다.
"그래도 자백하지 않으면 그때 조치를 취하겠다."
밧줄이 조여지는 동안 호산은 책상 위의 서류들을 짐짓 부산하게 뒤적거리는 척했다.

오배논 신부는 숨을 헐떡거리기 시작했다. 목을 조여오는 밧줄의 압박이 숨통을 꽉 막고 있는 듯했다. 정신이 희미해지고, 눈알이 튀어나오는 느낌이 들었다. 갖가지 빛깔의 점들이 눈앞에서 현란하게 춤을 추고, 방은 그의 둘레를 빙글빙글 돌고 있었다. 호산은 고개를 들어 신부를 바라보았다.

"당신도 많이 약해졌군."
"난, 어제부터 아무것도 먹질 못했네."
오배논 신부가 간신히 답하자, 호산이 차갑게 말했다.
"음식은 꾸준히 제공된 것으로 알고 있소."
"음식을 나누어…… 사제관 시중을 드는 그 아이…… 수란이 아이를 가져서…… 음식이 더 필요했네……."
신부의 고개가 한쪽으로 툭 떨어졌다. 호산은 자리에서 벌떡 일어섰다.

"난 이 사제에게 이행해야 할 책임이 있다!"
그가 버럭 소리를 질렀다.
"충, 가서 음식을 가져오라 일러라! 음식을 먹고 나면 말할 기운도

사탄은 잠들지 않는다 211

차리겠지. 어떻게 해서든 기필코 자백을 받아낼 것이다. 너희 둘은 당장 밧줄을 풀어라!"

병사들이 밧줄을 풀기 위해 민첩하게 달려들었고, 충도 마지못해 호산의 명령에 따라 방을 나갔다. 3분이 채 안 돼 오배논 신부의 몸은 다시 자유로워졌다. 그러나 그는 꼼짝도 할 수 없었다. 몸 곳곳에 피가 뭉쳐 있었던 탓에 심한 통증이 엄습했다. 그러나 호산은 숨 돌릴 여유조차 주지 않고 말했다.

"일어나 걸어 보시오. 팔을 움직이고 손도 마주 비벼 보시오."

그 다음 호산은 목소리를 다소 누그러뜨렸다.

"자, 이제 그 아이…… 이야기를……"

그러나 오배논 신부는 두 병사를 미심쩍은 눈빛으로 바라보더니, 결국 영어를 사용해 말을 건넸다.

"저 병사들이 듣고 있는 상황에서 곧이곧대로 이야기하는 게 과연 현명한 일이겠나?"

"지금처럼 영어로 말하시오."

"저들이 영어를 알아들으면 어쩔 건가?"

"저들은 돌대가리들이오."

호산은 경멸조로 말을 이었다.

"우리가 하는 얘길 전혀 모를 거요. 자, 이제 그 아이에 대해 말해 보시오!"

그는 서류들을 다시 뒤적거리며 말을 이었다.

"틀림없이 그 아이는 당신 자식이겠지."

그러자 신부는 분개하여 말했다.

"어찌 그런 생각을 할 수 있는가, 호산?"

"그것이 아니라면, 제 자식이 아닌 아이를 위해 어찌 배까지 굶주릴 수 있겠소?"

호산은 신랄하게 말했다. 오배논 신부는 호산을 빤히 응시했다.

"그 아이가 내 자식이 아니라는 것은, 자네가 더 잘 알 것이네."

"하지만 그 여자는 당신과 차를 타고 함께 여행을 한 사이가 아니오."

호산은 한 치도 물러서지 않고 맞받아쳤다.

"그때 그 아이는 이미 임신한 상태였네."

"그렇다면 이미 결혼을 했던 거였소?"

"아니라고 하지 않나."

신부는 반사적으로 대답했다. 두 사람은 서로의 눈을 바라보았다. 신부는 호산을 당당히 쳐다보고 있는 반면, 호산은 신부를 똑바로 바라보지 못했다.

"어쨌든 당신은 그 여자를 좋아했잖소."

호산은 계속 주장을 굽히지 않았다.

"그 아인 내 신자의 딸이었네. 그리고 난 자네가 말하는 그런 차원으로 그녀를 좋아한 게 아니야. 사제로서 그녀의 영혼에 관심을 가진 것뿐이네."

"하지만 그 여잔 당신과 함께 차를 탔소."

호산은 끝까지 물고 늘어질 태세였다.

"그건 내 의도가 아니었네. 그 아이가 몰래 숨어 그 차에 탔을 뿐이고, 나도 길 가는 도중에야 그 사실을 알았네. 그렇다고 다시 돌아갈 수도, 그 아이를 혼자 돌려보낼 수도 없었던 차라 부득이 계속 갈 수밖에 없었네."

"그렇다면 당신은 십계명 중에 여섯 번째 항목을 어긴 거로군."

호산은 조롱하듯 말했다.

"절호의 기회였을 텐데…… 당신이 그걸 그냥 놓쳐버렸다는 말이오? 사실을 말하시오! 당장 다 이야기 하란 말이오!"

이때 오배논 신부가 돌연 웃음을 보이며 말했다.

"가서 아이를 보게. 그 아인 자네 얼굴, 특히 그 눈을 쏙 빼닮았네. 누가 그애 아비인지는, 바로 자네 자신에게 물어야 할 것이네."

"사내아이요?"

호산이 물었다.

"아주 잘생긴 녀석이지. 제 아비처럼 말이네! 하지만 자네가 이 사실에 이의를 제기한다면, 난 법정에서 증인을 자처할 걸세."

그때 갑자기 호산은 오래 앓아온 기침을 발작처럼 터뜨리기 시작했다. 그는 찻주전자 주둥이를 입에 대고 벌컥벌컥 들이켰다. 그의 시선이 찻주전자 뚜껑 위에서 오배논 신부의 눈과 마주쳤다. 그는 다시 주전자를 내려놓고 입술을 닦았다.

"그 여자가 나를 곤란에 빠뜨릴 심산이라면,"

호산이 큰 소리로 말했다.

"난 적법한 절차를 걸쳐 처벌을 요구할 것이오. 만일 그녀가 거짓

진술을 한다면 그에 대한 대가를 톡톡히 치러야 하겠지."

바로 이때 호산은 오배논 신부의 얼굴에서 뭔가 경계하라는 듯한 신호의 눈초리를 읽었다. 갑작스레 오배논이 한 병사를 가리키듯 자신의 오른쪽 눈을 찡긋 감은 것이다. 그 병사는 등을 돌리고 고개를 숙인 채 서 있었는데, 영락없이 신부와 호산의 대화에 귀를 기울이는 듯했다. 혹시 그가 영어를 알아들었단 말인가?

날카로운 추측이 두 사람 사이를 쏜살같이 스쳐가자, 호산은 바로 권총집에서 권총을 꺼내들어 병사를 향해 쏘았다. 병사는 곧바로 푹 고꾸라졌다. 호산은 단번에 뛰어가 그의 옆구리에 채워진 총을 경련이 이는 손으로 집어 들고 한 걸음 뒤로 물러섰다.

질겁을 한 오배논 신부는 얼굴이 백지장처럼 하얘졌다.

"이젠 살인까지 서슴지 않는 것이냐!"

"난 이놈을 오래 전부터 의심해왔소. 이 자는 충 부관에게 매수되었소. 이건 확실한 사실이오. 게다가 여기 지역 출신도 아니오. 난 이방인은 믿지 않소."

"내가 보기에도 이 사람이 영어를 알아듣는 것 같긴 했네만."

오배논 신부는 슬픔에 젖어 말했다.

"하지만 천분의 일에 해당하는 가능성이었어. 그리고 그것 때문에 사람이 목숨을 잃었네."

"천분의 일의 가능성도 나는 묵과할 수 없소."

호산은 냉담하게 말했다.

"내 주변엔 항시 적들이 잠복해 있소."

두 사람은 더이상 아무 말도 할 수 없었다. 도처에 울려퍼진 총 소리 때문에 달려오는 발자국 소리가 사방에서 진동했기 때문이다. 제일 처음 들어온 사람은 충련 부관이었다. 그는 죽은 병사를 내려다 보더니 고개를 들어 호산을 바라보았다.

"왜 충성스런 부하를 죽이신 겁니까? 설마 그가 자살을 했다고는 말씀마십시오!"

"그는 충성스러운 부하가 아니었다."

호산은 단호하게 말을 이었다.

"그는 변절자, 천주교인이었다. 게다가 내게 총을 겨누었지."

둘은 이글이글 불타는 눈빛으로 서로를 노려보았다. 결국 한 치 흔들림 없는 호산의 눈빛이 충련의 눈을 내리깔게 만들었다.

"시체를 밖으로 내가라."

호산이 문간에 서 있는 병사들에게 소리쳤다. 병사들은 앞으로 달려나와 명령을 수행했고, 충련도 그 뒤를 따라 방을 떠났다.

이제 방엔 신부와 호산 단 두 사람뿐이었다. 호산은 신부를 돌아보며 말했다.

"당신의 신에게 죄를 용서해 달라고 간구해야 할 사람은, 바로 당신이오."

호산은 힘 없는 오배논을 괴롭힐 심산으로 말했다.

"그 순간 눈을 찡긋한 것은, 내게 그 병사를 죽이라고 강요한 거나 마찬가지요! 나를 비난하지 마시오."

"설마 자네가 그를 죽이리라고는 상상도 못했네."

오배논 신부는 항변했다.

"호산, 자넨 그 죄를 보상해야만 하네. 적어도 자네가 저지른 죄악 만큼은 바로잡아야 해. 이미 죽은 사람은 살아 돌아오게 할 수 없지. 하지만 최소한 자네 아들을 인정하고 그 아이의 어미와 짝을 이룰 수는 있지 않겠나. 내가 직접 자네를 수란이 있는 곳으로 데려다 주겠네."

그러나 호산은 이 외국인 사제의 말을 호락호락 따를 생각이 없었다. 그는 아랫입술을 내밀더니 얼굴을 찡그리고 기침을 했다. 그리고는 자리에서 일어나 벽돌 바닥을 성큼성큼 걸어 창가로 향하더니, 먼지와 때로 더럽혀진 창문 너머 밖을 응시했다. 그리고 마침내 오배논 쪽으로 몸을 돌리더니, 짐짓 권위있는 태도를 고수하며 말했다.

"내가 그곳에 가는 건, 당신을 기쁘게 하기 위해서나 심지어 나를 만족시키기 위한 것도 아니라는 걸 알아 두시오. 이유가 있다면 오로지 내가 남자라는 사실을 입증하기 위해서요."

호산은 사무적인 어조로 말했다. 그리고 갑자기 사제를 향해 미소를 지었다. 따뜻하고 은밀한 기운이 감도는 미소였다.

"거기 도착해서 아이 눈이 파란지 검은지 내 눈으로 직접 확인을 하겠소. 만일 파랗다면, 그건 무얼 뜻하는 거겠소? 그렇다면 당신은 더 이상 스스로가 생각하는 본인과는 다른 존재가 되겠지!"

어느 누가 이 남자에게 대항할 수 있겠는가? 오배논 신부는 점잖은 미소를 지으며 손을 내밀었고, 호산도 그 손을 잡았다. 그리고 문득 오배논 신부는 이 손이 다름 아닌 살인자의 손이라는 사실을 기억해냈다. 아, 이 남자의 영혼은 실로 구원받기 어려울 것이 틀림없었다! 하지만 어떻게든 구원해야만 했다.

* * *

"신부님이 나가신다면 호산을 방 안으로 들이지 않겠어요."

수란이 신부에게 말했다. 그녀는 작은 방에서 아기를 품에 안고 부드럽게 어르며 앉아 있었다.

"여기에 내가 있는 건 적절하지 않단다."

신부의 말에 수란은 단호하게 맞섰다.

"그렇다면 제가 호산을 만나는 것도 적절하지 않은 일이겠죠."

신부는 고집스럽게 닫힌 수란의 고운 입술, 그 사랑스러운 눈망울에 담긴 우울한 시선을 익히 잘 알고 있었다.

"내가 왜 큐피드 역할을 해야 한단 말이냐?"

"큐피드라니요? 그게 누구죠?"

"옛 신화의 어린 신이지. 지금 네 품에 안고 있는 아기를 닮은."

수란은 방금 전의 일은 까맣게 잊은 듯 들뜬 표정으로 물었다.

"그러니까 제 아들이 신을 닮았단 말씀이세요?"

"이 아이에게도 큐피드의 역할을 맡겨 보자꾸나."

"큐피드의 역할이라니요?"

"남자와 여자를 사랑에 빠지게 만드는 거지."

수란은 재미있다는 듯 소리내어 웃었다.

"어떻게 그 일을 해내는데요?"

"대개 작은 활과 화살을 사용한단다. 그것으로 두 개의 심장을 하나로 단단히 묶어 놓는 게지."

오배논은 이렇게 익살스런 농담을 한창 펼치면서 호산에게 방으로 들어오라는 손짓을 했다. 그리고 호산이 나타나자 수란은 바로 얼굴에서 웃음기를 거두었다. 그녀는 아기의 얼굴을 어깨 뒤로 숨기며 자리에서 일어났다. 그리고 두 사람의 눈빛이 아이의 머리 위에서 마주쳤다. 의아하고 거북하고 추궁하는 듯한 눈빛이었다. 그들은 자신들이 서로 마주보고 있다는 것 외에는 아무 생각도 떠올릴 수 없었다.

우리는 적인가, 아니면 동지인가?

호산과 수란은 암묵리에 서로에게 같은 질문을 던지고 있었다. 오배논 신부는 이 장면을 살피며 슬며시 방을 빠져나왔다. 호산과 수란은 그것조차 눈치채지 못했다.

"아이를 보여 주시오."

마침내 호산이 침묵을 깼다. 수란은 그에게 등을 보여 어깨 위로 올라온 아이의 얼굴을 호산 쪽으로 향하게 했다.

"까만 눈동자군."

호산이 낮게 중얼거리자, 수란은 돌아보지 않고 말했다.

"그럼 다른 색을 기대했나요?"

"아니오, 그랬던 건 아니오."

다시 침묵이 흘렀다. 아이는 이 훤칠한 젊은이를 뚫어져라 쳐다보았고, 그 순결하기 그지없는 동그스름한 얼굴을 내려다보던 호산도 저 마음 밑바닥에서 알 수 없는 강한 끌림을 느꼈다. 남자라면 누구나 탐낼 만한, 자부심을 느낄 만큼 멋진 사내아이가 바로 눈앞에 있었다. 어쨌든 이 모든 것이 현실이었다. 호산은 나지막한 음성으로 더듬더듬 말했다.

"저…… 내가 그때 일에 대해서는…… 그래서는 안 되는 일이었소만…… 지금에야 고백하는데……."

그는 여기서 말을 멈추었다. 그리곤 단호하고 담담해지려 애쓰면서 다시 말을 이었지만, 입이 바짝바짝 마르는 통에 멈췄다 더듬기를 반복해야만 했다.

"사실 그때는…… 음 그러니까…… 난 제정신이 아니었소……. 당신이 남자 방에 있는 걸 보고 눈이 뒤집혔소."

"남자가 아니라, 사제일 뿐이에요."

수란이 들릴 듯 말 듯 중얼거렸다.

"육체적으로는 엄연히 남자요."

호산이 굽히지 않고 맞섰다.

"난…… 사실…… 당신을 처음 본 순간부터 잊을 수가 없었소. 당신이 찾아와 사제관 출입을 허가해 달라고 요청했을 때였지. 기억하오?"

"그래요."

수란은 여전히 호산 쪽으로 고개를 돌리지 않고 답했다.

"왜 당신에게는 허가를 내주었는지 한번도 생각해 본 적이 없었소? 다른 이들에게는 철저히 금했던 일이었소."

호산의 물음에 수란이 답했다.

"당신이 다른 사람들에게 허가를 주었는지 주지 않았는지 제가 무슨 수로 알았겠어요?"

"지금 이렇게 말하고 있지 않소. 지금 이렇게 말이오. 당신에게 허가를 내준 건, 그렇게 되면 당신이 누구고 또 어디에 있는지 시시때때 확인할 수 있다고 생각해서였소. 하지만 당신은 그 젊은 사제 뒤만 쫓아다녔소. 난 그를 죽이고 싶었소."

"이젠 더이상 그분을 쫓아다니지 않아요."

수란은 가라앉은 목소리로 말했다.

"당신이 원해서요? 아니면 그가 그걸 금했기 때문이오?"

호산이 대답을 요구했다.

"둘 다예요."

수란은 여전히 돌아보지 않았고, 아버지와 아들은 계속해서 서로의 얼굴을 바라보고 있었다. 호산은 다시 간신히 말을 잇기 시작했다.

"만일 내가…… 그때 일이 그런 식으로 일어나지만 않았어도…… 모든 상황이 지금보다는 훨씬 나아졌겠지."

"사람이 아니었어요……."

수란의 거의 들릴 듯 말 듯 중얼거렸다. 그리곤 고개를 떨군 채 말을 이었다.

"아무리 생각을 해 봐도…… 아니, 용서할 수 없어요. 당신은…… 짐승이었어요."

"제발 그렇게 말하지 마시오."

호산이 다급하게 용서를 구했다.

"나를 용서해 주시오."

이 말이 수란을 더욱 격분하게 만들었지만, 몸을 돌려 호산을 마주 볼 만큼은 아니었다.

"백 번, 천 번이라도 말하겠어요! 당신은 미친 황소 같았어요. 어떻게 당신을 용서할 수 있겠어요? 절대로 그럴 수 없어요! 절대로! 어떤 여자도 그럴 순 없을 거예요."

"제발 그런 식으로 말하지 마시오."

그는 애원했다. 수란의 가녀린 어깨 위로 골똘히 호산을 바라보는 아기의 앙증맞은 얼굴이 더욱더 그를 무력하게 만들었다.

"진심이오······."

호산은 애원을 멈추지 않았다.

"내 약속하겠소."

"그건 명백히 여자에게 구애하는 방법이 아니었어요."

"그렇소."

호산은 수란의 말에 동의했다. 호산은 아들을 품에 안아보고 싶은 마음이 간절했다. 그가 한 발자국 다가서자, 수란은 한 발자국 물러섰고, 호산은 그만큼 다시 다가섰다.

"곧 벽에 닿게 될 거요. 그러면 돌아설 수밖에 없겠지."

"그럴 일은 없을 거예요."

"그렇다면 당신 대신 아이와 이야기를 나눠야겠군."

호산은 이제 아이를 상대로 말을 하기 시작했다.

"네게 말할 수밖에 없겠구나, 나의······ 나의 아들아, 내가 너를 언게 된 과정이 유감스럽다는 걸 말이다. 네 엄마에게 말해 주렴. 다음에 만나면 내가 충분히 사과하고 위로해 주겠다고, 그리고 납득시키겠다고 말이다."

"다음은 없을 거예요."

수란은 이제 코앞에 벽을 마주하고 있었다. 더는 앞으로 나아갈 수도, 물러설 수도 없었다. 그녀는 발을 동동 굴렀다.

"저리로 사라져 버려요!"

수란이 소리를 질렀다.

"어떻게 감히 나를 벽까지 밀어붙이는 거죠?"

"당신 스스로 한 일이오."

그는 팔을 뻗쳐 그녀를 팔 사이에 두고 두 손으로 벽을 짚었다.

"이제 내가 당신을 가두었소."

바로 그때 예상치 못한 이들이 방 안으로 들어섰다. 오배논 신부가 돌아왔고, 그 뒤로 나이 지긋한 노부부가 따라 들어온 것이다.

"호산!"

늙은 여인이 외쳤다.

호산은 재빨리 뒤로 물러섰다. 그는 그 목소리를 너무 잘 알고 있었다. 바로 어머니였다.

"아들아, 그간 어떻게 지냈느냐?"

이번에는 아버지가 자상하게 물었다. 이 모든 상황을 어떻게 설명해야 한단 말인가? 호산은 무엇을 어찌 해야 할지 몰라 멍하니 있다가, 푸르스름한 긴 면 외투를 걸친 노신사, 자신의 아버지를 바라보았다.

그리고는 하염없이 그 주름진 구릿빛 피부와 자애로움이 깃든 작은 눈과 엉성하게 난 턱수염을 응시했다. 알 수 없는 무언가가 마음 한가득 북받쳐 올랐다. 그래, 나의 아버지다! 호산은 자기가 아버지가 된 방금 전까지만 해도, 자신의 아버지를 진정으로 사랑해 본 적이 없었다.

"왜…… 나를 길에다 버리셨습니까?"

오랫동안 그의 내면에 숨어있던 의문이, 그 마음의 외침이 부지불식간에 그의 입에서 튀어나왔다. 호산의 아버지는 적잖이 당황한 기색이었다.

"우리가 너를 버렸다고 생각하느냐?"

"나를 팽개치고 가버리셨지 않습니까!"

"우린 다시 돌아와 너를 사방팔방 찾아다녔단다!"

마침내 아버지와 아들은 서로의 얼굴을 마주보았다. 결국 아버지가 먼저 의자에 털썩 주저 앉고 말았다.

"그 오랜 세월 동안 줄곧 버림을 받았다고 생각했구나! 내 아들아……."

그는 자신의 아내를 돌아보았다. 호산의 어머니는 어느새 품에 손자를 안아든 채 넋을 잃고 그 얼굴을 바라보고 있었다.

"여보, 저 아인 우리가 자기를 원치 않아서 길에 버렸다고 생각하고 있었구려……."

호산은 믿을 수 없다는 눈빛으로 자신을 바라보는 어머니와 마주쳤다. 그녀는 작은 몸집에 갸름한 얼굴은 지쳐 보였으며, 머리칼은 뒤로 쪽을 진 모습이었다.

"호산, 너는 그렇게 인정머리 없는 아이가 아니지 않니……."

그녀는 울먹이며 말했다.

"우린 네 부모란다. 그런 우리가 어떻게 너를 버릴 수 있었겠느냐? 이 아이를 보려무나! 신부님한테 네가 이 아이의 아비라는 말을 들었단다. 난 그 말을 믿을 수밖에 없구나. 네가 태어났을 때와 꼭 닮았으니 말이다. 이 커다란 눈망울과 둥그스름한 얼굴을 좀 보려무나! 네 아들이 맞지 않느냐! 너라면 이 아이를 길가에 버리고 갈 수 있겠느냐? 절대로, 절대로 그럴 순 없을 게다. 우리가 너를 잃어버린 건 기근이 심한 해였단다. 수천, 수만 명의 인파들이 북쪽에서 내려왔지. 서로 밀리고 부딪치면서 말이다. 넌 그 무렵 앞으로 길을 내며 달려나가는 걸 좋아했는데……그러다가 어쨌든 우린 너를 잃어버렸어……. 난 그때 억장이 무너지는 슬픔 때문에 죽고 싶은 적이 한두 번이 아니었단다. 이 목구멍으로 밥도 넘어가지 않았어……."

그녀는 품 안의 손자를 더 꼭 껴안았다. 어느새 눈물이 그녀의 뺨을 타고 흘러내리자 아기도 목놓아 울기 시작했다. 왠지 아기의 울음소리가 호산을 견딜 수 없게 만들었다. 거기엔 무언가 그의 마음을 건드리는 부분이 있었다. 그는 얼굴을 찡그리며 수란 쪽을 돌아보더니 다소 거슬리는 투로 말했다.

"아이가 지금 울고 있지 않소. 달랠 방법이 없는 거요?"

수란은 노부인으로부터 아이를 받아 들고 울음을 진정시키려고 애썼지만 울음 소리는 더욱 요란해졌다. 수란은 속수무책이었다.

"아기 안는 방법이 제대로가 아닌 것 같소."

"그럼, 당신이 안아 봐요."

호산의 추궁에 수란은 금방 토라져서는, 아기를 호산의 품에 와락 떠안겼다.

누가 인간의 마음을 온전히 들여다볼 수 있을까?

아기는 호산의 얼굴을 올려다보자마자 거짓말처럼 울음을 멈추었다. 그리곤 호산의 얼굴을 호기심 어린 시선으로 빤히 쳐다보기 시작했다. 놀란 호산도 아들의 눈을 황홀하게 응시했다. 둘은 서로의 존재를 알아보는 것이 틀림없었다.

"아비와 아들이 아주 많이 닮았구나."

호산의 어머니가 나지막이 중얼거렸다. 이 말에 그제서야 정신이 든 호산은 아기에게서 눈을 떼고 고개를 들었다. 부모님과 수란과 오배논 신부 모두가 호산과 아기를 지켜보고 있었다. 호산은 그들의 눈빛에서 하나의 공통된 분위기를 느꼈다. 바로 염려와 기쁨과 사랑이었다. 이 순간, 무슨 수로 그들에게 대항한단 말인가?

호산은 잠시 망설이다가 일단은 후퇴를 선택했다. 그는 아기를 수란의 품에 떠안긴 후 성큼성큼 방을 빠져나왔다.

* * *

그러나 인간인 이상 호산도, 그 자신으로부터 얼마나 멀리 도망칠 수 있겠는가? 호산은 밤이 늦도록 현재 빠진 곤경에 대해 곰곰이 생각했다. 그는 문을 꽉 걸어 닫은 채 방에 홀로 앉아 있었다. 그곳은 병사의 방인 동시에 학자의 방이라 불릴 만한 곳이었다.

실제로 호산은 큰신부에게 많은 걸 배웠다. 독서를 즐기는 법과 거기에서 지식을 취하는 법, 그러나 무엇보다도 가장 귀한 배움은 자기 성찰의 습관이었다. 그가 공산당원의 길을 선택한 이유는, 하는 일 없이 빈둥거리고 싶거나 이기적인 목적 때문이 아니었다. 바로 강한 확신 때문이었다.

그는 공산주의자들이야말로 교회가 더디게 성취할 수 있는 목표를 빠르게 가져올 수 있다고 믿었다. 선량한 사람들이 형제애를 나누는 세상, 모든 사람들이 잘 먹고, 병든 사람들도 얼마든지 치료를 받고, 아이들은 누구나 교육을 받을 수 있는 세상.

호산은 요즘 들어, 그 숭고한 이상에 대한 자신의 신념이 길을 잃었다는 사실을 애써 부인하려 했다. 옳다고 믿는 것을 꿋꿋하게 추구하는 과정에서 부패와 타락은 단지 일시적일 것이며, 무지몽매한 인민들을 인도하기 위해서는 독재 역시 불가피한 선택이라고 되뇌이며 스스로를 기만해왔다. 그리고 그런 맹목적인 열정에 도취된 그는 어느새 사랑의 힘을 망각하고 살아가고 있었다. 어쩌면 그는 어느 누구를 진정으로 사랑해본 적이 없을지도 몰랐다. 지금껏 부모와 아내, 자식에 대한 진정한 사랑에 눈을 뜰 수 없었다면, 타인을 온전히 사랑하는 것 역시 불가능했다. 그의 영혼은 혼란스러웠다. 결국 처음부터 선택이 잘못된 것은 아닐까?

밤이 깊도록 그는 수많은 질문들에 휩싸인 채 앉아 있었다. 스스로도 답을 찾을 수 없는 질문들이었다. 만약의 경우 돌아갈 곳은 어디란 말인가? 냉엄한 큰신부에게는 절대로 돌아갈 수 없었다. 이제 호산에게 필요한 사람은, 이성적인 판단과 사랑의 지혜를 동시에 겸비한, 마음 따뜻한 이였다.

마치 이 물음에 답이라도 하듯, 불현듯 순수하고 자애로운 오배논 신부의 푸근한 얼굴이 떠올랐다. 그렇다, 오배논 신부였다! 그는 책상 위에 놓여 있던 놋쇠로 만든 벨을 눌렀다. 곧 옆 방에서 충직한 늙은 하인이 잠이 덜 깬 얼굴로 들어왔다. 호산은 병사의 직분을 가지지 않은 이 하인을 깊이 신뢰하고 있었다.

"지금 가서 젊은 외국인 사제를 불러오게. 내가 다시 몸이 안 좋아졌다고 전하면서 말이야. 올 때는 정문이 아닌 비밀 통로로 와야 하네."

늙은 남자는 총총걸음으로 사라졌고, 호산은 신부를 기다리는 내내 뒷짐을 지고 고개를 숙인 채 불안한 마음을 달래며 연신 마룻바닥을 왔다 갔다 했다. 지금 그는 태어난 아들의 얼굴을 떠올리고 있었다. 의식하지 못하는 사이 얻게 된 아이, 정상적이지 못한 상황에서 낳게 된 아이였다. 호산은 아이에게 큰 빚을 진 셈이었다. 그런 식으로 이 소란스러운 세상에 태어나게 한 것을 사죄해야 했다. 아, 하지만 어떻게 아비가, 자신이 생명을 준 아들에게 보상이란 것을 할 수 있단 말인가? 이런 저런 생각에 잠겨 있는 동안, 시간은 계속해서 흘러갔다.

"내가 왔네."

출입구에서 오배논 신부의 음성이 들려왔다. 그제서야 호산은 서성

거리던 발걸음을 멈추었다.

"잘 오셨소. 어서 들어오시오. 여기 앉아 이 뜨거운 차 좀 드시오."

호산은 탁자 위에 놓인 찻주전자를 들어 찻잔 두 개를 채웠다. 오배논 신부는 앉아 두 손으로 찻잔을 받아 들었다.

"고맙네."

호산은 차를 마시면서 조용한 방 안을 둘러보았다. 얘기를 어떻게 시작해야 할까? 아늑한 어둠이 짙게 깔린 밤이었다. 탁자 위의 붉은 양초가 종이 격자를 단 창문 위로 춤추며 타오르는 그림자를 반사시키고 있었고, 그 위로 이 방이 한때 사원 일부였을 때 도금을 해 놓았던 묵직한 목재 들보가 높다란 지붕의 시커먼 음영 아래 빛나고 있었다.

"문제가 좀 있소."

호산이 마침내 입을 열었다.

"말해 보시게."

오배논 신부가 답했다.

"이…… 이 사람을…… 내 아들의 어미되는 여자를,"

호산은 말을 시작하자마자 다시 입을 닫아버렸다. 어떻게 말을 이어갈 수 있을까? 정작 스스로도 자신이 한 여자를 사랑하기 시작했다는 사실을 인정하기가 두려웠다.

"그래, 그 선량한 젊은 여인 말이군."

오배논 신부가 보다 못해 거들어 주었다.

"그녀를 오랫동안 알아왔소?"

호산이 뜬금없는 질문을 던졌다. 어떻게든 속내를 드러내는 것을 늦추고 싶었다.

"그 아이가 착하고 성실한 여인이라는 사실을 알 만큼은 오래라네."

"그 사람은 나를 증오하고 있소."

호산의 입에서 불쑥 튀어나온 말이었다.

"내 보기에 그녀는 자네를 미워하는 게 아니라네."

오배논 신부는 얼굴에 온화한 미소를 머금고 말했다. 하지만 호산은 그 말을 믿으려 하지 않았다.

"나를 미워하고 있는 건 확실하오. 당연한 일이지만."

"미움은 언제나 사랑으로 극복되는 것이라네."

호산은 잠시 생각에 잠기더니, 사제를 향해 날카로운 시선을 던졌다.

"그게 내 경우에도 가능하다고 생각하시오?"

"물론이야. 그건 종교 안에서뿐만이 아닌, 삶의 법칙이기도 하지."

호산은 차를 마신 후 탁자 위에 빈 잔을 내려놓았다.

"난 결정을 내려야만 하오."

호산은 다시 긴 침묵에 빠졌다. 오배논 신부는 그가 말을 이을 수 있도록 돕기 시작했다.

"그런 시기는 우리 모두에게 닥쳐온다네."

"도대체 어떻게 마음을 먹어야 할지 모르겠소."

호산이 머뭇거리자 이번에는 신부가 말을 건넸다.

"내게 털어놓으면, 도움이 될 수 있을 걸세."

호산은 순간 신부 쪽으로 몸을 돌렸다.

"내일 상부로부터 명령이 내려올 거요. 난 부하들과 함께 남쪽으로 떠나게 되어 있소. 내 숨겨진 정적이 아마도 상관에게 이런 명령을 내리도록 만든 것 같소. 난 내 부관 충린을 의심하고 있소. 나를 시기하는 놈이니까. 어떻게 해서든 나를 무너뜨리려고 혈안이 되어 있는 놈이오…… 지금 상황이 이런데…….”

"떠나야 할지 머물러야 할지 결정을 내려야 한다 이거로군.”

오배논 신부의 말에, 호산은 낮은 목소리로 답했다.

"난 이곳에 머무를 수 없소.”

그는 탁자 쪽으로 몸을 기울이며 말을 이었다.

"만일 상부에 불복종할 경우, 탈출하는 수밖엔 없소……. 어떤 처벌이 뒤따를지 예상할 수 없지만 말이오. 단 며칠 전만 해도 새로운 명령을 위해 어디로 보내지든, 아마도 그걸 기꺼이 받아들였을 거요. 열의로 한껏 고취되어 있었으니까.”

"나도 그걸 잘 알고 있다네.”

오배논 신부가 부드럽게 말했다.

"그래서 끝까지 자네를 나쁘다고 생각지 않았네. 자네가 본래 사악하다거나 또는 그렇게 할 의도가 있다고는 믿지 않았어. 자네가 그 병사를 죽였을 때도…… 자네가 원해서 저지른 짓이 아니라는 걸 알았다네.”

신부는 여기서 말을 멈췄다. 자신이 하고도 그 말에 스스로 당황한 기색이었다.

"살인은 엄연한 죄악이라네. 그건 어디까지나 죄로 남는 일이지. 하지만 자네가 몸담고 있는 그 별스럽고 흉포한 세계에서는, 호산, 나는 이해할 수 있네. 의식하지 못하는 사이 자네가 어떻게 그런 조치를 불가피하다고 생각하게 되었는지 말이야."

"정말로 그건 불가피한 일이었소."

호산은 잠시 생각에 잠기더니 다시 말을 이었다.

"하지만 그게 정말 불가피한 것이었는지…… 나의 세계 안에서는…… 그게 정녕 잘못된 거라 생각하시오?"

이 질문을 하면서 호산은 겸허함으로 가득한 눈빛으로 오배논 신부를 바라보았다.

"그건 자네 스스로 해답을 구해야 하네. 나의 세계에 비추어 볼 때, 그건 불필요하다고 답할 수밖에 없네. 아니, 그 이상이지. 아예 불가능하다고 하는 쪽이 낫겠네."

호산은 신부의 말을 귀 기울여 듣더니 곧이어 허심탄회하게 자신의 생각과 감정을 말하기 시작했다.

"예전 같았으면 난 사랑을 느낄 수도 없고 사랑을 느끼고 싶지도 않고, 심지어 사랑은 사악한 힘이라고 말했을 거요. 그건 남자를 지극히 사사로운 개인으로 전락시킨다고 말이오……. 하지만……"

그는 깊은 한숨을 내쉬고는 다소 처량한 손짓으로 짧게 깎은 자신의 머리를 문질렀다.

"모든 건 변하게 마련이오. 내겐 아들이 생겼소. 그리고 그의 어미 되는 사람도 있고, 또 …… 부모님도 계시오. 당신도 내 부모님들이 일부러 나를 버리고 간 게 아니라는 말을 들었을 거요. 난 단지 길을 잃은 것뿐이었소. 그렇소, 난 이제야 다시 내 존재를 찾은 거요. 정말이지, 나 자신을 되찾은 기분이오. 난 그들이 한 번도 나를 찾아다니지 않았을 것이라는 생각 때문에, 스스로 그들을 사랑하지 않도록 만들었소."

"분명한 건, 자네 부모님은 끊임없이 자네를 찾아다녔다는 사실이네."

오배논 신부가 말을 이었다.

"최소한 큰신부님께서 그 사실을 자네에게 알렸어야 했는데."

"큰신부는 그런 말은 한 번도 들려준 적이 없소. 수많은 이야기와 가르침을 주었지만, 부모님이 나를 사랑한다는 그 말만은 절대 해 주질 않았지……. 그건 그렇고, 지금 닥친 상황을 어떻게 해결하면 좋겠소? 내가 명령에 복종하고 새로운 기지로 가면, 결국 모두를 버리고 떠날 수밖에 없소. 부모님과 내 아들, 그리고…… 그리고……"

"자네 아내가 된 한 여자까지도 말이지."

오배논 신부가 말했다.

"그렇소."

그들은 한동안 각자 생각에 빠진 채 침묵했다. 그러다가 오배논 신부가 먼저 입을 열었다.

"아마 자네는 결정을 내리기가 힘들 걸세. 자네 마음은 이미 모진 학정에 단련되어 딱딱하게 굳어졌고 자아도 허약해진 상태라네. 때문에 더이상 스스로 자유로울 수 없지. 자네 마음은, 자네 자신이 아니라 아직도 당에 속해 있다네."

호산은 탁자를 가로질러 신부를 바라보며 탄식했다.

"예리하고 정확한 지적이오. 동지 말이 맞소. 이건 타인의 문제가 아니라, 가장 먼저 나 자신의 문제요. 내가 나 자신을 해방시킬 수 있다고 보시오? 만일 그럴 수 없다면, 무슨 수로 타인들까지 해방시키겠소? 아무리 그들과 함께 탈출한다 한들, 그게 진정한 탈출이겠소? 그것도 아니라면, 이 노예 근성을 그대로 가져가야만 하는 거요? 이게 내가 가진 진정한 의문이오."

"자네만이 그 질문에 답할 수 있을 걸세."

"내가 답할 수 없다 해도,"

호산은 얼굴을 찡그리며 말했다.

"이 모든 질문들에 즉시 답을 찾을 필요는 없을 거요. 적어도 나는, 직속 부관인 충과 그와 함께 모사를 꾸민 자들보다는 한 수 위일 테니까."

호산은 잠시 미간을 찌푸린 채 손가락으로 탁자를 톡톡 두들기며 앉아 있었다. 그리고 신부 쪽으로 몸을 기울이더니 영어로 나지막이 속삭였다.

"함께 탈출하는 거요. 모두 같이!"

"무슨 수로 말인가? 사방이 적들로 둘러싸여 있는데."

오배논 신부도 영어로 응수했다.

"내게 방법이 있소."

호산은 더 바짝 몸을 붙이더니 놀란 신부의 귀에 대고 목숨을 건 무모한 계획을 거침없이 쏟아냈다.

"여기서 남쪽으로 160킬로미터 정도 내려가면 탄양 시에 미국인 선교사가 한 명 있소. 내일 그에 대해 재판을 소집할 거요. 동시에, 동지와 큰신부도 생사가 걸린 최종 재판대에 서게 될 거요. 일단 내가 당신들더러 그 구식 자동차를 타고 시내까지 가라고 명령을 내리겠소. 그러면 당신들은 하인들과 함께 떠나게 될 거요. 그 하인들은 다름 아닌 내 부모님과 아이 엄마, 그리고 내 아들을 말하는 거요. 내일 아침에 출발해야 하오. 나는 내 커다란 미제 차를 타고 그 뒤를 따를 거요. 그리고 또다시 부하들을 실은 군대 트럭이 내 뒤를 따를 거요. 내가 동지 일행이 탄 차를 따라잡게 되면, 동지는 차가 고장 나서 더는 나가지 않는다고 내 쪽으로 소리치시오."

"아마 진짜로 그렇게 될 가능성이 높다네."

오배논 신부는 혼자 중얼거렸다.

"그러면 내가, 재판 시간 안에 도착하려면 내 차로 직접 그 고물 차를 끌고 갈 수밖에 없겠다고 말하겠소."

호산은 여기서 말을 멈추었다. 그러자 오배논 신부가 물었다.

"그리고 나서는?"

"여기까지는 썩 괜찮은 계획이오."

호산이 말했다.

"그 다음은 일단 내일 상황을 봅시다."

그 때 늙은 하인이 쪽문을 비집고 들어왔다.

"주인님."

그가 나지막하게 속삭였다.

"거의 새벽이 밝았습니다요."

호산은 화들짝 놀랐다.

"밤이 후딱 지나갔군. 어서 숙소로 돌아가시오, 오배논 신부. 내가 주지한 사항을 잘 기억하시오. 내가 내일 미국인 첩자들의 재판을 열겠다고 공표하고 나서면, 내 뒷덜미를 잡으려고 호시탐탐 기회만 노리던 내 적들도 나를 어쩌진 못할 거요."

* * *

이튿날 정오였다. 날씨는 무더웠고 길은 험했다. 오배논 신부는 호산과 그의 일행이 가까이 다가오고 있다는 표시, 즉 자욱한 먼지 구름을 기다리고 있었다. 모두가 차 안에 있는 상황에서, 아기가 목놓아 울고 있었다. 성미 급한 큰신부는 조수석에 앉아 오배논 신부의 운전에 불평불만을 쏟다가, 불쑥 이런 말을 꺼냈다.

"자넨 망나니같은 호산의 말을 듣지 말았어야 했어."

"저는 윗사람의 말을 따르는 게 더 이롭다고 배웠습니다, 큰신부님."

오배논 신부가 온화하게 말했다.

"아무리 봐도 목을 축일 찻집조차 없군."

큰신부는 계속 말을 이었다.

"온몸이 바짝 말라서 휙 날아가버릴 지경이네."

오배논 신부는 금방이라도 입 밖으로 튀어나올 것 같은 말을 꾹 참고 눌렀다.

'예, 큰신부님. 저도 신부님이 휙 하고 날아가버리셨으면 싶군요.'

하지만 결국 그는 피치본 큰신부의 마음을 딴 곳에 돌리려고 애쓰며 말했다.

"토머스를 문지기한테 주고 오길 잘한 것 같습니다. 우리가 다시 돌아가지 못할 경우를 생각해서요."

"어째서 다시 돌아가지 못할 거라고 생각하는가?"

큰신부는 새로운 말다툼에 돌입할 준비를 하고 있었다.

"바로 코앞도 알 수 없는 이 세상살이에서는, 충분히 가능한 일이지요."

오배논 신부는 수수께끼 같은 말로 답을 대신했다. 그리곤 잠시 토머스에 대한 애정 어린 추억에 잠겼다. 그 나귀는 요 몇 달 사이 하는 일 없이 맛 좋은 풀을 실컷 먹어서인지 통통하게 살이 올랐다. 마지막으로 신부는 대나무 빗으로 토머스의 털을 부드럽게 손질해 주고, 사제관 주방에 남아 있던 오트밀도 가져다 먹였다.

"잘 있거라, 토머스, 요 악동 녀석."

신부는 토머스 앞에서 작은 소리로 웅얼거렸다.

"우리는 한때 좋은 시간을 보냈지. 비록 토머스 네가 나를 논두렁에 처박긴 했지만 말이다. 난 그 시절이 다시 오길……"

하지만 옛 시절은 그의 간절한 바람과는 상관없이 다시는 돌아오지 않을 것이다. 토머스도 그 사실을 알고 있는 듯 머리를 치켜 들며 조롱하는 '에에-' 소리만 연거푸 질러댔다. 하얗게 드러낸 이빨이 영락없이 깔깔대는 모습이었.

사탄은 잠들지 않는다 237

"나도 안다. 나도 안다, 이 말이다."

오배논 신부는 머쓱해져서 말했다.

"비웃음을 내 귀에 대고 쏟아부을 필요까진 없지 않느냐."

오배논 신부가 그렇게 한창 생각에 잠겨 있을 때, 차가 갑자기 멈춰섰다. 차 뒤쪽에서 한바탕 매연이 솟아올랐고, 엔진은 덜덜 소리를 내다가 완전히 잠잠해졌다.

"자, 이것 보라구!"

큰신부가 소리쳤다.

"잠깐만요. 그들이 오고 있는 것 같습니다."

오배논 신부는 고개를 돌려 손으로 햇빛을 가리며 먼 곳을 응시했다.

"저도 보여요."

수란이 말했다. 그녀는 오는 내내 아기를 품에 안은 채 깊은 생각에 빠진 듯 침묵을 지켰다. 앞서 오배논 신부에게서 호산과의 계획을 전부 전해 들은 그녀는, 조마조마한 마음과 동시에 한 가닥 희망을 품고 있었다. 정말 아슬아슬한 계획이었다.

하지만 지금 그녀의 마음속에는 어느새, 무엇을 계획하든 호산이 그것을 꼭 이루어내리라는 믿음이 자리잡고 있었다. 며칠 전의 대면 이후 두 번째 만남은 없었지만, 수란은 호산을 신뢰하게 되었다. 물론 신뢰는 사랑과 엄연히 다르지만, 그것이 사랑으로 가는 출입구 정도는 될 수 있을 것이다.

눈 깜짝할 사이에, 호산은 빠른 속도로 다가오고 있었다. 몸집 크고 힘 좋은 호산의 미제 차가 곧 신부 일행이 탄 차 옆으로 와서 섰다. 호산은 홀로 앉아 있던 차 뒤 상석에서 몸을 빼고 소리쳤다.

"왜 멈춘 거요?"

"차가 전혀 움직이질 않소!"

오배논 신부가 맞받아 소리쳤다.

호산은 눈살을 찌푸렸다.

"재판은 정각 세 시요. 절대로 늦어선 안 되오!"

호산은 입술을 오므린 채 뭔가 진지하게 궁리하는 모습을 보여주고는 이번에는 자신의 운전수에게 소리쳤다.

"내려서 저 차를 이 차와 연결해라. 우리 차가 앞서서 끌고 가면 될 것이다."

이 즈음 호산의 연대 장교들과 병사들이 우르르 트럭에서 내려와 고물 차로 몰려들더니, 각자 분분한 의견들을 내놓기 시작했다. 그러나 호산은 어떤 의견에도 귀를 기울이지 않았다.

"이 차는 쓸모가 없어졌다."

호산은 단언했다.

"가스도 떨어졌고, 엔진도 손쓸 수 없을 정도로 고장이 났다. 지금 여기에 매달릴 시간이 없다. 내가 명령한 대로 이행하라."

그 다음 호산은 그의 부관인 충런을 향해 명령했다.

"병사들을 이끌고 먼저 떠나라. 두 시간 후에 그곳에서 보겠다."

충런은 명령에 따를 수밖에 없었다. 그는 경례를 붙인 후, 병사들에게 호산의 차에 고물 차를 단단히 연결시키라고 소리쳤다. 그리고 일이 끝나자 모두들 다시 트럭에 올라타 먼저 출발했다. 호산은 오배논 신부에게 다가와 은밀하게 속삭였다.

"자, 모든 게 계획대로 잘 되어가고 있소."

곧이어 호산은 차에 올라 고물 차를 끌고 앞서 나아갔다. 그들은 다시금 고르지 못한 길 위를 이리저리 요동치며 나아갔다. 고물 차는 자욱한 먼지 속에서 호산의 차에 팽팽히 당겨 끌려갔고, 전속력으로 달려나간 병사들의 트럭은 저만치 시야에서 사라지고 있었다.

"정말 다행이에요."

수란이 호산의 부모를 향해 숨죽여 말했다.

"호산이 우리를 완벽하게 보호해 주고 있어요."

그러나 오배논 신부는 이끌려 가면서도, 썩 좋은 표정이 아니었다. 호산의 차를 몰고 있는 저 운전병은 어쩐단 말인가? 운전병은 영리하게 생긴 청년이었다. 그가 과연 그들의 탈출을 묵인할 것인가? 호산은 또 어떤 식으로 이 위험에 대응할까?

호산의 대응은 그리 오래지 않아 눈으로 확인할 수 있었다. 탄양 시까지 약 80킬로미터를 남겨두고 산이 하나 눈앞에 펼쳐졌다. 까마득히 높은 산이었다. 굽이굽이 휘감아도는 길의 측면은 좁고 가파른 절벽이었고, 그 아래로는 초록빛 강물이 굽이치고 있었다. 차의 속도가 눈에 띄게 느려졌다. 운전병은 호산과 무슨 얘기를 주고받는 듯하더니 갑자기 차를 세웠다. 호산은 차에서 나와 고물 차 쪽으로 다가왔다.

"전부 내리시오."

호산이 명령했다.

"이 고물 덩어리를 끌고 산길을 올라가는 건 너무 위험하오. 속력도

나지 않고, 또 길의 굴곡도 가파르니 말이오. 저 차를 타시오."

그들은 순순히 호산의 말을 따랐고, 호산과 운전병이 나서서 고물 차에 연결된 체인을 풀었다.

"자, 이제,"

호산은 운전병에게 말했다.

"이 고물 차가 여기서 길을 막고 있으면 안 된다. 저쪽으로 밀어라."

호산과 운전병이 함께 차를 밀기 시작했다. 고물 차는 길 가장자리로 미끄러지더니 우르르 쿵쾅 소리를 내며 아래로 떨어졌다. 오배논 신부와 피치본 큰신부는 이 모습을 지켜보았지만, 호산의 부모는 시선을 돌렸고, 수란도 아기를 어르느라 돌아볼 틈이 없었다.

바로 그 다음, 두 사제는 경악할 만한 장면을 목격했다. 고물 차가 벼랑 아래로 떨어지는 순간, 운전병 뒤에 서 있던 호산이 운전병을 슬쩍 밀었다. 그러자 돌들이 미끄러지며 운전병도 고물 차를 따라 아래로 굴러 떨어지더니, 연이어 물결이 넘실대는 강물 속으로 풍덩 빠졌다.

호산은 잠시도 지체하지 않았다. 표정이 험악하게 일그러진 호산은 누구에게도 시선을 주지 않은 채 운전석으로 뛰어올라 차를 몰기 시작했다. 두 사제는 서로 눈빛만 교환할 뿐 침묵을 지켰다. 마침내 호산이 잠깐 동안의 침묵을 깨고, 쩌렁쩌렁한 목소리로 참고 참았던 말을 북받쳐 오르듯 꺼내놓기 시작했다.

"이제 우린 안전합니다, 큰신부님! 확실합니다. 우린 탈출한 겁니다! 우린 안전합니다, 오배논 신부님! 이제 국경까지 차를 몰고 가는 일만 남았습니다. 홍콩까지는 500킬로미터도 채 안 남았어요. 제가 뭐라고 했습니까, 신부님. 내 부하들보다 내가 한 수 위라고 하지 않았습니까? 신부님은 그들을 겁내셨지요? 난 누구도 두렵지 않습니다……. 이제 내 아이의 엄마와 결혼하고 내 아들에게 이름을 지어줄 겁니다. 부모님, 내 아들, 그리고 나……."

이때 피치본 신부의 온몸에 소름이 돋았다. 어디선가 가공할 만한 소음이 들려오고 있었다. 큰신부는 눈알이 튀어나올 지경이었다.

"호산! 저기 좀 보거라! 수평선 위로 날아오는 저것 말이다! 넌 결국 네 생각만큼 현명하지 못했던 게다!"

모두 고개를 돌려 큰신부가 말하는 쪽을 쳐다보았다. 수평선 위로 거대한 새를 닮은 물체가 날아오고 있었다. 그 물체는 푸른 하늘을 가로지르며 그들을 향해 전속력으로 질주해 오고 있었다. 호산은 옆 창으로 계속 그것을 주시하면서 차의 속력을 올렸다.

"헬리콥터군!"

그가 숨을 헐떡거렸다.

"눈치를 챈 모양입니다! 그 놈들이 이 계획을 알아채고 말았습니다!"

그는 전속력으로 달렸지만 역부족이었다. 차가 헬리콥터의 속도를 능가한다는 것은 불가능했다. 그는 갑자기 차를 멈추고 옆에 앉은 오배논 신부를 바라보았다.

"신부님."

호산은 간청하듯 말했다.

"제 아들을 구해 주십시오. 제게는 더이상 탈출구가 없습니다. 제 자신을 구할 방법은 사라졌어요. 이미 늦었습니다. 하지만 신부님이 제 아들만큼은 구하실 수 있겠지요. 제 아들만은 저들의 손에 떨어져서는 안 됩니다."

"내가 무슨 수로 자네 아들을 구한단 말인가?"

오배논 신부가 걱정어린 얼굴로 물었다.

"잘 들으십시오."

호산은 온 신경을 집중해서 한마디 한마디 힘을 주며 말했다.

"제 얘기를 잘 듣고 그대로 따르기만 하십시오. 저는 저기 대나무 숲으로 차를 몰 겁니다. 여기서 모두 내리십시오. 전 그대로 계속 앞으로 나아갈 겁니다. 하지만 곧 그들의 손에 잡혀 군사 재판에 회부되겠지요. 그러면 대나무 숲에 한 시간 동안 숨어 있다가 이 차를 타고 가십시오. 전속력으로 달리면 해질녘쯤 국경에 닿을 겁니다."

호산이 모두에게 차에서 내리라고 하자, 모두들 그의 말을 따랐다. 그의 부모는 당황한 기색이 역력했지만 끝까지 믿음의 끈을 놓지 않았으며, 수란도 호산에 대한 새로운 자부심과 동시에 한없는 슬픔에 젖어들었다.

호산은 그들을 길가의 숲속으로 인도했다. 그리고 수란의 품에서 아이를 받아들어 오배논 신부에게 건넸다.

"이 아이를 받으세요. 신부님의 믿음 안에서 제 아들에게 세례를 해주십시오. 그리고 이름만은 제 이름을 주십시오."

호산은 이번에는 부모를 바라보았다.

"저를 용서해 주십시오. 이젠 부모님을 구하기 위해 부모님 곁을 떠나야 합니다."

 호산은 수란에게 어떤 말도 건네지 못한 채, 한동안 바라보기만 했다. 수란은 호산의 눈을 피하지 않고 담대하게 바라보았다. 그리고 가까스로 미소를 지어 보이며 속삭이듯 말했다.

 "네, 알아요. 알고 있어요……. 다 알고 있다구요."

 호산은 좀처럼 수란에게서 시선을 떼지 못했다. 그리고 마지막으로 피치본 큰신부를 바라보았다.

 "큰신부님은 스스로 생각하시는 것보다, 더 많은 걸 제게 가르쳐 주셨습니다."

 모두들 말이 없었다. 그들은 그저 호산이 다시 차에 올라 질주하는 모습을 지켜보며, 서로 몸을 꼭 붙인 채 서 있었다. 헬리콥터가 차 뒤를 바짝 뒤쫓더니 금방 곁까지 따라잡았다. 헬리콥터는 호산의 차 위를 맴돌다가 거대한 매처럼 아래로 급강하했다. 그리고 더이상 아무것도 보이지 않았다.

 그들은 잠시 경직된 침묵 속에 서 있었다. 잠시 후 오배논 신부가 손목 시계를 쳐다보며 말했다.

 "여기서 한 시간 기다린 다음, 계속 나아가는 거다."

나폴레옹 전기

**666 인간 '나폴레옹'
그는 알면 알수록 점점 커져만 간다(괴테)**

역사상 그 누가 모스크바를 점령하여 아침 햇살에 빛나는 모스크바의 둥근 지붕들을 바라보았던가? 이 책은 너무나 잘 알려진 이름임에도 그동안 감추어져 있었던 영웅 나폴레옹의 진면목을 강렬하고 빈틈없이 요약했다. - 동아일보

펠릭스 마크햄 지음 / 값 13,000원

성서 이야기

**기쁨과 슬픔을 집대성한 인류역사 소설
왜 인간은 에덴의 동쪽으로 돌아갈 수 없는가**

노벨문학상 수상 작가 펄벅 여사의 '성서 이야기'는 경건한 종교세계는 물론 인류역사의 시작과 그 과정을 특유의 유려한 필치로 흥미롭게 풀어낸다. - 조선일보

펄 S. 벅 지음 / 값 18,000원

베토벤 평전

**진실한 삶 속에서 울리는 풍요로운 음악 소리
베토벤, 자신을 버린 세상을 끊임없이 사랑하다**

악성 베토벤의 인간적 삶에 초점을 맞춘 전기. 알콜중독자 아버지에게 혹독한 훈련을 받던 어린시절부터, 청각을 상실하는 말년에 이르기까지 베토벤의 삶과 예술을 풍성하게 되짚는다.
- 조선일보

앤 핌로트 베이커 지음 / 값 8,000원

상형문자의 비밀

고대 이집트의 눈부신 현장이 펼쳐진다

고대 이집트의 멸망과 함께 영원히 비밀 속으로 사라질 뻔했던 상형문자. 어느 날 회색빛 돌 하나를 로제타라는 작은 마을에서 발견하고, 돌 위에 쓰여진 상형문자의 해독을 위해 모든 것을 바쳤던 사람들, 바로 그 정열적인 사람들의 신비로운 이야기.

캐롤 도나휴 지음 / 값 12,000원

두개의 한국

한국 현대사를 정평한 제3의 객관적 시각
한반도 현대사는 진정한 핵의 현대사다

전 워싱턴포스트지 기자 돈 오버더퍼의 눈을 통해 한반도 문제의 핵심인 청와대, 평양, 백악관 사이에서 비밀스럽게 진행됐던 수많은 사건들과 핵 협상의 숨막히는 담판 승부를 생생히 목도할 수 있다.

돈 오버더퍼 지음 / 값 22,000원

절대권력(전2권)

'돈 對 사상' 현대 중국의 고민

경제 발전에 따른 중국의 부패상을 담아낸 장편소설로 '사회주의적 인간의 건전성'을 찬미하는 데 목적을 두고 있다. 그러나 현대 중국의 갈등과 고민을 당성黨性과 자본주의적 배금주의와의 충돌로 이해하는 데 도움을 준다. - 중앙일보

저우메이선 지음

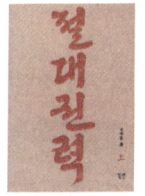

연인 서태후

꽃과 칼날의 여인, 서태후!

지금껏 수없이 오르내렸던 서태후란 이름은 각각의 입장에 따라 다른 해석이 나오게 마련이다. 환란의 청조 말기, 그녀의 이름은 어떤 사람에게는 시대를 밝히는 등불이었으며, 또 어떤 사람에게는 무시무시한 독재자의 이름이기도 했다. 중국에 대해 남다른 애정을 보였던 저자에게 '서태후'란 이름은 특히 매력적이었을 것이다. 이미 대작『대지』로 친숙한 저자의 필치를 통해 '서태후'의 또 다른 모습을 볼 수 있다. 희대의 악녀로 불렸던 그녀를 순수하고 열정적인 여인으로 재탄생시키고 있는 것이다.

펄 S. 벅 지음 / 값 22,000원

매독

매독, 그리고 어둠 속의 신사들

콜럼버스가 신대륙 학살 끝에 얻어온 '창백한 범죄자' 매독은 근 5백년간 천재들의 영혼을 지배하며 복수의 칼날을 휘둘러왔다. 링컨의 알 수 없는 광증, 베토벤의 청력 상실, 히틀러의 유대인 학살, 니체의 폭발적인 사유, 이 모두가 만일 매독이 불러일으킬 불가해한 현상이라면, 과연 유럽의 역사는 어떻게 달라져야 하는가?

데버러 헤이든 지음 / 값 20,000원

해외 부동산투자 20국+영주권

해외투자는 새로운 미래다!

이 책은 투자 천국인 미국, EU 영주권을 제공하는 몰타, 최저비용으로 고품격 삶을 누릴 수 있는 멕시코 등 20국가를 선별해, 금전적 이익과 생활의 자유를 한꺼번에 잡을 수 있는 새로운 차원의 투자 방법을 제시하고 있다. 새로운 경제 돌파구를 마련하고자 하는 소규모 투자자, 세계를 익히고자 하는 의욕적인 사업가, 새로운 문화 속에서 제2의 인생을 꿈꾸는 퇴직자라면, 이 책에서 해외투자에 대한 많은 정보를 얻을 수 있을 것이다.

헨리 G. 리브먼 지음 / 값 15,000원

누구를 위한 통일인가

전직 주한미군 그린벨의 장교가 바라본 한국의 분단과 통일관

한국 격변기 때 중요한 역사의 현장을 온몸으로 체험한 주한 미군 장교가 수기 형식으로 써내려간 이 책에서 우리는 흔히 접할 수 있는 딱딱한 이론이나 주관주의에 매몰된 자기 주장 따위는 찾아볼 수 없다. 마치 한 편의 소설을 읽는 듯한 착각에 빠지게 만드는 저자 특유의 생동감 넘치는 대화체 등의 현장 묘사와 그 동안 배후에 가려져 왔던 숨겨진 일화들을 공개함으로써 읽는 재미를 배가시키며, 나무와 더불어 숲을 아우르는 객관적이고 심도 있는 분석을 통해 남북 분단의 근거와 실체, 주요 리더들의 특징과 그 역학적 관계에 대한 정확한 이해, 그에 따른 통일의 함정과 지향점 등을 설득력 있게 제시한 역작이다.

고든 쿠굴루 지음 / 값 17,000원

톨스토이 공원의 시인

톨스토이, 그리고 영혼의 집 짓기

1년밖에 살지 못한다는 시한부 인생을 선고받고 숲으로 들어와 20여 년을 더 살아낸 20세기 마지막 시인 헨리 스튜어트. 이 책은 삶과 죽음 사이를 흔들흔들 오가며 둥근 지붕의 집을 지은 헨리의 특별한 이야기이자, 세월 속에서 잃어버린 우리 영혼에 대한 기록이다. 마치 눈으로 보듯 세밀하게 그려진 집 짓기 과정은 부나 명예와 같은 껍데기가 아닌, 내면의 뼈대를 구축하는 일이 얼마나 중요한가를 역설하고 있으며, 곳곳에 녹아 있는 레오 톨스토이의 사상은 매순간 삶에 대한 뜨거운 애정으로 되살아난다.

소니 브루어 지음 / 값 15,000원

Dear Leader Mr. 김정일

김정일은 악마인가? 체제의 희생양인가?

2005년 타임지 선정 '세계에서 가장 영향력 있는 100인(지도자&혁명가 부문)' 중 한 사람. 세계 최초로 핵확산금지조약을 탈퇴한 지도자. 예술적 면모와 열정을 지닌 북한 최대의 영화 제작자. 개인 최대 코냑 수입자. 주민의 10%가 굶어 죽어가는 나라의 지도자. 이 책에서는 이처럼 아이러니 그 자체인 김정일을 정확하고 심도 있게 분석하고 있다.

김정일을 둘러싼 분분한 소문보다는 그의 행동과 북한 체제, 과거부터 현재까지 북한의 역사와 한국과의 관계를 정확히 분석하여 가정을 세우고, 그 가정을 증명한 이 책은 그간 어디서도 찾아볼 수 없던 북한 정밀 보고서이며, 김정일 정신분석 보고서다. 북한의 핵문제가 전 세계적으로 파급되고 있는 이때, 북한과 김정일을 정확하게 파악하지 못한다면 세계의 미래 역시 예측 불가능할 것이다. 저자는 이 책을 통해, 김정일을 사악한 미치광이로 매도하는 것은 지나친 단순화의 오류며, 김정일 또한 냉전이라는 덫에 사로잡힌 역사의 제물이고, 북한 공산주의라는 체제의 피해자임을 지적한다.

마이클 브린 지음 / 값 14,000원

통제하의 북한예술

'북한 예술'을 발가벗긴 책

우리의 관심을 벗어날 수 없는 북한예술은 이 책을 통해 북한의 정치, 사회사를 통합적으로 관통한 저자의 서술에서 그 희미한 실체가 윤곽을 드러내게 된다. 또한 풍부한 자료를 통해 생생하게 전달되는 북한의 미술 세계에서 우리는 이제껏 품어온 궁금증을 하나씩 벗어버리며 저자의 훌륭한 안내를 받게 될 것이다

제인 포털 지음 / 값 18,000원

독재자의 최후

한 권으로 읽는 지상 최고 악당들의 세계사

역사의 굵직굵직한 사건 뒤에는 늘 독재자들이 그 모습을 감추고 있었다. 그리고 사건이 표면화되면 그들은 서서히 모습을 드러내고 자신의 나라와 국민들을 피의 전쟁으로 몰아넣었다. 예수 그리스도의 탄생 후 자행되었던 헤롯의 유아 대학살, 칭기스칸의 공포적인 영토 확장, 전 세계를 전쟁의 소용돌이로 몰아넣은 히틀러, 그리고 최근 비참한 말로를 맞은 후세인에 이르기까지…. 이 책은 역사상 가장 잔혹하고 무자비한 독재 정권을 통해 피의 향연을 펼치고, 아울러 역사를 바꾸기까지 독재자들에 대해 조명하고 있다. 어떻게 해서 그들이 독재적인 성격을 띠게 되었는지, 그리고 어떤 최후를 맞게 되었는지를 알아보고, 국가와 국민들에게 행한 잔인한 실상들을 낱낱이 파헤치고 있다.

셸리 클라인 지음 / 값 18,000원

사요나라 BAR

일본 신사이바시 골목 어딘가에 '사요나라 빠'를 무대로 펼쳐지는 이 소설은 사랑과 폭력, 그리고 상처와 연민을 젊음과 중년세대를 아우르며 매우 실감나게 묘사하고 있다.
(야쿠자 조직원과 눈먼 사랑에 빠진) 영국인 호스티스 메리, (소설 '황금비늘'과 '케리'의 주인공을 연상케하는) 영험한 정신적 능력을 지닌 4차원적 인물 와타나베, (죽은 아내의 환상 속에서 살아가는) 외로운 일벌레 사토, 이들의 이야기가 탄탄한 구성과 함께 저자 특유의 현란한 문체에 힘입어 독자들은 어느새 '사요나라 빠'에 앉아 삶의 진한 페이소스로 혼합한 위스키 한 잔을 맛보는 듯한 착각에 빠질 것이다.

수잔 바커 지음 / 값 14,800원

북경의 세딸 (양마담과 세딸 - 개정판)

소리 없이 찾아드는 대반점의 밤

이 소설은 거대한 중국 본토에 피의 강을 범람케 했던 '문화대혁명'의 물결 속에서 영혼의 갈등을 겪는 한 가족의 이야기다. 상하이 최고 대반점의 여주인으로 언제 무너질지 모르는 아슬아슬한 삶을 사는 어머니와, 조국의 부름과 자유 사이에서 번뇌하는 세 딸들… 온갖 영화의 시기를 구름처럼 흘려보내고 대혁명의 습격으로 인해 문을 닫게 되는 대반점과 양 마담의 비참한 최후는, 인간이 역사에게가 아니라, 역사가 인간에게 가져야 할 도의적 책임은 무엇인가라는 엄중한 물음을 던지고 있다.

펄 S. 벅 지음 / 값 14,000원

2006년 12월 출간 예정

14가지 이야기 (가제) - 펄 S. 벅 지음

사탄은 잠들지 않는다 / 펄 S. 벅 지음 ; 은하랑 옮김 - 고양 : 길산, 2006

252 P. ; 125×187mm

원서명 : Stan Never Sleeps
원저자명 : Buck, Pearl Sydenstricker
ISBN 8991291090 03820 : \9800

823.7-KDC4   895.135-DDC21   CIP2006002032